Les Lettres
du Mercredi

Les Lettres du Mercredi

Jason F. Wright

Traduit de l'anglais par
Jocelyne Barsse

City
Poche

Du même auteur :
- *Pour de Petits Bonheurs* (2009)
- *Le Jardinier des Âmes* (2011)

ISBN : 978-2-35288-856-7
Code Hachette : 50 9526 2

Couverture : Studio City
Rayon : Roman / poches
Collection dirigée par Christian English et Frédéric Thibaud

Catalogue et manuscrits : www.city-editions.com

Dépôt légal : premier trimestre 2012
Imprimé en France
N° d'impression : 68581

1

13 avril 1988

Mercredi soir

Il était onze heures passées lorsque Laurel se glissa dans son lit sous l'édredon bordeaux et s'allongea à côté de son mari, Jack. Elle enroula ses bras forts autour de la taille de son mari et constata, inquiète, que ses côtes étaient vraiment saillantes. Elle repensa aux nombreuses années où Jack avait pesé beaucoup plus qu'elle.

Croyant que Jack dormait, Laurel répéta le rituel auquel elle se livrait tous les soirs. Elle inspira bien fort, en dilatant et en remplissant chaque parcelle de ses poumons. Elle ferma ses lèvres charnues et laissa l'air s'échapper doucement par ses narines. Ça la calmait.

Elle ferma les yeux, pria pour chacun de ses enfants, Matthew, Malcolm, Samantha, et pour son unique petite-fille, Angela, ainsi que pour sa sœur, Allyson. Ensuite, elle implora Dieu de lui laisser un peu plus de temps, puis se maudit de ne pas être plus forte. Elle termina sa prière silencieuse par sa première et dernière larme de la journée.

« Coucou ! » La voix de Jack la fit sursauter.

« Coucou, je croyais que tu dormais. » Laurel tamponna ses yeux sur sa taie d'oreiller en coton bleu marine.

« Pas vraiment. Tu te sens mieux ?

— Je vais bien, mais j'ai laissé les plats pour Rain quand elle viendra demain matin. J'ai encore des brûlures d'estomac. Tu crois que je suis trop vieille pour manger mes propres quesadillas ? » Elle passa sa main droite dans les cheveux clair-semés et grisonnants de son mari et frictionna sa poitrine avec la main gauche. « Et toi, comment tu te sens ? Tu as toujours tes vertiges ?

— Non, je suis en pleine forme.

— Tu es un incorrigible menteur, Jack Cooper. » Laurel laissa glisser sa main de ses cheveux à son front.

« Tu as raison. Tout ça, c'est à cause de cette grosseur dans ma tête. » Depuis dix-huit mois, le mari de Laurel, âgé de soixante et onze ans, était atteint d'une tumeur au cerveau, agressive et inopérable. Lorsqu'elle fut découverte, elle avait la taille d'une balle de pistolet ; elle avait désormais atteint la grosseur d'une balle de ping-pong. Les maux de tête étaient irréguliers. Jack pouvait parfois passer deux ou trois jours sans souffrir.

Pourtant, les migraines ne tardaient jamais à revenir et s'accompagnaient de douleurs, de nausées et de vertiges qui rendaient Jack incapable de faire quoi que ce soit et le clouaient au lit. Un seau n'était jamais bien loin.

Bien que ses médecins lui aient assuré que de nouveaux médicaments et traitements allaient bientôt être autorisés et mis sur le marché, Jack savait qu'à part une intervention divine, rien ne pourrait le sauver.

Il se disait alors que Dieu avait sûrement mieux à faire que de guérir le propriétaire d'un *bed and breakfast* d'une petite ville. « C'est comme si les conflits au Moyen-Orient allaient enfin s'arrêter et que mes Cubs de Chicago allaient de nouveau gagner les World Series », aimait-il dire à Laurel. Elle avait entendu cette plaisanterie – et au moins cinquante variantes, chaque fois qu'ils étaient sortis d'un rendez-vous chez le docteur depuis le diagnostic initial.

Leur maison d'hôtes que ses anciens propriétaires avaient appelée *Domus Jefferson* – La maison de Jefferson – était nichée en plein cœur de la vallée de Shenandoah, entre le plateau d'Allegheny et les montagnes Blue Ridge. Jack disait souvent que, s'il survivait au jour du Jugement dernier et que le créateur lui laissait le choix entre le ciel et ce flanc de coteau, sa décision serait vite prise.

En ce mercredi soir de printemps, leur *bed and breakfast* adoré était pratiquement vide. La seule cliente n'était autre qu'Anna Belle Prestwich, riche héritière d'une fortune issue de la production d'aliments pour animaux. Elle était sans nul doute encore réveillée et lisait certainement un roman à l'eau de rose dans sa chambre à cent quatre-vingt-dix dollars la nuit qu'elle tenait absolument à payer trois cents. La chambre était ornée de meubles luxueux et fabriqués à la main, répliques exactes du mobilier de la maison de Thomas Jefferson à Monticello.

La pièce donnait sur deux hectares de prairies qui s'étendaient derrière la maison d'hôtes de sept chambres jusqu'au cours d'eau étroit à l'orée de la forêt. Une fois qu'Anna Belle aurait lu trois ou quatre chapitres, elle sortirait, munie de la lampe torche de son mari, pour promener son chat, Castro. Elle savait que les gens ne promenaient pas leur chat, mais tout le monde ne s'appelait pas Anna Belle. De plus, la plupart des chats n'avaient pas de problèmes de poids.

Anna Belle était devenue une cliente régulière, ces dernières années. En général, elle venait une ou deux fois par mois et elle pouvait rester jusqu'à dix jours d'affilée. Sa propre maison, un manoir superbe et immense, typique du Sud, doté de quatre dépendances, était estimée par la population locale, très bavarde à ce sujet, entre cinq cent mille et cent dix millions de dollars.

Elle n'était qu'à un kilomètre de la maison d'hôtes de Jack et Laurel. Les matins d'hiver où le temps était clair, longtemps après que les arbres avaient perdu leurs feuilles, on pouvait apercevoir, à travers les branches côté est, le grand silo d'une des granges inutilisées et le toit du manoir blanc.

Cette petite femme replète, originaire de Floride et âgée d'une cinquantaine d'années, avait rencontré son mari, Alan Prestwich, à Miami Beach, alors que tous deux se promenaient sur la plage, très tôt, un matin d'automne.

Il ramassait des coquillages pour la fille de sa secrétaire. Anna Belle apprenait à Castro à ne pas avoir peur de l'eau.

Leur rencontre ce matin-là déboucha sur un mariage inattendu, le premier pour tous les deux. Son nouveau mari disait qu'il aimait Anna Belle pour sa franchise, pour ses hanches larges et hardies, chacune dotée d'une personnalité propre, pour sa peau blanche comme neige et douce comme le miel. Mais par-dessus tout, c'étaient ses cheveux rouge sombre, presque bordeaux, qu'il aimait, des cheveux qui grisonnaient élégamment à présent.

« Les femmes avec qui je sors, lui avait-il dit tandis qu'ils marchaient sur la promenade ce matin-là, n'oseraient jamais quitter leur maison sans se sécher les cheveux. Mais vous, Anna Belle, vous êtes le poisson qui détonne dans ces eaux monotones.

— Si je suis si extraordinaire, avait-elle répondu à la fin de leur première rencontre, pourquoi tous les hommes bien m'ont-ils évitée jusqu'à présent ?

— Ils ne vous ont pas évitée. Ils n'étaient juste pas assez bien pour vous. »

Six semaines plus tard, ils étaient mariés.

Au cours de leur troisième année de bonheur parfait, Alan, cet entrepreneur américain classique d'un mètre quatre-vingt-huit, tout nouveau pilote aux yeux aventureux, s'écrasa à bord de son ULM dans les Everglades. On ne put récupérer que sa lampe torche Maglite, qui luisait sous un mètre d'eau trouble à deux cents mètres du cratère formé par l'avion en tombant.

Depuis, Anna Belle emportait sa lampe torche partout où elle allait, convaincue que si on l'avait retrouvée, c'est qu'elle en aurait besoin un jour, soit pour dénicher Castro dans les bois après une de ses orgies de beignets, soit pour repousser un ours brun ou pour tout autre noble cause.

Anna Belle avait toujours eu un poids excessif. Lorsqu'elle avait commencé à travailler pour les épiciers détaillants A & P, quelques camarades de classe du lycée, particulièrement cruelles, l'avaient tout simplement surnommée A & P. Elle accepta volontiers son surnom, histoire de les contrarier. Le sobriquet lui était resté et elle ne s'en était jamais formalisée.

Si on te donne un surnom, c'est qu'on s'intéresse à toi, se disait-elle. À présent, elle se demandait comment ses camarades de classe l'auraient surnommée si elles avaient su qu'elle avait hérité de la totalité ou presque de la fortune de son mari. Elle était multimillionnaire.

Peu de temps après la disparition de son mari, Anna Belle choisit Woodstock, en Virginie, comme nouveau lieu de résidence, après avoir vu le nom de la ville entouré au stylo à bille sur une brochure de l'Association de reconstitution historique de la guerre de Sécession qu'elle avait trouvée dans l'un des classeurs de son mari. Moins d'un mois plus tard, elle y emménageait. Jack et Laurel s'étaient rapidement liés d'amitié avec leur excentrique nouvelle voisine. Ils supposaient entre eux qu'elle avait pour but de dépenser chaque centime de sa fortune dans leur *bed and breakfast*.

« Devine combien A & P m'a laissé comme pourboire pour son lait du matin, murmura Laurel.

— Cent.

— Plus.

— Deux cent cinquante.

— Plus, répéta Laurel.

— Cinq cents dollars, dit Jack en haussant la voix.

— Cinq cent quatre-vingt-dix dollars et cinquante-deux cents. Tout ce qu'elle avait dans son porte-monnaie.

— Pas mal pour prendre du lait dans le frigo et le verser dans un verre, dit-il en soupirant et en faisant bouffer son oreiller. Cette femme est incorrigible.

— Elle n'est pas méchante. »

Jack se tourna sur le côté pour faire face à sa femme et plongea son regard dans ses yeux marron expérimentés. Ses yeux à lui, autrefois pétillants, semblaient s'être enfoncés d'un demi-centimètre dans leurs orbites. Ils étaient soulignés de cernes profonds en demi-lune. Il avait hérité ses yeux de raton laveur – comme Laurel aimait les qualifier pour le taquiner – de son père, mais, au cours de la dernière année, les cercles foncés étaient devenus encore plus sombres et semblaient détachés des joues. Son nez touchait presque celui de sa femme. « Un de ces jours, il faudra qu'on lui dise, tu sais. »

Dès son premier séjour à *Domus Jefferson*, A & P avait laissé des pourboires indécents pour les services les plus banals, et sa générosité ne semblait obéir à aucune règle. Si Jack portait un sac pour elle, elle sortait un billet de cent dollars de son porte-monnaie.

Si Laurel laissait un bonbon à la menthe sur son oreiller après avoir fait son lit, A & P glissait plusieurs billets de vingt dans sa main pendant le déjeuner. Un jour, alors que les médecins de Laurel avaient décelé chez leur patiente une anomalie cardiaque, dont ils avaient découvert qu'elle remontait à deux générations, A & P avait insisté avec obstination pour payer les frais médicaux même si l'assurance maladie de Laurel et Jack prenait en charge quatre-vingt-dix pour cent de la note.

Une autre fois, lorsque le frère jumeau de Jack, Joseph, s'était pour la troisième fois fait arrêter pour trafic de stupéfiants, A & P avait insisté pour aller le chercher à Virginia Beach. Elle l'avait sorti d'affaire et l'avait même hébergé chez elle parce que toutes les chambres du *bed and breakfast* étaient louées.

Il était resté chez elle jusqu'au jour où il avait trouvé un travail et un logement. Jack avait été très reconnaissant à A & P et soupçonnait que le trajet de Virginia Beach à Woodstock avait été le plus long de la vie de Joe.

Les Cooper avaient très vite appris à ne pas refuser l'argent d'A & P. Leur cliente préférée était entêtée à l'excès et rajoutait des billets jusqu'à ce qu'ils finissent par céder et accepter les pourboires. Bien sûr, elle ne se doutait pas qu'ils donnaient tout simplement l'argent à un centre d'hébergement pour enfants à Washington, D.C., Southeast. Sans le savoir, la bienveillante Anna Belle Prestwich avait financé ces dernières années le réaménagement de la cuisine du centre, la réfection d'une partie du toit endommagée et avait largement contribué à la construction d'un terrain de basket avec une aire de jeux adjacente dotée de hautes barrières de sécurité.

Il était même question de créer une minibibliothèque portant son nom.

« Bien sûr… nous lui dirons… un de ces jours… », répondit Laurel, mais avant que Jack n'ait le temps d'ajouter quelque chose, elle ouvrit de grands yeux, roula du côté sur le dos, les deux mains posées sur sa poitrine.

« Chérie, dit Jack en levant la tête. Qu'est-ce qu'il y a, Laurel ? Assieds-toi. »

Elle tenta de se redresser, mais retomba en arrière contre la tête de lit en bois. « Je… n'ai… plus de souffle… mon cœur…. appelle… » Ses mots retentissaient comme une succession d'explosions.

Jack se tourna vers la fenêtre ouverte et appela A & P. « Madame Prestwich, venez ! Venez vite ! *S'il vous plaît* ! »

Mais A & P était déjà partie pour sa promenade du soir ; elle longeait le bord de la rivière et comptait les étoiles, dans le miroir réfléchissant de l'eau qui coulait doucement, ou parlait astrologie avec Castro tout en tirant sur sa laisse.

« Ô mon Dieu, aidez-nous ! » s'écria Jack tandis que la respiration de Laurel devenait de plus en plus saccadée et que ses yeux semblaient hurler. Il regarda la base du téléphone sans fil sur la table de nuit de Laurel.

Elle était vide.

« Mon bras, Jack ! » Les yeux de Laurel semblaient suivre sa douleur, de la poitrine à son bras gauche, puis à sa hanche et à son pied. « Jack. » Elle prononça ce simple mot comme une excuse.

« *Mon Dieu !* », s'écria-t-il à nouveau.

Jack rassembla toutes ses forces pour s'asseoir. Il s'approcha du visage de sa femme et cria « Laurel ! » mais ni sa bouche ni ses yeux ne réagirent. Il jeta ses jambes hors du lit et posa ses pieds sur le sol. Il ne put faire que deux pas avant de perdre l'équilibre et de tomber en avant.

La pièce semblait tourner autour de lui et il heurta un lampadaire en laiton. Tandis qu'il essayait de retrouver l'équilibre, la lampe tomba et il s'effondra sur elle, écrasant sous son poids l'abat-jour en verre sur le plancher.

« *Ô mon Dieu ! Aidez-nous !* » Jack était à présent couché sur le dos, les mains posées contre le sol, il regardait le plafond. Il avait mal à la tête. De grosses larmes lui montèrent aux yeux. Il tourna la tête sur le côté, et son regard se posa sur la vieille plaque minéralogique du Tennessee que Laurel avait accrochée au mur.

Petit à petit, la chambre s'arrêta de tourner et Jack parvint à se hisser sur leur haut lit en rondins. Laurel était toujours dans la même position, mais elle avait les yeux fermés à présent et les bras le long du corps.

« Laurel ? » Il posa la main sur sa joue. « Chérie ? » Il posa l'autre main sur sa poitrine apaisée. « Ma chérie. » Jack enroula ses bras autour d'elle et l'attira vers lui. « Ma chérie », dit-il à nouveau. Il berça avec précaution son corps inanimé d'avant en arrière.

Quelques instants plus tard, Jack posa tendrement la tête de sa femme sur son oreiller.

Puis, il sortit un stylo du tiroir supérieur de son chevet, ainsi qu'une enveloppe contenant plusieurs lettres et une feuille de papier à lettres à en-tête *Domus Jefferson*. Utilisant sa bible King James comme support, il écrivit :

✉

13 avril 1988
Ma chère Laurel,

✉

Dix minutes plus tard, Jack avait terminé sa lettre, il la cacheta dans l'enveloppe avec les autres, écrivit un petit mot à l'extérieur et cacha toute la pile quelque part dans le Nouveau Testament.

Il reposa le livre sur son chevet et se glissa à nouveau à côté de sa femme. Il cala avec précaution un bras sous son corps et l'attira vers lui.

Il écarta doucement ses doux cheveux châtain clair de sa nuque et murmura quelque chose dans son oreille encore chaude. Il déposa un baiser au coin de son front.

Puis, il pensa à son fils Malcolm et pria pour qu'il survive aux jours à venir.

Finalement, Jack s'abandonna à son tout dernier mal de tête. Et il dormit.

Il était neuf heures quatre, le lendemain matin, lorsqu'une A & P et un Castro inquiets poussèrent la porte de la chambre des Cooper.

Ils trouvèrent Jack et Laurel en paix dans les bras – froids – l'un de l'autre.

2

Jeudi matin

Après avoir découvert les corps de Laurel et de Jack, A & P appela en premier lieu une ambulance qui arriva sur les lieux dix minutes plus tard. En attendant, Anna Belle téléphona à Samantha – qui ne décrocha pas chez elle – et composa quelques autres numéros notés sur une feuille qu'elle avait découverte dans le bureau de Laurel tout près du petit salon de l'entrée. La coiffeuse de Laurel, Nancy Nightbell, fut l'une des premières à apprendre la nouvelle. « Qui est-ce ? Quelqu'un est mort, vous dites ? Qui est mort ?

— C'est A & P.

— Il n'y a pas d'A & P dans le coin.

— Pas les épiceries. Je suis la voisine des Cooper, Anna Belle.

— Oh. » Nancy mit des mots sur sa surprise d'un instant. « La très riche dame…

— Oui, oui, l'interrompit A & P. J'ai de terribles nouvelles.

— Permettez que je vous demande quelque chose, dit Nancy, sautant sur l'occasion. Qui vous coiffe, ma chère ?

— Quoi ?

— Vos cheveux, répéta Nancy. Qui les coiffe ? Votre couleur n'est pas des plus belles, ma chère.

— Je...

— Oh ! ça ne fait rien, l'interrompit de nouveau Nancy. Promettez-moi que vous m'appellerez un de ces jours.

— Oui, m'dame. » La conversation devenait franchement difficile, mais A & P restait toujours respectueuse. « Je vous appellerai.

— Bon. Alors qui est mort, avez-vous dit ? demanda de nouveau Nancy.

— Les Cooper.

— Jack Cooper. Il est mort. Dieu ait son âme ! Quel homme adorable, ce Jack Cooper. Passez-moi Laurel, ma chère.

— Nancy, écoutez : Laurel est décédée aussi. Ils sont morts tous les deux.

— Tous les deux ?

— Oui.

— Jack et Laurel ? Ils sont morts tous les deux ?

— Oui, m'dame. Ils sont morts dans la nuit. C'est moi qui les ai trouvés.

— Ça, par exemple ! » Nancy poussa un profond soupir. « J'arrive. » Avant que Nancy n'ait raccroché, A & P l'entendit hurler : « Randall, il faut que tu m'emmènes quelque part. Éteins cette émission stupide, arrête de t'empiffrer de caramel et enfile un pantalon ! »

Dans d'autres circonstances, A & P aurait ri.

Parmi ceux qu'Anna Belle contacta pour leur apprendre la nouvelle, il y avait une fille de quinze ans qui travaillait le matin au magasin et à la station d'essence où les Cooper faisaient souvent leurs provisions. Il y avait aussi le propriétaire de la crémerie locale ; une femme qui vendait des espaces publicitaires avec une *newsletter* des *bed and breakfast* à Philadelphie ; elle composa même un mauvais numéro, mais la femme connaissait les Cooper et se mit à sangloter comme une hystérique et promit d'apporter quelques boulettes fourrées aux poivrons.

Il y avait aussi un banquier de Winchester en Virginie et le pasteur Aaron Braithwaite de l'Église chrétienne non confessionnelle que les Cooper fréquentaient à Mount Jackson.

Son dernier appel, le plus difficile, fut pour Rain Jesperson, amie de longue date de la famille Cooper et gérante de *Domus Jefferson*.

Contrairement aux Cooper, Rain, qui était âgée de trente et un ans, était née dans la vallée de Shenandoah et ses parents étaient les seuls hippies connus du coin.

Rain parlait avec un léger accent local, plutôt agréable. Ses cheveux tombaient jusqu'aux épaules et, sans être vraiment blonds, ils étaient malgré tout plus lumineux et plus éclatants que châtains.

Avec son mètre cinquante-deux, elle aurait pu facilement se fondre dans la foule. Mais Rain Jesperson ne s'était jamais fondue dans quoi que ce soit, pas avec des yeux aussi verts et attachants.

Rain avait grandi à Strasburg, quelques villages plus loin de Woodstock au nord sur la route 11. Après le lycée, elle avait étudié la publicité à l'université James Madison, située à Harrisonburg, à moins d'une heure de route. Alors que ses amis allaient goûter aux embouteillages du corridor I-95 pour s'installer dans des villes comme Richmond, Baltimore et New York, Rain ne demanda pas mieux que de rester fidèle à ses racines.

Elle n'avait jamais eu envie de quitter l'endroit qu'elle avait toujours appelé sa maison. Elle aimait à penser que ses rêves pourraient se réaliser aussi bien sur les collines onduleuses de la Vallée que dans une grande ville, et peut-être plus facilement encore. Sa vision de l'avenir n'avait pas changé depuis les soirées passées à lire *Cendrillon*, il y avait bien longtemps. Elle voyait un mari ; elle voyait des enfants ; elle voyait une palissade qu'elle peindrait en rose, pas en blanc. Elle voyait surtout la sécurité. Rain Jesperson croyait que ses rêves allaient la suivre, pas l'inverse.

Le téléphone sonna quatre fois dans la maison en briques rouges de Rain.

« Rain ? murmura A & P.

— Oui ?

— C'est A & P, Rain, je suis au *bed and breakfast*.

— Oui, A & P, vous êtes bien installée ? Vous savez, j'ai acheté le nouveau lait écrémé bio que vous avez demandé. Vous l'avez goûté ?

— Oui, ma chère, oui. Mais j'ai…

— Nous n'avons plus de pain aux sept céréales, je sais. J'arriverai un peu plus tard aujourd'hui. Laurel a dit que je pouvais régler quelques affaires ce matin étant donné que vous êtes la seule cliente jusqu'à vendredi soir.

— Rain, vous feriez mieux de venir tout de suite. Il est arrivé quelque chose.

— Jack ? demanda Rain sans attendre la réponse. Jack. D'accord. J'arrive dans cinq minutes. Mince, j'avais une drôle de sensation dans l'estomac quand je suis partie hier après-midi. » Rain sentit les larmes lui monter aux yeux.

« Dites à Laurel que j'arrive. Et merci, Anna Belle, je regrette que vous ayez eu à téléphoner.

— Rain ? » A & P avait la nausée.

« Oui ?

— Rien, ma chère. Je vous vois tout à l'heure. »

Dix minutes plus tard, Rain arrivait à *Domus Jefferson*. Plusieurs voitures de police et une ambulance étaient garées sur le petit parking en gravier, le capot pointé à des angles différents vers le portail. A & P, en larmes à la vue de Rain, écrasée par la terrible nouvelle qui pesait comme une pierre dans son estomac, accueillit la petite femme devant le portail et la prit dans ses gros bras.

« Oh ! Anna Belle, ça va aller. Jack est libre à présent. Chut. » Les yeux de Rain se remplirent de larmes à nouveau.

A & P se dégagea de l'étreinte de Rain pour pouvoir la regarder dans les yeux. « C'est Laurel. Elle n'est plus là non plus. »

Les bras de Rain tombèrent d'un coup des épaules d'A & P. « Qu'est-ce que vous voulez dire ? Comment ça, elle *n'est plus là* ?

— Elle est morte, dit A & P d'une voix étranglée. Laurel est morte aussi. »

Rain ouvrit le portail en bois et monta en

courant la petite allée en pavés ronds jusqu'à l'escalier et au porche qui gardaient la porte trop grande de la maison d'hôtes. Elle ne vit même pas les petits groupes de gens qui pleuraient et s'enlaçaient tandis qu'ils se rassemblaient dans la cour et sous le porche.

« Laurel ? », hurla Rain en entrant dans le vestibule. Deux policiers et un troisième homme en costume étaient appuyés contre le mur et discutaient tranquillement. « Laurel ? » Rain monta l'escalier en courant et passa devant un autre officier en le poussant légèrement.

« Madame Jesperson, veuillez retourner au rez-de-chaussée, s'il vous plaît. » Il tendit le bras pour l'arrêter et attrapa deux centimètres de sa manche qu'il dut bientôt lâcher, car Rain tira dessus au point de la déchirer, puis elle ouvrit brusquement la porte de la chambre principale. À l'intérieur, une femme était occupée à prendre des photos d'une lampe cassée et de son abat-jour brisé. Un lourd drap blanc recouvrait un petit monticule au milieu du lit.

« Rain. » A & P apparut sur le seuil de la porte. Elle parlait doucement mais sans trembler. « Ils sont morts tous les deux, ma chérie, dans la nuit.

— Laurel ? Comment ? Un accident ? » Les genoux de Rain étaient sur le point de flancher. Elle s'approcha d'un siège pour s'asseoir tout près de la porte, mais la photographe indépendante du comté la saisit par le bras, s'excusa deux fois et leur demanda de bien vouloir retourner au rez-de-chaussée.

Assise à la table de la cuisine, A & P raconta la série d'événements qui l'avait conduite à découvrir les corps peu après neuf heures ce matin-là.

« Je n'arrive pas à le croire, dit Rain, tout en sachant au fond de son cœur que c'était bien vrai.

— Ils n'en sont pas encore certains, mais Laurel a probablement eu une attaque ou un infarctus dans son lit. Je suppose que Jack s'est levé pour demander de l'aide, mais qu'il était trop tard. Et vous savez qu'il souffrait vraiment ; il était même allé se coucher très tôt hier soir. Je suppose qu'il s'est juste arrêté de vivre, vous voyez ? »

Rain hocha la tête et but un verre d'eau à petites gorgées.

« Ils étaient juste couchés dans le lit, blottis l'un contre l'autre, ils semblaient heureux. » A & P approcha son siège de celui de Rain. « On aurait dit une photo sur les cartes de vœux. Vous savez, celles que vend Hallmark. Ces photos en noir et blanc de couples amoureux, l'intérieur est vide de sorte que vous puissiez écrire votre message avec vos propres mots. Vous voyez à quoi ressemblent ces couples. On dirait que rien ne peut leur arriver. C'est comme s'ils se disaient qu'il voulait que le monde finisse ainsi. Eh bien, Jack et Laurel avaient le même air. Le visage de Jack toujours aussi beau. Tellement détendu. Tellement paisible. » Elle s'interrompit et tourna son regard vers la fenêtre. « J'aurais aimé que mon Alan meure ainsi. »

Les deux femmes respiraient plus calmement à présent, observant, par la fenêtre de la cuisine, la foule de plus en plus importante dans la cour. Pendant que Rain regardait les amis des défunts, elle pensait à Malcolm Cooper.

3

— Papa et maman sont morts.

— Quoi, Sammie ? », demanda Malcolm en hurlant dans son téléphone satellite.

« Ils ne sont plus là, Mal. » La petite sœur de Malcolm, Samantha, répéta la nouvelle et tendit la main pour prendre son .357 posé sur le bar de la cuisine. Elle fit tourner le barillet avec ses mains fortes et calleuses et parla dans le téléphone mural Western Electric, en bois et en cuivre poli, vieux de soixante-seize ans. Elle parlait avec détermination, fermeté mais aussi avec lassitude après une matinée épuisante au cours de laquelle elle avait vu les corps de ses parents disparaître dans des sacs noirs, puis sortir de *Domus Jefferson* sur un brancard pour être transportés à la morgue du comté. Elle repéra un tabouret de bar rembourré hors de sa portée, à moitié caché sous un autre bar de l'autre côté de l'immense cuisine.

« *Comment*, Sammie ? *Comment* est-ce que c'est arrivé ?

— Maman a eu un infarctus, Mal, et Papa est parti avec elle. Dans la nuit, je ne sais pas quand exactement. »

Malcolm regarda un singe capucin qui se désaltérait au bord du fleuve. Un serpent de plus de trois mètres glissait sur l'eau à quelque distance.

« Maman ?

— Oui.

— Et papa ?

— Il avait un cancer, Malcolm.

— Je ne savais pas », dit-il calmement. Malcolm plaqua le lourd téléphone satellite contre son autre oreille. Puis, il regarda à l'ouest vers la ligne d'horizon. Les arbres et les plantes grimpantes d'un vert profond s'élançaient vers le ciel, se faufilant jusqu'à lui. Ce ciel qui veillait sur la jungle et le fleuve Amazone à Manaus au Brésil. Il prit une rame lourde et plate dans l'eau couverte de mousse et la fit pivoter à la verticale pour ramener son bateau argenté à fond plat de quatre mètres au milieu du deuxième fleuve le plus long du monde. Ses yeux se remplirent de larmes pour sa mère.

« Je vais venir, finit-il par dire.

— Vraiment ? demanda Samantha.

— Il me faut juste un jour ou deux.

— Tu es sûr, Malcolm ? Nous allons devoir lui dire que tu viens.

— J'en suis sûr. Je serai là, insista-t-il. Attendez-moi.

— Très bien.

— Je suis désolé, Sam.

— Moi aussi, murmura-t-elle.

— Je suis désolé de ne pas être encore là, dit-il d'une voix étranglée.

— Ça va, Mal. On ne va pas revenir en arrière. Ça va. »

Malcolm prit trois profondes inspirations.

« Je t'aime, frangine, tu le sais ?

— Oui, moi aussi.

— Tu t'aimes ?

— Oh ! ferme-la » Samantha gloussa pour la première fois depuis qu'elle avait entendu sur le poste de sa voiture de patrouille qu'il y avait deux cadavres à *Domus Jefferson*.

Elle tira sur le levier du vieux téléphone pour raccrocher et passa un autre coup de fil. « Il est en route, dit-elle à son frère aîné, Matthew.

— Où est-il ?

— Je n'en ai pas la moindre idée, dit Samantha en soupirant. Quelque part dans la nature, j'imagine.

— Dans combien de temps est-ce qu'il sera là ?

— Il a dit dans deux jours.

— Alors, il est toujours au Brésil, je suppose. »
Matthew se tut, puis il demanda : « Comment
est-ce qu'il l'a pris ?

— Calmement.

— Ça lui ressemble bien. »

Ni ses parents ni son frère et sa sœur n'avaient
parlé à Malcolm depuis plus d'un an. Ils recevaient de temps en temps une carte postale
d'un endroit lointain en Amérique du Sud, mais
c'étaient là toutes les nouvelles qu'ils avaient de
lui depuis son départ soudain de Woodstock deux
ans auparavant.

La dernière fois qu'il avait appelé, c'était
quelques jours après avoir reçu un paquet que
sa mère avait envoyé à son appartement à Sete
Lagoas au Brésil. Le paquet contenait les cookies
sans cuisson de Laurel, un mot de Rain que
Malcolm avait rangé sans jamais le lire et un peu
de liquide de la part d'A & P caché dans plusieurs
paires de chaussettes. Malcolm avait utilisé l'argent pour acheter des filtres à eau en argile, des
chaussures d'enfants, et il avait même réussi à
acheter quelques livres d'images.

Le paquet contenait également un téléphone satellite qui avait dû coûter très cher. Un
post-it était collé sur le manuel d'utilisation. Sa
mère avait écrit un mot de son écriture nette et
penchée : « Fais attention à toi, appelle quand tu

seras prêt. » Il avait appelé, mais cette première conversation avait tourné court lorsqu'elle l'avait supplié de rentrer à la maison.

Elle regrettait de ne pas avoir eu le temps de lui dire que son père était sur le point de mourir. Malcolm emportait son téléphone partout avec lui, mais l'allumait rarement.

« Où est-ce que tu en es avec la liste de papa ? demanda Samantha à Matthew.

— J'ai appelé tout le monde. Il y avait trois ou quatre noms que je n'avais pas reconnus, mais A & P m'a aidé à trouver les numéros. J'espère qu'ils vont tous pouvoir venir.

— Moi aussi.

— Oh… » Matthew venait de se souvenir de quelque chose. « Tante Allyson m'a rappelé. Elle n'a pas pu avoir de vol de Vegas avant samedi après-midi.

— Je suis impatiente de la voir. Ça fait des années qu'on ne l'a pas vue.

— Quelques-unes en effet. Elle était venue pour le trente-cinquième anniversaire de mariage de papa et maman, tu te souviens ? » Matthew resta silencieux quelques secondes. « Je suppose que le frère de papa ne s'est toujours pas manifesté ?

— C'est notre *oncle*, répondit Samantha sans cacher sa contrariété. Et non, je n'ai toujours pas de nouvelles. J'ai laissé un autre message à son contrôleur judiciaire à Saint Louis.

— Ne le répète pas, frangine, mais ça ne va pas m'empêcher de dormir s'il ne vient pas. Malcolm va nous amener suffisamment de stress.

— Peut-être, dit Samantha. Mais il a le droit de savoir.

— Très juste. Essaie encore. »

Samantha savait ce que son frère allait dire à présent.

« Tu as appelé Nathan ? demanda Matthew.

— Tu sais que ce n'est pas si facile.

— Je sais, Sam, mais c'est le procureur du comté. Il faut qu'il sache que Malcolm revient. Tu veux demander à Rain de lui dire ?

— Je vais peut-être faire comme ça. » Elle finit par ranger son révolver dans son étui. « Elle est très affectée, Matt. Vraiment très affectée.

— Je n'en doute pas, répondit-il. Elle est là-bas ?

— Elle est arrivée il n'y a pas très longtemps. Elle est dehors avec Anna Belle et quelques voisins.

— Pauvre Rain, c'est presque un membre de la famille.

— Presque.

— Tu lui diras merci de ma part pour toute son aide. J'ai un vol jusqu'à Dulles. Je louerai une voiture et je viendrai directement. Je pense que j'arriverai entre cinq et six heures.

— Et Monica, elle vient ?

— Non, elle ne peut pas. Son affaire est en pleine expansion et elle ne peut vraiment pas partir.

— Elle ne peut pas partir ?

— Non.

— Je suis désolée, Matt. Tout va bien entre vous ?

— Oh ! mais oui, tout va bien. Tu connais Monica. Elle penserait à ses clients tout le long. Elle prend ça très au sérieux, tu sais. Service vingt-quatre heures sur vingt-quatre, tu sais comment ça se passe. Tout est si nouveau, le stress de tout faire seule, c'est difficile pour elle.

— Matt, elle est coach.

— Coach de vie.

— Si tu veux. Elle pourrait partir, tu le sais. C'est maintenant que *tu as besoin* d'elle.

— Ça va, Sam, vraiment. En plus, nous avions un rendez-vous très important de prévu avec ce gourou de l'adoption et une autre mère à Newark cette semaine. Elle ne veut pas le manquer. Ça tombe mal, c'est tout.

— Tu n'oublieras pas de le dire à papa et maman. Ils auraient mieux fait de mourir dans quelques semaines, dit Samantha en haussant la voix qui s'éraille tout à coup. Je suis désolée... Je me réjouis de te voir.

— Moi aussi, Sam. J'aimerais être déjà auprès de toi. »

Elle hocha la tête. « Je sais. » Les larmes coulaient sur ses joues.

« Sam ?

— Ouais ?

— On va y arriver.

— J'espère.

— Sam ?

— Quoi, Matt ?

— Parle à Rain »

Elle soupira. « Oui, je vais le faire. »

4

Jeudi soir

« *Boa tarde*, dit Malcolm à la jeune femme assise au guichet de la compagnie aérienne brésilienne, TAM.

— *Boa tarde, senhor.*

— *Eu preciso passagem para Washington, D.C.*

— *Fala inglês* ? demanda la jeune brunette.

— Oui. Je ressemble vraiment à un Américain ? » Il passa ses doigts dans sa barbe drue. Malcolm avait le teint hâlé et la peau marquée après des mois passés en Amazonie ; il avait aussi les yeux rouges et irrités. Ses cheveux lui arrivaient presque aux épaules.

« Oui, monsieur, dit-elle en souriant, découvrant ses dents blanches et brillantes qui contrastaient admirablement avec son teint naturellement mat. Vous devez vous rendre aux États-Unis. Quel jour ?

— Dès que possible. Aujourd'hui, si je peux.

— Dernier vol pour Miami, départ dans vingt-cinq *minutos*… minutes, pardon… mais vous ne pourrez pas passer la douane en si peu de temps.

— Los Angeles ?

— Ce soir, non, dit-elle en secouant la tête. Attendez, s'il vous plaît. » Elle passa adroitement une longue mèche de cheveux noirs derrière son oreille.

Malcolm remarqua deux petites taches de naissance, cachées auparavant, presque en haut du cou, juste au-dessous de son menton sous l'oreille droite.

Elle tapait fébrilement sur un clavier beige archaïque. « Vous pouvez prendre un vol pour Rio, où vous ferez une halte, puis vous aurez un vol direct pour Miami. Ensuite, de Miami, vous embarquerez pour Washington Dulles. C'est votre destination finale ?

— On va dire que ça en est proche, oui.

— C'est en Virginie, *correto* ? demanda-t-elle. C'est beau, la Virginie ?

— Quoi ? demanda Malcolm, distrait.

— Je suis désolée, dit-elle, embarrassée. Est-ce que je réserve ce vol ? Vous atterrirez à Washington deux heures plus tôt que si vous attendez le premier vol ici demain matin.

— Deux heures, c'est tout ?

— *Sim*. Deux heures. »

Malcolm admira son jeune visage innocent. La lumière des néons aurait désavantagé n'importe qui, mais pas la jeune Brésilienne au visage angélique. L'éclairage faisait briller sa peau mate. Il se dit qu'elle devait avoir vingt et un ou vingt-deux ans.

Bien qu'il ait été tenté par une douzaine de femmes durant son séjour au Brésil, la voix de sa mère, pieuse et sage, et l'image de Rain dans ses souvenirs l'avaient persuadé de résister. Il sentit de nouveau le choc de la perte envahir son corps, suivi rapidement d'une désinvolture imprudente. Cette jeune fille était aussi belle que toutes les femmes qu'il avait vues au Brésil. Il se pencha au guichet. « Qu'en est-il du plan B ?

— Plan B ? C'est quoi un plan B ?

— Plan B. Je reste ici et je vous regarde travailler jusqu'à ce que vous ayez fini votre journée. Ensuite, je vous invite à dîner, nous nous promenons au bord du fleuve et vous me dites au revoir à – Malcolm se pencha un peu plus – à sept heures trente-deux juste au moment où j'embarquerai pour le vol 2122 à destination de Miami. »

La fille sourit et regarda discrètement à gauche et à droite. « Oui, monsieur, je crois que j'aime ce plan B.

— Alors, vous pouvez réserver ce billet. »

Malcolm sourit à son tour et lui tendit une liasse de *reals* brésiliens qu'il sortit de son sac à dos.

La jeune fille vérifia le passeport et lui donna un petit dossier contenant sa carte d'embarquement, la monnaie, la note et les formulaires de déclaration en douane. « Je m'appelle Ana Paula, murmura-t-elle en tendant la main par-dessus le guichet.

— Malcolm. *Prazer em conhecê-la.* » Il prit sa main dans les siennes.

« Je suis enchantée de faire votre connaissance, moi aussi. » Elle se tourna et vit sa chef d'équipe qui la regardait trois guichets plus loin ; elle venait de remarquer l'Américain insistant qui s'intéressait à sa toute nouvelle employée. « Je finis à vingt-deux heures. Je vous retrouverai à la station de taxis.

— Vingt-deux heures, dit-il en imitant son accent pour la taquiner.

— Madame ? » Ana Paula s'adressait à une grosse Italienne qui attendait dans la queue. Malcolm disparut derrière elle et commença à tuer le temps jusqu'à l'heure de son rendez-vous avec la beauté brésilienne.

Quelques minutes après vingt-deux heures, Ana Paula apparut comme prévu à la station de taxis devant le terminal de l'aéroport.

Malcolm était assis sur un banc tout proche.

Il tripotait nerveusement son téléphone satellite et regardait des chauffeurs de taxi se jeter sur des passagers blancs. Son cœur se serra.

Ana Paula portait un short rose court et un pull-over sans manches blanc avec des bretelles jaunes. Ses cheveux noirs tombaient sur ses épaules lisses et rondes.

Malcolm la dévisagea, les lèvres légèrement entrouvertes. *Je ne reviendrai peut-être jamais*, pensa-t-il.

« *Oi*.

— Salut, répondit-elle.

— Alors, que préfère l'adorable Ana Paula, l'anglais ou le portugais ?

— Vraiment ? Je préfère l'anglais. Je n'ai pas beaucoup de pratique, vous savez. Je prends des cours du soir, mais pas beaucoup d'amis parlent anglais ici à l'aéroport. Ils pensent qu'ils savent parler parce qu'ils disent *Mac Donald* et *Pizza Hoot*. Mais je ne crois pas que ça compte.

— Ah, dit Malcolm en se levant pour la regarder en face. Vous avez raison. » Il se pencha et prit son sac marin ainsi que son sac à dos.

« Allons manger.

— Un hamburger ? demanda-t-elle en gloussant.

— *Feijoada*.

— *Sério* ?

— *Sério*. C'est peut-être mon dernier repas au Brésil avant longtemps.

— Oh ?

— Mais je suis là ce soir. »

Le sourire de la jeune fille réapparut. « Un taxi alors. Nous allons au restaurant de l'hôtel Tropica au bord du fleuve. Vous êtes déjà allé là ?

— Non, mais est-ce qu'ils ont de la *feijoada* ? »

Elle gloussa de nouveau. « J'en suis sûre, oui. C'est l'un des meilleurs restaurants de Manaus. »

Malcolm lui prit la main et l'entraîna vers un taxi. Il passa devant un vieux couple américain et se glissa sur la banquette arrière. D'un geste rapide, il attira Ana Paula sur ses genoux. « Hôtel Tropica », dit-il au chauffeur qui démarrait.

À vingt-trois heures quinze, on leur servait de la *feijoada* : un copieux ragoût brésilien à base de haricots noirs, de légumes, de pieds, d'oreilles et de museau de porc. Il s'agissait en fait des restes du menu spécial de midi et on accepta uniquement de le leur servir contre la promesse de Malcolm de laisser un pourboire généreux.

Durant les heures qui suivirent, ils parlèrent du rêve d'Ana Paula d'étudier aux États-Unis et de sa récente fête d'anniversaire surprise pour ses dix-huit ans.

Vers une heure trente, Malcolm lui avait révélé la raison de son voyage d'urgence en Virginie et les problèmes qui l'attendaient à la maison. Il avait même parlé de son roman, celui qu'il écrivait depuis tellement longtemps qu'il ne se rappelait plus quand il l'avait commencé.

Malcolm expliqua comment il prévoyait de fêter le jour où son livre figurerait sur la liste des best-sellers du *New York Times*. Une fois qu'il l'aurait terminé, bien sûr.

En revanche, il se garda bien de dire à Ana Paula ce qu'il espérait d'elle : qu'elle efface l'image de Rain de son esprit avant qu'il ne revoie son visage.

Pendant ce temps, Ana Paula dessinait des huit avec son index, son majeur et son auriculaire sur l'avant-bras nu de Malcolm posé sur la nappe en lin couleur crème.

De temps en temps, Malcolm devait rassembler toutes ses forces pour chasser la mort de ses parents de son esprit et apprécier la caresse d'Ana Paula.

Vers deux heures trente, le couple finit une deuxième bouteille de vin dans un bar vide adjacent au restaurant quatre étoiles. Un gardien balayait le sol autour d'eux.

Ana Paula se pencha en avant et murmura quelque chose, ses lèvres s'attardant une seconde de trop sur son oreille. Son parfum était enivrant et familier. Mais lorsque Malcolm regarda de nouveau ses yeux marron magnifiques, il vit quelqu'un d'autre.

« Je ne peux pas. » Sa réponse les surprit tous les deux.

Et à sept heures, même s'il avait dit non à la beauté brésilienne, Malcolm embarqua à bord du vol 2122, la voix de sa mère dans la tête et un sentiment de culpabilité dans le creux de l'estomac.

5

Vendredi matin

Sur le vol à destination de Miami, Malcolm ne regarda pas *à travers* mais *dans* le hublot à côté de lui. Dans son reflet, il vit sa mère, Laurel, en train de danser seule dans la spacieuse salle de séjour le jour où ses parents avaient conclu l'achat de *Domus Jefferson*.

La maison d'hôtes venait d'être repeinte en blanc, une condition que Jack avait imposée pour la vente. C'était durant l'été 1968. Malcolm avait alors treize ans.

Quelque part dans la maison, le frère aîné de Malcolm, Matthew, cuisinait son père sur la rentabilité d'un *bed and breakfast* et sur sa décision de quitter son poste de chef d'entretien à l'université de Virginie. Matthew reconnaissait qu'il ne s'agissait pas d'un poste des plus prestigieux, mais il garantissait un salaire confortable et sûr et une récompense pour vingt-deux années de service à l'université dans plusieurs postes de col bleu. Les collègues de Jack l'appelaient souvent *Jack Barry*, aussi bien pour sa ressemblance avec le présentateur du jeu télévisé *Twenty-One* que pour son amour des futilités.

« Tu dois être le chef d'entretien le plus intelligent du système universitaire public, disaient les amis de Jack. Tu devrais superviser les opérations à Yale. Tu dois être l'expert des toilettes le plus instruit d'Amérique. » Ils le taquinaient, il riait, ils le taquinaient encore plus et il souriait, sachant que finalement c'est lui qui rirait le dernier. Effectivement.

Jack et Laurel économisaient doucement pour réaliser leur rêve de devenir propriétaires d'un *bed and breakfast*. Ils épargnaient depuis dix ans, mais ils pensaient que leur rêve deviendrait réalité une fois que leurs enfants auraient grandi et quitté la maison.

Pourtant, une aubaine, un cadeau à six chiffres d'un oncle mourant de Jack à Pittsburgh accéléra leurs plans.

Même si Jack et Laurel n'y étaient nullement obligés, ils trouvèrent un appartement pour le frère jumeau de Jack, Joe, avec un loyer prépayé de six mois et des milliers de dollars pour l'aider à vivre jusqu'à ce qu'il trouve un nouveau travail.

Quelques semaines avant que les Cooper ne concluent l'achat du *bed and breakfast*, Joe avait été licencié d'un job de jardinier pour le comté d'Albemarle.

Visiblement, ils n'avaient pas apprécié qu'il fasse six kilomètres avec une tondeuse à conducteur autoporté pour aller s'acheter une boisson en centre-ville pendant la pause déjeuner.

« Une boisson, monsieur ? » La voix douce de l'hôtesse de l'air le fit sursauter. Malcolm secoua la tête et baissa le store du hublot. Il n'avait jamais été un gros dormeur. Il éteignit la lampe au-dessus de lui, appuya sa tête contre le hublot et ferma les yeux.

Dans ses souvenirs, il vit Samantha, sa sœur à la mauvaise humeur chronique.

Elle lisait Shakespeare sous le porche et se demandait combien de temps elle allait attendre avant de demander la permission de passer un appel longue distance. La petite fille de dix ans, qui aimait les mélodrames, regrettait encore d'avoir dû quitter ses amis à Charlottesville pour aller s'installer plus au nord dans la vallée de Shenandoah en Virginie. « Au moins, Charlottesville était juste une ville un peu endormie, se plaignait-elle à ses parents. Cet endroit est carrément groggy. »

Même si Samantha avait fini par s'acclimater à Woodstock et qu'elle s'était fait toute une clique d'amis excentriques, la vie qu'elle avait laissée dans la ville éclectique, construite par Thomas Jefferson, lui manquait toujours.

Elle trouva une consolation dans le petit cottage à deux chambres qui se trouvait à une cinquantaine de mètres de la maison principale et dans lequel Malcolm et elle allaient vivre jusqu'à la fin du lycée.

Malgré les nombreux avantages du cottage et la liberté qu'il lui procurait – certains l'aimaient d'autres la détestaient pour ça, mais tous l'enviaient –, Samantha continuait à regretter Charlottesville. Ce qui lui manquait par-dessus tout, c'étaient les nombreux théâtres et les fréquentes occasions de passer des castings pour des productions théâtrales.

Samantha était montée plusieurs fois sur les planches depuis qu'elle avait six ans, la plupart du temps pour jouer des rôles secondaires, mais elle était suffisamment expérimentée pour dire que la scène théâtrale dans la vallée de Shenandoah avait un côté amateur, peu inspirant, et qu'elle ne convenait pas à quelqu'un avec un tel potentiel. Elle menaça plusieurs fois de quitter la Virginie et de rejoindre en stop Washington D.C., de prendre le train jusqu'à New York et de tenter sa chance à Broadway. C'est exactement ce qu'elle fit pour son dix-septième anniversaire.

Matthew, le plus vieux des trois enfants Cooper, avait dix-sept ans lorsque la famille déménagea à Woodstock, et grâce à deux étés passés à suivre des cours toute la journée à l'école de Charlottesville, il eut la possibilité d'obtenir son baccalauréat un an plus tôt.

Il n'écouta pas son père qui lui conseillait de s'inscrire à l'école et de faire son année de terminale pour profiter de son adolescence et jouer au football américain pour les Faucons de Woodstock Central High. Matthew s'était déjà abîmé la santé à force de faire du sport.

De plus, il tenait absolument à aller à l'université Virginia Tech à Blacksburg et à faire des études de commerce. Pour ne pas décevoir son père, le champion en trois sports prétexta un genou défaillant pour expliquer la fin prématurée de sa carrière sportive.

Matthew croyait que son père rêvait que son fils gagne des millions. Matthew rêvait bel et bien de devenir riche, mais à Wall Street, pas sur un terrain de football américain.

Malcolm revoyait à présent ce soir d'été encore plus clairement que sur le moment. Sa mère portait une robe jaune légère et se balançait d'avant en arrière sur un disque d'Elvis qui passait sur un vieux tourne-disque dont ils avaient hérité en achetant la maison d'hôtes. Il la regardait depuis la grande table de la salle à manger.

« Ce n'est pas comme ça qu'on danse, maman.

— Ah non, Malcolm Cooper ?

— Même Sammie danse mieux que ça.

— Ferme-la, andouille ! cria Samantha à travers la fenêtre ouverte depuis le porche.

— Samantha !

— Désolée, maman – *andouillette*. C'est mieux ? »

Laurel réprima son envie de rire.

« Tu veux bien mettre tes chaussures de danse, jeune homme ? dit sa mère pour le mettre au défi.

— D'accord, mais juste pour une chanson, dit-il en passant la porte et en entrant dans la salle de séjour. Regarde bien, Sammie ! cria-t-il. Tu vas peut-être apprendre quelque chose.

— Je vais apprendre à dégobiller sur mes chaussures, c'est ça ?

— Retourne à ton livre, Samantha. Et arrête d'être aussi insolent, monsieur », dit Laurel en regardant son fils du coin de l'œil pour le taquiner. Puis, elle tendit les mains.

« Alors, on danse ? »

Pendant trois chansons, Malcolm et sa mère se déplacèrent en tournoyant dans la salle de séjour et la salle à manger, évoluant avec aisance autour de la table comme s'il s'agissait d'un autre couple sur la piste de danse, puis ils finirent par traverser la cuisine.

« Tu es un vrai danseur ! s'exclama sa mère tandis qu'elle se penchait pour passer sous le bras de son fils en tournant. Tu es même meilleur que tu ne le prétendais ! »

Ces paroles n'auraient pas pu lui faire plus plaisir si Dieu en personne les avait prononcées.

« Mesdames et messieurs. » L'hôtesse de l'air brésilienne parlait anglais avec moins d'accent que la plupart des autochtones que Malcolm avait rencontrés pendant son séjour au Brésil. « Nous commençons notre descente sur Miami. Le capitaine demande que vous éteigniez et que vous rangiez tous vos appareils électroniques portables et que vous remettiez votre tablette en position verticale et verrouillée. Il est quinze heures trente, heure locale. »

Malcolm tendit trois sachets vides ayant contenu des bretzels et une canette de Sprite à l'hôtesse, puis il tira le sac vomitoire de la poche du siège devant lui, au cas où.

De l'autre côté du couloir, il y avait deux garçons brésiliens – des jumeaux, pensa Malcolm – et un homme qui devait être leur père. Il était assis entre les deux, sur le siège du milieu, et lisait un magazine consacré au foot. Les garçons se penchaient et montraient du doigt des joueurs. Ils se disputaient en plaisantant pour savoir qui était le meilleur. « Chut, dit leur père. *Fecham suas bocas.* » Il regarda Malcolm en souriant.

Malcolm ferma de nouveau les yeux et il vit un terrain de foot boueux près d'une chapelle richement ornée, ce qui était plutôt inhabituel, à Sete Lagoas.

Il rentrait à la maison après le déjeuner qu'il avait pris sur la place du centre-ville entourée de restaurants, de bars et de boulangeries à quelques mètres seulement d'un des sept lacs qui avaient donné son nom à la ville brésilienne. Il avait le ventre rempli de haricots rouges et de riz accompagnés de fines tranches de steak. Il sentait encore le goût des douces bulles de soda – le Guaranà parfumé aux baies – sur sa langue.

« *Oi, amigo* ! cria un garçon. *Americano ! Americano* ! »

Malcolm regarda dans sa direction.

« *Quer jogar* ? »

Malcolm lui adressa un grand sourire et montra ses tongs. « *Não tenho sapatos*, dit-il. *Não tenho sapatos.* »

Le garçon se mit à rire et six autres joueurs se rassemblèrent autour de lui, puis regardèrent le grand Américain blanc.

« *Olha* ! » cria l'un d'eux, et chacun des garçons montra ses pieds.

Malcolm n'avait pas remarqué, mais la moitié d'entre eux portait des sandales, l'autre moitié était pieds nus. Malcolm sourit à nouveau, s'avança sur le terrain et ôta ses tongs.

L'un des garçons lui fit signe d'enlever sa chemise et de se joindre à l'équipe des « torses nus ». Il s'exécuta, mais le ciel se mit à déverser, en quelques secondes, semblait-il, l'équivalent d'un mois de pluie sur la ville.

Ils continuèrent à jouer.

Malcolm remontait et descendait le terrain en courant, jusqu'à ce que ses jambes le brûlent, il courait après la balle et les garçons comme s'il jouait pour douze. Les garçons dansaient autour de lui et glissaient avec le ballon comme s'ils se déplaçaient en rythme sur le terrain.

Lorsque Malcolm eut la possibilité de s'échapper et de foncer devant la cage, le goal glissa à cause de la pluie et Malcolm put marquer. Il était sûr que le garçon avait fait exprès de tomber.

Malcolm lui fit un clin d'œil.

Le garçon l'imita.

Trempé et couvert de boue, Malcolm prit sa chemise et se laissa tomber sur le dos au milieu du terrain. Les garçons se jetèrent sur lui et l'assaillirent de questions à propos des États-Unis.

Était-il riche ? De quelle couleur était le ciel en Amérique ? Avait-il déjà été dans un magasin de proximité 7-11 ? Était-il marié ? Les chiens américains aboyaient-ils en anglais ? Allait-il tous les ramener à la maison avec lui ? Ou uniquement l'un d'entre eux ?

Malcolm répondit patiemment à chacun des garçons et, avant de partir, il tira une liasse de billets humides de sa poche. Il la tendit à l'un des garçons et montra une boulangerie de l'autre côté de la rue. Les garçons se mirent à crier de plaisir. Certains lui serrèrent la main, d'autres dirent : « Bravo, tope là. »

Un autre dit tout simplement « *Obrigado* » et donna une longue accolade à Malcolm.

C'est ce visage sale et reconnaissant du garçon que Malcolm revoyait dans ses souvenirs, lorsque les jumeaux tout près de lui, sur le vol à destination de Miami, se mirent à éclater de rire et se firent gronder par leur père. Malcolm tourna la tête et regarda l'océan par le hublot.

Mes parents sont morts, pensa-t-il.

Il n'était qu'à quelques heures et à un autre vol de retrouvailles délicates avec Matthew et Samantha, d'un enterrement avec deux cercueils et d'une confrontation avec les souvenirs de son père.

La tête lui tournait.

Malcolm chassa de son esprit les retrouvailles encore plus délicates avec les autorités, des autorités qui l'avaient poussé à fuir tout comme l'homme qui avait volé son amour de jeunesse.

Mes parents sont morts.

Malgré tout, il pouvait déjà sentir le parfum de Rain.

6

Vendredi soir

« Il est déjà là ? » brailla Nathan Crescimanno en descendant de sa BMW et en se dirigeant vers le portail de *Domus Jefferson*.

« Pas encore », répondit Samantha, qui se tenait seule sous le porche. Avec son mètre cinquante-sept et son costume un peu trop grand pour lui, Nathan ressemblait à un garçon qui aurait emprunté la voiture de son père. C'est ce que pensa Samantha en le voyant. Il portait des lunettes à monture dorée à la John Lennon.

« Où est Rain ?

— À l'intérieur. Mais ne parle pas trop fort, s'il te plaît. Il y a suffisamment d'animation comme ça.

— Où est Matthew ?

— À l'intérieur. Qu'est-ce que c'est, Nathan ? Un interrogatoire ?

— Désolé. Je suis très énervé. » Nathan gratta instinctivement l'arête de son nez. « Tu peux aller me chercher Matt, s'il te plaît ? J'attends dehors. »

Samantha hocha la tête, les yeux pétillants, et entra dans la maison d'hôtes bondée.

Quelques instants plus tard, elle revint avec Matthew.

« Salut, Nathan », dit Matthew en serrant sa main avec fermeté et en constatant une fois encore à quel point les mains de Nathan étaient petites et douces pour un homme.

« Matt, Matt, Matt, tu as pu venir. Comment ça va ? Comment c'est Boston ?

— Boston, c'est super, mais en fait je suis à New Yo…

— Et où est ta superbe femme ? Mon ne descend pas ?

— Non, Monica ne vient pas. Son activité est en plein développement en ce moment.

— Tant mieux pour elle. Eh, Matt, je suis désolé pour tes parents. Je sais que c'est dur. »

De l'autre côté du porche, Samantha se retourna et leva les yeux au ciel.

« Je te remercie… Alors, quoi de neuf ? Tu as parlé à l'inspecteur Romenesko ?

— Oui, et comme je te l'avais promis au téléphone, j'ai fait ce qu'il fallait. Nous allons regarder ailleurs jusqu'à ce que l'enterrement soit passé. Je l'ai convaincu que Malcolm ne présentera aucun risque… pendant quelques jours du moins.

— Je te remercie, dit Matthew. *Nous* te remercions », répéta Matthew en regardant sa sœur.

Elle se força à hocher la tête d'un air reconnaissant en regardant plus ou moins Nathan. La porte grillagée s'ouvrit, et Rain fit son apparition.

« Eh salut, toi ! dit Nathan. Ça va ? J'ai essayé d'appeler cinquante fois ici. Pourquoi est-ce que tu n'as pas répondu ?

— Je suis désolée, Nathan. Nous ne pouvions pas prendre tous les appels. Le téléphone n'a pas arrêté de sonner. »

Nathan s'approcha d'elle et l'attira vers lui. « C'est bon, dit-il avec une tendresse qu'il ne réservait qu'à elle. J'étais juste inquiet.

— Je sais, dit-elle en laissant retomber la tension et en le serrant dans ses bras. Je suis désolée.

— Ça va aller, ma belle. Il haussa la voix pour qu'on puisse l'entendre de l'autre côté du porche. C'est bientôt fini.

— Je retourne à l'intérieur », dit Samantha, puis elle feignit de tousser bien fort.

Matthew regarda ses chaussures et sourit.

« Rain, ma chérie, pourquoi est-ce que tu ne rentres pas avec elle ? Il faut que je parle en privé à Matthew. Quelques petites affaires à régler. » Il se pencha tout près et l'embrassa sur la joue. « Je t'aime », murmura-t-il.

Rain sourit chaleureusement, le serra de nouveau dans ses bras, retourna dans la maison et suivit Samantha à l'étage.

« Bon, écoute, Matt, il va falloir que je reste dans le coin quelques jours jusqu'à ce que tout soit réglé. Je demanderai sûrement à Sammie de m'aider aussi, tu sais, à garder un œil sur Malcolm. Il ne faut pas le laisser tout seul.

— J'ai compris, Nathan. Je te suis reconnaissant de nous laisser enterrer nos parents dans le calme. Perdre ses deux parents en une nuit, c'est suffisamment traumatisant pour nous. Nous n'avons pas besoin d'ennuis supplémentaires. Ces quelques jours vont être éprouvants.

— Naturellement. Écoute, Rain et moi ferons de notre mieux pour ne pas vous déranger. » Nathan essayait d'incarner une certaine autorité. « Et je suis sûr que tu seras là quand Malcolm se pointera.

— Normalement...

— Et où est-ce que tu loges ? »

Matthew inclina légèrement la tête et fronça ses épais sourcils qui se rejoignirent. « Je loge ici, Nathan, c'est un *bed and breakfast*.

— Bien sûr. » Il se retourna d'un air penaud pour regarder la maison comme s'il la voyait pour la première fois. « Bon, je ferais mieux d'aller à l'intérieur.

— Nathan ? appela Matthew juste au moment où Nathan posait sa main sur la poignée de la porte grillagée.

— Ouais ?

— Le mariage est toujours d'actualité ?

— Tu as entendu ?

— Bien sûr.

— Pourquoi est-ce que tu demandes alors ? Tu sais quelque chose que j'ignore ? » demanda Nathan en riant nerveusement. Matthew se dit que ça ressemblait plus à un spasme qu'à un rire.

« Ne t'inquiète pas. Je ne savais pas, c'est tout. Comme je vis à New York, je ne suis pas toujours au courant de ce qui se passe à Woodstock. Sam a juste mentionné que la réception allait se dérouler dans la maison d'hôtes et j'ai fait le lien. Réception. Mariage.

— Tu es malin. Oui, c'est toujours d'actualité. À moins qu'il n'arrive quelque chose, tu vois ?

— Je vois, dit Matthew en hochant la tête.

— Alors garde un œil sur ton frère. »

Dans la chambre principale, arrangée avec soin, comme si elle n'avait pas été le cadre de deux morts, Samantha et Rain étaient allongées sur le grand lit les yeux levés vers le ventilateur de plafond qui tournait doucement.

« Je n'arrive toujours pas à le croire, dit Rain.

— Je sais.

— Ton père et ta mère sont morts. Comme ça.

— Je sais. C'est comme un rêve. Je n'arrête pas de me dire que papa est juste parti se promener dans la propriété ou qu'il est en train de lire dans son bureau. Mais j'ai vérifié. Il est bel et bien parti.

— J'ai tellement de peine. Et je ne suis qu'une amie, une employée…

— Rain, l'interrompit Samantha, tu sais que tu es bien plus que ça. Tu es un membre de la famille. Maman et papa t'adoraient.

— J'espère. » Rain essuya avec son pouce les larmes qui commençaient à perler au coin de ses yeux. « J'en ai déjà assez de pleurer et ça ne fait que vingt-quatre heures. On en a encore pour quelques jours.

— Je sais. » Samantha poussa un profond soupir. « Tu as pensé à ce que nous allons faire ? » Elle tourna la tête vers Rain.

« À propos de quoi ?

— Tu le sais très bien.

— À propos de mon travail ici ? À propos de la réception Vanatter prévue pour le week-end prochain ? À propos des lézardes ? J'ai presque un sapin de Noël qui pousse…

— Tu sais pertinemment de quoi je veux parler.

— Oh !

— Oui, oh !

— Tu veux dire ce que je vais faire avec ce type. Machin-truc ? Le Vagabond.

— Celui-là même. »

Rain eut un petit sourire. « Je ne suis pas allée jusque-là. Honnêtement, j'ai l'esprit un peu embrumé, Sam. J'essaie encore de comprendre ce qui s'est passé.

— Tu mens à un fonctionnaire de police, dit Samantha en tapant la hanche de Rain avec le dos de sa main.

— Je ne sais pas. Je suppose que ça m'a traversé l'esprit une fois ou deux, ou peut-être cent fois, mais ces pensées ne m'ont menée nulle part, elles n'ont fait que me rendre malade.

— Il sera là ce soir, tu sais. Il m'a appelée de Miami.

— Comment est-ce qu'il va venir jusqu'ici ?

— Il a loué une voiture. Il ne m'emmènerait même pas faire un tour. J'aurais fait tout le chemin à pied et je l'aurais ramené si cela avait pu me faire sortir d'ici ne serait-ce que quelques heures.

— Oh non. Il y a trop de monde en bas ? Tu veux que je commence à renvoyer les gens chez eux ?

— Non, non. Ils veulent bien faire, dit

Samantha, mais c'est épuisant. J'en ai assez que tout le monde me serre dans ses bras. » Elles restèrent silencieuses un instant. « Tu sais que tu ne vas pas pouvoir l'éviter pendant trois jours.

— Je sais », dit Rain en se résignant. Une autre minute passa.

Samantha finit par poser la question que Rain redoutait le plus. « Tu l'aimes encore ? » Elle s'interrompit. « N'est-ce pas ? »

Rain fit tourner sa bague de fiançailles autour de son doigt. « Je suis presque mariée, Sam.

— Ce n'est pas ce que je t'ai demandé.

— J'aime Nathan. Vraiment. Il est tellement gentil avec moi. Il me traite comme si j'étais une princesse, la plupart du temps. Je sais qu'il prend certaines personnes à rebrousse-poil, je le vois, vraiment. Mais avec moi, c'est un gentleman. Il est sérieux, tellement patient avec moi. Il m'aime. Il a des rêves.

— Il rêve de diriger le monde.

— Pas le monde, Sam. Juste le Commonwealth de Virginie. Et si je peux me permettre, il a le même code postal que moi. Ça rend les choses beaucoup plus faciles quand on se fréquente.

— Écoute-moi bien : on ne peut pas dire que tu as donné au Vagabond beaucoup de raisons de rester. » Samantha tourna la tête vers Rain et la regarda comme pour s'excuser.

Elles restèrent allongées en silence et écoutèrent les murmures qui venaient du rez-de-chaussée.

La porte d'entrée semblait s'ouvrir et se refermer toutes les minutes ou presque.

« Sam ?

— Ouais ?

— En parlant de rêves…

— Oui, oui, marmonna Samantha.

— Qu'en est-il des tiens ? Maintenant ?

— Tu sais que j'avais des rêves, de grands rêves, je pense, mais ça fait un moment que je les ai mis de côté. » Elle hésita. « Tu sais ce que c'est. » Samantha se mit de nouveau à fixer le plafond.

« Pourquoi est-ce que tu as arrêté ?

— De jouer ?

— Oui.

— Oh, je ne sais pas. Will détestait cette vie. Il détestait les autres acteurs. Il pensait qu'ils voulaient tous prendre sa place dans ma vie. Il pensait que tous les acteurs étaient superficiels et égoïstes.

— Mais toi, tu ne l'étais pas.

— J'espère que non.

— Mais lui, l'était, non ?

— À plus d'un titre », dit Samantha d'un ton catégorique.

Rain donna une tape sur la jambe de Samantha. « Alors pourquoi pas maintenant ?

— Oh peut-être un jour, qui sait ? Je n'ai pas beaucoup de temps en ce moment. »

Rain réfléchit à sa réponse. « Mais tu finiras peut-être par trouver le temps. Et je parie que la troupe de Harrisonburg aimerait te voir revenir.

— Peut-être.

— Ça fait combien de temps ? demanda Rain. Cinq ans, sept ?

— Dans ces eaux-là. »

Rain se frotta les yeux, puis étendit les bras au-dessus de sa tête. « Tu sais, je serai la première dans la queue. Premier ticket, première rangée, première représentation.

— Je sais, dit Samantha. Mais d'abord, il faut que tu te cases.

— Oh ! Sam, comment est-ce que tu fais pour te soucier de mes affaires de cœur au milieu de tout ça ?

— C'est thérapeutique. Écoute, je crois que je suis engourdie à quatre-vingt-dix-neuf pour cent. Je n'ai pas le mode d'emploi pour faire face à la mort de ma mère et de mon père la même nuit. Alors, je suppose que penser à tes problèmes fait paraître les miens un peu moins graves. » Elle se tourna de nouveau vers Rain et sourit.

« Samantha Cooper ! » Rain saisit l'oreiller

entre elles et donna un coup sur la tête de Samantha avec.

« Chut, il y a des personnes en deuil en bas. » Les deux femmes étouffèrent un rire épuisé.

« Sam, qu'est-ce que je vais faire ?

— J'sais pas. Vraiment pas. »

Elles restèrent allongées silencieusement jusqu'à ce que le bruit en bas se déplace vers l'extérieur, dans la cour, puis dans le petit parking pour finir par se diviser en une demi-douzaine de voitures qui démarraient.

La maison d'hôtes était calme à présent.

7

Malcolm regarda une pile de cartes routières de la région. « Je viens de prendre un vol en provenance d'Amérique du Sud pour assister à un enterrement », dit Malcolm à Salima, la femme de l'équipe du soir au guichet Avis. La jeune femme charmante et gentille le fit passer de la catégorie petit modèle économique à la catégorie modèle moyen.

Lorsqu'il ajouta qu'il s'agissait de l'enterrement non pas d'un seul mais de ses *deux* parents adorés, elle lui proposa un modèle de la catégorie supérieure. Puis, après lui avoir confié que la seule femme qu'il ait jamais aimée l'avait quitté deux ans auparavant et qu'il était terrifié à l'idée de la revoir, il quitta le parking à bord d'une Mustang décapotable bleu foncé.

Il faisait un temps exceptionnellement chaud pour la saison en Virginie, même pour la mi-avril.

Le thermomètre du tableau de bord indiquait vingt et un degrés. Il s'arrêta sur la bande d'arrêt d'urgence, à l'entrée de la voie rapide, et il enleva la capote de la Mustang.

Malcolm conduisit en direction de l'ouest et traversa les banlieues du nord de la Virginie jusqu'à ce que les centres commerciaux et les chaînes de restauration rapide s'évanouissent pour laisser place à des terres cultivées et à des collines ondoyantes le long de la route 66 et plus tard au sud le long de la 81.

Moins de trois heures après avoir atterri à Washington Dulles, il se trouvait à une station-service à la sortie Woodstock et s'achetait un Coca Light et deux boîtes de Tic Tac. Il était soulagé de constater, et pas moins surpris, que l'employé derrière la caisse avait un visage qu'il n'avait jamais vu auparavant.

Il remit la capote de la Mustang avant de quitter la station d'essence et de se diriger vers la ville. Peu de choses avaient changé en deux ans. Quelques instants plus tôt, il avait remarqué un nouveau Arby's à la sortie de la voie rapide et une station Shell joliment réaménagée, mais le centre-ville de Woodstock ressemblait exactement à ce qu'il était deux ans auparavant, lorsque Malcolm avait fui la ville avec quelques habits dans un sac et un billet d'avion gratuit dans la poche.

La devanture du Drugstore Walton & Smoot's était éteinte, tout comme celles de la boutique-cadeaux juste à côté et du bureau Century 21 au coin de la rue.

Quelques pâtés de maisons plus loin, dans la rue principale, des lumières étaient éclairées dans le cinéma de la famille Devin Rovnyak. Malcolm supposa que les jumeaux adolescents de Devin se trouvaient à l'intérieur avec leurs amis et qu'ils regardaient les sorties de la semaine suivante.

Il se demanda s'ils avaient laissé la porte de derrière ouverte. Il aurait pu, comme au bon vieux temps, se faufiler à l'intérieur et leur faire peur en arrivant par-derrière, un cornet géant de pop-corn sur la tête et des pinces à hot-dog à la main qu'il brandirait sauvagement.

Il était sûr que l'un des jumeaux ferait dans son pantalon devant les camarades qu'il souhaitait impressionner, Malcolm l'avait déjà vécu. *Tentant*, pensa-t-il. *Peut-être un autre soir.*

Malcolm se dirigea vers l'extrémité de la ville et s'arrêta sur le parking du grand magasin Ben Franklin qui lui rappela pourquoi il aimait Woodstock.

Contrairement à beaucoup de villes de Virginie, Woodstock ne vous ramenait pas quelques siècles en arrière, mais ce n'était pas non plus une ville entièrement moderne et nouvelle.

Sur le parking de Ben Franklin –sûrement l'un des derniers à être encore ouverts, se trouvait la filiale flambant neuve d'une banque nationale. Des monuments historiques faisaient face à de nouveaux restaurants et à des chaînes d'hôtels dans la rue principale.

Pour Malcolm, c'était le mélange idéal entre le passé et le présent. Les habitants n'oublieraient jamais le riche héritage de leur ville et ne sacrifieraient jamais leur esprit de petite ville sûre. Pourtant, ils ne résisteraient pas non plus, tout simplement par principe, à un Wendy's Double au fromage et un à gros Frosty.

Malcolm s'engagea avec sa décapotable sur la route 11 et retraversa la ville par un autre itinéraire. Il tourna à gauche dans la Woodstock Tower Road et suivit sa pente sinueuse sur plusieurs kilomètres dans la montagne jusqu'à la George Washington National Forest.

Quelques minutes plus tard seulement, au sommet de la colline qui surplombait Woodstock et les fameux Sept Coudes du fleuve Shenandoah, Malcolm grimpa la piste caillouteuse jusqu'à la célèbre Tour de métal. Il monta sur l'échelle, puis s'avança sur sa grande plateforme.

Malcolm et les jeunes loups du lycée avaient passé des heures en haut de la tour de Woodstock. Elle offrait une vue panoramique unique sur la

Virginie du Nord. À l'ouest, depuis l'ancien poste d'observation pour la surveillance des incendies, les visiteurs pouvaient voir Woodstock et les Sept Coudes du bras nord du fleuve Shenandoah.

À l'est, si l'air était vif, et le temps, clair, on pouvait voir Fort Valley et Massanutten Mountain. Par les jours les plus clairs, on pouvait apercevoir les montagnes Blue Ridge. Il se promit de revenir de jour pour profiter de la vue.

Malcolm dirigea sa lampe torche sur le toit en métal et sourit en voyant les graffitis. Certains étaient nouveaux, d'autres, familiers.

Il reconnut sa propre écriture sur l'un des piliers de soutien. Il avait griffonné en lettres rouges : J'AIME RJ.

Malcolm reprit le chemin étroit et caillouteux en sens inverse jusqu'à la route 11. Il roula de nouveau vers le sud et remarqua qu'une lumière était éclairée à l'étage du musée de la ville.

Il se demanda si Maria Lewia avait fini par prendre sa retraite.

Elle avait été son professeur d'anglais au lycée et c'est elle qui lui avait donné envie de devenir romancier. Elle avait publié quelques romans. L'un d'eux était même un roman d'amour torride écrit sous un pseudonyme. Mme Lewia avait finalement pris sa retraite d'enseignante lorsqu'elle avait réalisé qu'elle ne pouvait plus lutter verbalement avec les jeunes de dix-sept ans. Sa retraite avait duré moins d'une semaine. Bethany Brickhouse, une dame de quatre-vingt-deux ans très en forme pour son âge et encore très belle, avait longtemps été directrice du musée et était de loin sa donatrice la plus généreuse.

Une année, Mme Brickhouse fit un malaise dans la chaleur et l'humidité de la remise des diplômes au lycée du centre. Elle ne reprit jamais connaissance. Après y avoir été poussée par le maire, plusieurs membres du conseil municipal et Malcolm lui-même, Mme Lewia prit le poste de Mme Brickhouse à la direction du musée.

En dépit de l'heure tardive, Malcolm envisagea un instant de se garer et de rendre une visite à celle qui lui avait donné l'envie d'écrire, mais il se ravisa. Mme Lewia allait lui demander s'il avait fini son roman. Il n'avait rien fini du tout.

De plus, elle n'avait vraiment pas besoin, tout comme n'importe quel citoyen de son âge d'ailleurs, d'un incident à la jumeaux Rovnyak.

Il continua à rouler et s'arrêta devant le Woody's bar. Il était plutôt calme pour un vendredi soir. La saison de football du lycée était terminée depuis longtemps ; il n'y avait aucune victoire à fêter.

Malcolm ne s'était plus approché du bar depuis la dernière fois qu'il avait vu Rain. En regardant le trottoir, en repensant à cette nuit-là et en revoyant une dent couverte de sang rouler jusqu'à une plaque d'égout, Malcolm eut un haut-le-cœur.

Il se souvint de sa visite dans la maison en rangée de Rain aux premières heures du matin après la bagarre.

Debout devant la porte d'entrée, il lui dit que l'homme qu'il avait attaqué la veille au soir était le fils d'un éminent législateur de Virginie et qu'il était certain qu'il serait puni beaucoup trop sévèrement pour la bagarre.

Malcolm lui dit que cette bagarre serait le méfait de trop dans son casier judiciaire déjà en dents de scie. Il lui dit que Nathan s'était vanté que leurs fiançailles étaient officielles à présent. *C'est vrai ?* voulait-il savoir.

Il lui dit qu'elle avait besoin de temps et de distance avec cet homme à qui on ne pouvait pas faire confiance, il en était certain. Il la supplia de quitter Woodstock avec lui.

Rain tendit son doigt nu et accusa Malcolm en pleurant de s'être une fois de plus laissé aveugler par sa jalousie.

Malcolm la supplia.

Rain pleurait.

Vingt-quatre heures plus tard, elle était toujours à Woodstock et Malcolm était dans l'hémisphère sud.

Malcolm se secoua pour ne plus penser à ces souvenirs, puis il appuya sur l'accélérateur, roulant à toute vitesse pour s'éloigner au plus vite du Woody's bar. Il brûla le dernier feu rouge avant de quitter la ville et de se diriger vers l'obscurité qui enveloppait la route 11.

Il ne pouvait aller nulle part ailleurs. Il était à trois kilomètres de sa sœur, de son frère et d'un rendez-vous avec l'histoire.

Une fois encore, l'odeur du parfum de Rain flotta autour de lui.

8

Malcolm tourna à gauche pour quitter la route nationale et remonta l'allée familière qui conduisait à *Domus Jefferson* perchée au sommet de la majestueuse colline. Tandis que sa voiture s'arrêtait doucement, les phares révélèrent la sérénité qui régnait toujours dans la maison d'hôtes. Peu importe le nombre de personnes qui y séjournaient ou le bruit qu'elles pouvaient faire, la maison d'hôtes offrait toujours une image de tranquillité ; on aurait dit une aquarelle sortie d'un livre illustré.

Même au milieu du chaos visuel des gyrophares d'ambulance et de voitures de police, de tous les gens qui s'étaient rassemblés le jour où Jack et Laurel étaient partis, l'air sur cette colline avait été indéniablement calme. Jack appelait la sérénité de l'endroit *l'esprit de Jefferson*. Malcolm la qualifiait de *sinistre*.

Malcolm dénombra quatre voitures uniquement : un Chevy El Camino de 1979, une voiture de police de Woodstock, la Volvo de sa mère, et le pick-up Chevy vert de son père. Malcolm éteignit les phares et resta assis au volant. Sur le porche plongé dans l'obscurité, il imagina sa mère en train d'embrasser un jeune homme maigre dans un smoking bleu pastel. Près de lui se tenait sa cavalière étourdie du bal des étudiants.

Elle avait dix-sept ans alors. Il s'éloigna de sa mère et, feignant de ne pas voir les bras tendus de son père, prit la main de sa cavalière. « Faites attention à vous », entendit-il sa mère crier derrière lui tandis qu'il faisait monter sa cavalière dans la limousine blanche.

Malcolm ne pouvait pas se rappeler s'il avait répondu ou non. Il se souvenait uniquement de l'odeur du parfum de Rain Jesperson sur sa nuque tandis qu'ils dansaient sous le lustre au Marriott dans la ville toute proche de Harrisonburg.

Il ouvrit la portière de sa voiture de location et sortit dans l'air agréable du soir qui tombait sur Woodstock. Il prit son sac de marin en toile dans le coffre et se dirigea vers la maison d'hôtes. On n'entendait que le crissement de ses sandales épaisses sur le gravier fin de l'allée. Il grimpa les six marches qui menaient au grand porche si particulier de *Domus Jefferson* et dont la photo figurait sur la première page de la brochure du *bed and breakfast*.

« Salut, Malcolm », dit une voix dans l'obscurité.

Malcolm sursauta. « Bonsoir ? » Il laissa tomber son sac par terre, se retourna et vit deux hommes – deux pasteurs – se balançant dans deux des six fauteuils à bascule alignés sous le porche et qui faisaient face à la nuit.

« Désolé, je pensais que tu nous avais vus, dit l'un d'eux en se levant.

— Qu'est-ce qui vous a fait penser ça, mon vieux ? Vous m'avez fiché une de ces trouilles, j'ai failli faire dans mon froc.

— Malcolm ! dit le pasteur, d'un ton désapprobateur et familier.

— Désolé, pasteur B.

— Je suis content de te revoir. Et tu te souviens du pasteur Doug White ?

— Bien sûr. Bonsoir, pasteur. »

Le pasteur Doug se leva et serra la main de Malcolm.

Les pasteurs Doug et Braithwaite avaient la même taille et à peu près le même âge. Les cheveux du pasteur Braithwaite étaient bien coiffés et ne semblaient pas avoir poussé ni être tombés depuis le jour où Malcolm l'avait vu pour la première fois alors qu'il était encore petit garçon et qu'il allait à l'église, la plupart du temps contre son gré. Les cheveux du pasteur étaient toujours parfaitement taillés derrière ses oreilles, et sa frange était plaquée sur son front brillant.

Il portait sa tenue habituelle : une chemise blanche, une cravate bleue et une veste de sport bleue assortie.

Le pasteur Doug, quant à lui, était souvent ébouriffé et il n'en était pas autrement ce soir-là. Il avait des cheveux de plus en plus clairsemés sur le crâne et des favoris non symétriques.

Il portait un coupe-vent noir sur une chemise blanche et une cravate en mailles noire dont le nœud n'était pas très serré. Son pantalon noir en polyester était trop ajusté, et des chaussettes un peu marron dépassaient de baskets noires avec des lacets de la même couleur.

Lorsque Malcolm serra la main du pasteur Doug, ses doigts effleurèrent les restes d'une cicatrice sur son poignet. Malcolm avait toujours voulu demander. Il ne l'avait jamais fait.

Les deux pasteurs étaient inséparables, du moins aux yeux de Malcolm, depuis une dizaine d'années. Le pasteur Doug officiait dans une petite église près de la route 7 à Winchester et, de temps en temps, il traversait la vallée avec le pasteur Braithwaite qui se tenait toujours consciencieusement à ses côtés.

« C'est A & P qui m'a appelé, dit le pasteur Braithwaite. Nous sommes vraiment désolés, Malcolm. Nous sommes là pour vous aider. »

Malcolm hocha la tête tandis que sa sœur entrait dans son champ de vision périphérique et s'approchait de la porte d'entrée ouverte de la maison d'hôtes.

« Je pense que je m'attendais à ce que quelqu'un soit là pour m'accueillir, poursuivit-il en haussant la voix, mais je croyais que ça serait un des "poulets" de la ville.

— Malcolm ! » Le cri venait de l'autre côté de la porte grillagée. « Ne parle pas de ta sœur comme ça ! » Samantha sortit à toute vitesse et se précipita sur son frère, se jetant contre sa poitrine. Elle lui fit presque perdre l'équilibre, si bien qu'il faillit redescendre les escaliers en arrière.

« Vas-y doucement, ma fille ! dit-il. Je savais bien que tu rôdais dans le coin. » Il tendit tous les muscles de ses bras et de ses jambes pour empêcher leur couple chancelant de tomber. « On dirait que ça fait au moins deux ans que je ne t'ai pas vue. »

Samantha relâcha son étreinte et donna un petit coup sur le torse de son frère. « En fait, Vieille Branche, ça fait bien deux ans que tu ne m'as pas vue.

— Ça fait si longtemps ? Vraiment ? On dirait que c'était hier la dernière fois que tu m'as appelé comme ça.

— Tu vas en entendre encore plus d'ici la fin de la soirée.

— Je meurs d'impatience… À propos, où est ma nièce ?

— Chez les Godfrey. Elle est là-bas depuis que je lui ai appris la nouvelle. Je ne voulais pas qu'Angela reste toute seule.

— Tu diras à Angie que son oncle préféré est en ville. Ça va lui remonter le moral.

— Elle le sait. Il l'a emmenée manger une glace cet après-midi. » Samantha se mit à rire avant même d'avoir terminé sa plaisanterie.

« Eh bien, nous ferions mieux de vous laisser rattraper le temps perdu, fit le pasteur Braithwaite en se penchant pour ramasser sa serviette en cuir marron. Il faut que nous rentrions de toute façon. Le pasteur Doug loge dans ma famille pour quelques jours.

— C'est gentil à vous, pasteur », dit Samantha.

Le pasteur Braithwaite descendit les escaliers suivi du pasteur Doug, qui s'arrêta quelques secondes alors qu'il passait devant Malcolm. « Je suis content de vous revoir, les enfants. Et je suis désolé pour votre mère et votre père. » Il posa la main sur l'épaule de Malcolm et le regarda droit dans les yeux.

« Merci, pasteur.

— Si vous avez besoin de parler, l'un ou l'autre, n'hésitez pas à appeler le pasteur Braithwaite.

— C'est gentil. Merci à tous les deux », dit Samantha suffisamment fort pour que le pasteur Braithwaite puisse l'entendre.

Le pasteur Doug descendit l'escalier d'un pas lent, mesuré, dégingandé. Il s'arrêta en bas, pour faire un signe embarrassé avec son bras long et maigre avant d'entrer en se baissant dans la voiture du pasteur Braithwaite. Quelques secondes plus tard, le véhicule descendait doucement l'allée et finit par disparaître dans l'obscurité.

« Drôles de personnages, dit Malcolm en se tournant vers Samantha.

— Tais-toi et serre-moi dans tes bras encore une fois. » Samantha l'attira contre elle, le serrant fort et respirant l'odeur tenace de l'eau du fleuve dans sa barbe drue. « Je ne sais pas ce qu'il y a de pire, Mal. La mort de papa et maman ou l'odeur pestilentielle que tu dégages. Ça fait combien de temps que tu ne t'es pas douché ?

— Quelques jours. Et en fait, c'était plutôt un bain. Et ce n'était pas de l'eau, mais plutôt de la boue.

— Au Brésil ?

— Au Brésil.

— Eh bien, peu importe ton odeur, je suis contente que tu sois là, dit-elle en le serrant un peu plus fort. Tu m'as manqué, Mal.

— Je sais, j'ai tendance à manquer aux gens. »

Elle releva la tête de ses épaules. « Je suis sérieuse. On ne se prépare pas à ça. Je savais depuis un bout de temps que la mort pouvait emporter papa à tout moment. Mais maman ? » Elle appuya sa tête contre son torse et se mit à pleurer.

« Allez, viens, rentrons maintenant. » Il prit son sac et suivit sa sœur à l'intérieur. Il s'arrêta un instant dans l'entrée pour regarder la maison tranquille. « Matt est par là ?

— Il est allé rendre visite à Rosie et Rick Schwartz à Mount Jackson, mais il va revenir dans un moment. Il loge ici. » Sam se moucha.

« Les Schwartz sont encore en vie ? demanda Malcolm.

— Allons, Mal, ça ne fait pas si longtemps que ça que tu es parti. Rick a toujours sa clinique et Rosie est toujours maire, ça va faire dix ans maintenant.

— Je suppose qu'il n'y a pas grand-chose qui change par ici. » Ce n'était pas une question.

« Non, répondit quand même Samantha. Woodstock reste Woodstock et les Cooper restent les Cooper. C'est ce que papa disait du moins. »

Malcolm laissa tomber son sac en bas de l'escalier et emprunta le long couloir en direction de la cuisine.

Il s'arrêta à mi-chemin pour redresser un cadre légèrement de travers entourant un vieux penny.

« La maison n'a plus la même odeur.

— C'est parce que personne n'y fait plus la cuisine. » Samantha était assise à la très longue table de la salle à manger. Malcolm avait pris place en face d'elle. Les murs coquille d'œuf étaient ornés de tableaux représentant des héros de guerre et des présidents. Des pièces en porcelaine raffinée étaient exposées dans la vitrine d'un vieux meuble que Jack avait acheté à une vente aux enchères à Waynesboro l'année où ils avaient déménagé à Woodstock. Un plan d'architecte de Monticello était suspendu au mur opposé entre des tableaux représentant Jefferson et Washington. Derrière Malcolm, il y avait un tableau où on pouvait voir Washington prier dans la neige à Valley Forge. C'était l'une des œuvres d'art préférées de Jack.

« Tu te souviens de l'odeur des petits-déjeuners de maman ? dit Samantha en appuyant ses coudes sur la table. Le pain perdu qu'elle faisait ? Elle faisait tremper de gros morceaux de pain de mie dans sa pâte à crêpes toute la nuit. Et le jambon de Virginie ? Ça sentait tellement bon que l'odeur persistait jusqu'au dîner.

— Maman savait cuisiner, n'est-ce pas ? » Malcolm posa ses mains derrière sa tête, entrelaçant ses doigts, puis regarda le plafond.

« C'est ce qu'elle faisait le mieux, répondit Samantha. Dommage que je n'aie pas mangé plus souvent ici ces dernières années. »

Tous deux restèrent assis tranquillement, regardant les portraits de famille et les objets d'art anciens qui ornaient la pièce. Samantha finit par poser la tête sur ses bras croisés sur la table.

Elle leva les yeux vers son frère et admira ses traits rudes. Elle constata que, malgré la fatigue et sa barbe miteuse, il était toujours aussi beau.

« Quand aura lieu l'enterrement ? demanda Malcolm.

— Dimanche soir à l'église. Les gens pourront se recueillir devant les dépouilles samedi.

— Un enterrement le dimanche ?

— C'était le souhait de papa. Il l'avait dit à l'église, leur avait fait promettre. Je crois qu'il l'avait même écrit dans ses papiers lorsqu'il avait prépayé.

— Il a prépayé ? C'est tellement... tellement...

— ... typique de papa ?

— Ouais. Et les cercueils seront exposés à l'église aussi ?

— Non, dans la chambre funéraire des Pompes funèbres Guthrie à Edinburg.

— Ariek Guthrie est encore en vie ?

— Malcolm.

— Désolé, frangine. Les vieilles blagues ont la vie dure. »

Samantha eut un petit rire hennissant, puis les deux redevinrent silencieux.

« Elle est en fait chez les Guthrie en ce moment, au cas où tu te poserais des questions », dit Samantha quelques minutes plus tard.

« Où ?

— Chez Guthrie.

— Qui ?

— Nancy Reagan. Qui ça, à ton avis ?

— Super. Que fait Nanster en ville ?

— T'es vraiment un idiot. Tu sais parfaitement de qui je veux parler. »

Malcolm se cala dans son fauteuil et releva la tête. « Rain.

— Elle a demandé après toi, tu sais.

— Elle est encore en vie, elle aussi ?

— Malcolm, arrête !

— Arrête quoi ? Je ne sais pas quoi dire à ce stade, Sam !

— Tu ne veux pas savoir comment elle va ?

— Pas vraiment.

— Menteur.

— Très bien. Comment va-t-elle ?

— Mal.

— Bon. »

Samantha fit un clin d'œil. « Et toujours célibataire. » Malcolm se redressa sur son fauteuil.

« Le mariage a été repoussé déjà trois fois. La première fois, il y avait une bonne raison. La tante de Rain qui habite Gaithersburg s'était fait opérer et elle avait besoin d'aide pour quelques mois. Alors Rain est montée la voir et est restée avec elle. Nathan a dit que ça ne lui faisait rien, mais j'ai vu qu'il était vraiment énervé.

— Je suis sûr que ça t'a fait le plus grand plaisir », dit Malcolm en souriant.

Un sourire se forma sur les lèvres de Samantha, mais elle ne dit rien.

« Je n'en reviens pas. Je croyais que c'était fait.

— Eh bien, on ne peut pas dire que tu étais facile à joindre. J'ai essayé de t'appeler au moins cinquante fois sur ce stupide téléphone que maman t'avait acheté.

— Je ne l'allumais pas souvent. Tu as eu de la chance de m'avoir jeudi.

— Alors, tu étais où ?

— Sur un bateau, sur le fleuve Amazone, au nord à Manaus, en train de prendre des photos et d'écrire.

— D'écrire ?

— Mon livre, tu te souviens ?

— C'était il y a deux ans, Mal. Je pensais que tu l'avais terminé à présent.

— Moi aussi. J'ai été pris d'une forme très grave de l'angoisse de la page blanche, là-bas.

— Vaut mieux ça que d'attraper des vers, dit Samantha en souriant.

— J'en ai attrapé aussi », répondit Malcolm, d'un air pince-sans-rire.

Samantha feignit de taper sa tête contre la table.

Ils se mirent à rire comme deux personnes venant de raconter pour la énième fois une blague connue d'elles seules vieille de vingt ans.

« Alors quand est-ce qu'on aborde le sujet ? dit Samantha lorsque leurs rires se transformèrent en gloussements de plus en plus espacés.

— Nous y voilà.

— On ne peut pas faire indéfiniment comme si de rien n'était.

— Honnêtement, je suis surpris que tu aies tenu si longtemps.

— Ce n'est pas simple, Malcolm.

— Je suis sérieux. Je pensais que Nathan ou un de ses gars allaient m'attendre.

— Lui et Matt se sont mis d'accord. Il te laisse quelques jours, mais, après l'enterrement, il va falloir s'en occuper.

— Matt a réussi à convaincre Nathan de me foutre la paix ? Ça n'a pas dû être facile.

— En effet, mais c'est fait. Et Matt a vraiment fait cet effort pour toi.

— C'est quoi la contrepartie ? Tu vas me tenir la main pendant trois jours ?

— Pas tout à fait, mais j'ai besoin de tes clés.

— Quoi ?

— Tes clés, Mal.

— Tu plaisantes, j'espère.

— Pas du tout. Tu ne peux pas conduire. Ton permis est suspendu.

— Quoi ?

— C'est une procédure normale. Ils retirent ton permis lorsque quelqu'un avec un casier comme le tien décide de quitter la ville alors qu'il est en liberté sous caution.

— Allez, frangine, je ne ferai rien.

— Désolée, Mal. C'est mon boulot. C'est mon boulot qui est en jeu. »

Malcolm sortit les clés de la poche de son short trop large et les fit glisser sur la table.

« Désolée. » elle referma sa main sur les clés.

« Je sais. Je suis désolé que tu doives jouer la nounou.

— Ne sois pas désolé, du moins pas à cause de ça. » Samantha tendit le bras et prit la main de Malcolm dans la sienne. « Tu as bien fait.

— Vraiment ?

— Oui. Tu n'étais pas obligé de venir.

— Papa et maman sont morts. Comment est-ce que j'aurais pu *ne pas* venir ?

— Quand même, je suis fière de toi. Papa et maman le seraient aussi.

— On verra si tu es toujours aussi fière dimanche soir.

— Pas de conneries, Mal, s'il te plaît.

— Croix de bois, croix de fer, si je mens, je vais en enfer, dit Malcolm en dessinant une croix avec son index.

— Je t'aime, idiot. »

9

Samantha conduisit Malcolm à l'étage et décrivit la scène qu'A & P avait vue lorsqu'elle avait ouvert la porte le jeudi matin et qu'elle avait trouvé Jack et Laurel sans vie, dans les bras l'un de l'autre. Samantha lui dit que leur mère était tourmentée parce que Malcolm ne savait pas que leur père était atteint d'un cancer incurable.

« Ça la rongeait, Mal.

— Je suis désolé pour elle, mais papa et moi n'avions pas eu de vraie conversation depuis deux ou trois ans. Je ne suis pas certain que je me serais précipité à la maison si j'avais su.

— C'est notre père, Mal, *ton père. Ton sang.* » Elle laissa ses paroles faire leur effet. « Tu serais venu.

— Probablement », dit-il en hochant la tête même s'il avait encore des doutes.

Samantha fit part des suppositions des enquêteurs sur les circonstances de la mort de leurs parents deux nuits auparavant.

Elle rappela à Malcolm qu'ils avaient dans la famille des antécédents de maladies cardiaques, et même si Laurel ne s'était jamais sentie menacée d'avoir un infarctus, ses brûlures d'estomac occasionnelles s'étaient avérées plus graves qu'un simple désagrément.

« Tu connais maman, dit Samantha en prenant un siège au pied du lit. Elle ne s'arrêtait tout simplement jamais. Tu te souviens de l'été où elle s'était cassé la cheville au lac Caroline, mais où elle avait dit que c'était juste une entorse. Elle a marché avec sa fracture pendant deux semaines avant que papa ne la force à aller à…

— Ouais, ouais, et papa était fou, l'interrompit Malcolm. Ô mon Dieu, il était fou. Puis le docteur a affiché la radio. Tu vois, Laurel, Malcolm imita la voix basse et autoritaire de son père. C'est une frac-ture, je l'avais vu venir ! C'est-une-frac-ture ! Je t'avais dit que c'était une fracture.

— Arrête, dit Samantha même si elle ne put s'empêcher de rire en entendant l'imitation. Maman pouvait lutter contre n'importe quoi.

— À part contre un infarctus.

— À part contre un infarctus. »

Ils allèrent d'une chambre à l'autre. Malcolm

remarqua quelques nouvelles œuvres d'art et un nouveau lit à baldaquin dans l'une des chambres à l'étage. « Les cabrioles de la lune de miel de quelqu'un. Ne me demande pas », dit Samantha en souriant.

Ils atterrirent dans la petite bibliothèque, et Samantha commença à déverser deux ans de sa vie. Elle avait obtenu une augmentation lorsque le comté avait essayé de l'attirer par la ruse dans sa police.

Si elle avait accepté ce poste, elle aurait gagné plus d'argent, reconnut Samantha, mais elle aurait dû travailler sur tout le comté ; elle aurait donc passé plus de temps loin de sa fille et loin de la maison d'hôtes. Elle aurait couru le risque de ne pas être présente si ses parents avaient eu besoin de quelque chose.

Malcolm s'enquit de Will Armistead, l'ancien petit ami du lycée de Samantha qui avait aussi été son mari pendant six ans.

Elle lui dit qu'il avait récemment quitté la ville toute proche d'Arlington pour aller s'installer à Atlanta où il travaillait dans une société de relations publiques.

« Il te manque, au fait ? demanda Malcolm.

— Tu connais cette sensation de démangeaison quand tu as touché du sumac vénéneux avec les doigts. Tu te grattes et tu te grattes encore, mais plus tu te grattes, plus tu as conscience de cette démangeaison. Alors tu t'arrêtes de gratter, et la démangeaison disparaît peu à peu en une semaine ou deux. La troisième semaine, tu te souviens de la démangeaison, mais ça va beaucoup mieux, tu sais ?

— Je pige pas.

— Oh, ferme-la. Bien sûr que tu as pigé. Bref, il a fallu six ans, mais on dirait que ça s'est passé en trois semaines. L'éruption a disparu. Je sais qu'il manque beaucoup à Ang, poursuivit-elle. Mais elle sait qu'Atlanta n'est pas si loin que ça. Je vais peut-être l'accompagner là-bas en avion pour qu'elle puisse lui rendre visite cette année, dit Samantha en haussant les épaules. Je me remets peu à peu de tous ces mauvais sentiments. Peut-être que, s'il monte nous voir, je lui paierai un verre au Woody's.

— Et qu'en est-il de ton métier d'actrice ? Tu t'y es remise ?

— Non, pas encore.

— Parce que…

— Un jour, Mal

— Quand ?

— Un jour, je ne sais pas. » Elle appuya sa tête sur sa main droite. « Tous les soucis avec papa et maman ces derniers temps… et maintenant tout ça… Je n'ai tout simplement pas eu le temps. »

Elle baissa la voix. « Et Will a pris un malin plaisir à briser mes rêves.

— Mais pas ton talent.

— Qui sait ?

— Il faut t'y remettre, frangine, il est temps. Il y a sûrement quelque chose à Harrisonburg. Il y a toujours des représentations là-bas.

— Peut-être. »

Malcolm lui fit un clin d'œil.

« Merci », dit-elle.

Tandis qu'ils profitaient de cet instant entre eux, la porte d'entrée s'ouvrit au rez-de-chaussée.
« Qui est-ce ? demanda Samantha.

— Ce n'est que moi, répondit Matthew à haute voix.

— Nous sommes à l'étage, répondit Samantha. Sois gentil avec lui », murmura-t-elle à Malcolm.

Quelques secondes plus tard, Matthew apparut dans l'embrasure de la porte. Même si le nœud Windsor de sa cravate rouge vif était un peu desserré, il portait toujours la veste de sport qu'il avait gardée sur le dos toute la journée.

« Malcolm, tu as réussi à venir », dit-il en tendant sa main droite.

Au lieu de lui serrer la main, Malcolm se leva, la prit doucement, puis, après avoir rapidement passé sa langue sur ses lèvres, déposa un baiser dessus.

« Qu'est-ce qui te prend ? dit Matthew en secouant la tête et en essuyant sa main sur la chemise de son frère.

— Sammie m'a dit d'être gentil. »

Elle leva les yeux au ciel.

« Quoi qu'il en soit, je suis content de te voir, dit Matthew. Même si tu ressembles à un clodo.

— Eh bien, merci. En fait, je portais ton vieil uniforme d'éclaireuse dans l'avion, mais je me suis changé une fois ici.

— Bon, les garçons, ça suffit. Faites un effort.

— Elle a raison, approuva Matthew.

— En effet », dit Malcolm en tendant la main consciencieusement. Mais lorsque Matthew la prit, Malcolm la tira d'un coup sec vers le haut et y déposa à nouveau un baiser.

« Arrête tes conneries ! aboya Matthew en essuyant de nouveau sa main contre le torse de son frère, cette fois-ci avec force.

— Bon, allez, les enfants, en avant, on redescend. » Samantha prit les choses en mains, comme elle l'avait fait tant de fois auparavant, et poussa les deux hommes vers la porte et le rez-de-chaussée. « Et n'oubliez pas, dit-elle en les suivant, je suis armée. »

Les trois frères et sœurs se retrouvèrent dans la spacieuse salle de séjour. Malcolm s'affala sur l'un des deux canapés en cuir ; Matthew finit par enlever sa veste et s'installa dans un fauteuil relaxe ; quant à Samantha, elle s'assit sur le rebord en pierre qui entourait le foyer de la cheminée. Le feu du soir, qui avait chauffé la maison, s'était pratiquement éteint. Il n'y avait plus que quelques étincelles froides des restes de deux rondins tenaces.

« Et oncle Joe ? Il va venir ? demanda Malcolm.

— Il n'est pas certain qu'il soit au courant.

— Vous savez, il m'a écrit une fois lorsque j'habitais à Sete Lagoas. Ça fait sûrement un an au moins. Il m'a dit qu'il ne prenait plus rien à présent, ni alcool ni drogue, qu'il allait déménager à Saint Louis pour le travail et qu'il avait rencontré une femme.

— C'est vrai, répondit Samantha. Il s'est calmé. Papa a dit que Joe n'avait plus rien pris depuis trois ans, peut-être plus.

— C'est ce qu'*il* dit, ajouta Matthew.

— C'est ce que dit son nouveau *contrôleur judiciaire* », dit Samantha avec fermeté.

Matthew hocha la tête pour faire mine de s'excuser.

« Eh bien, j'espère qu'il pourra venir. Je serais content de le revoir. Il pourra peut-être me dire ce qui m'attend en taule, dit Malcolm en souriant.

— Passons là-dessus…, suggéra Samantha.

— Alors, Matt, Samantha me dit que je suis privé de sortie pour quelques jours, dit Malcolm en ignorant Samantha et en passant ses bras autour d'un coussin.

— On peut dire ça comme ça, répondit Matthew.

— Et ensuite ? Qu'est-ce qui va se passer lundi matin ?

— Nous nous asseyons autour d'une table avec Nathan et quelques types du comté, et ils t'arrêtent dans le calme.

— Et ensuite ?

— La décision revient au juge Houston.

— Allons, Matthew. Tu n'as pas au moins une petite idée de ce qu'ils pensent ?

— Ils pensent que tu étais déjà en liberté sous caution pour quoi – trois bagarres par an ? Et en plus, tu as détruit la mobylette de ce type.

— C'est ce que tu penses aussi ?

— Ensuite, tu as agressé ce type au Woody's et tu es allé *beaucoup, beaucoup* trop loin. Tu as failli le tuer.

— *Failli*, dit Malcolm.

— Quoi qu'il en soit, tu as failli tuer ce type et tu as donné un coup de poing à Nathan Crescimanno pour faire bonne mesure.

— *Deux* coups de poing, dit Malcolm en souriant.

— Exactement.

— Il les méritait.

— Oh, j'en suis sûr. Mais n'oublie pas que tu as pris la fuite alors que tu étais en liberté sous caution. Pire, tu as pris la fuite alors que papa avait payé la caution pour éviter que tu ailles en prison à cause de toutes tes… bêtises précédentes, dit Matthew en retroussant les lèvres et en secouant la tête.

— Un mot, Matthew. Autodéfense.

— *Autodéfense* ! Allons ! Même toi, tu n'y crois pas ! Sinon pourquoi est-ce que tu as pris la fuite ? Pourquoi est-ce que tu t'es caché ? »

Parce que le Brésil est beaucoup plus pittoresque que la prison, pensa Malcolm. *Et que Rain y était beaucoup moins présente.* Malcolm eut un petit sourire ironique et détourna le regard.

« "Autodéfense", dit Matthew d'un air moqueur en dessinant des guillemets avec les doigts. Tu avais peur que le type te morde les chevilles alors que tu lui avais brisé les côtes deux minutes auparavant ? Et tu as cassé le nez de Nathan pourquoi déjà ? Parce qu'il avait volé ta petite amie ?

— *Arrêtez*, les gars », dit Samantha.

Malcolm l'ignora. « Le type avait peut-être un flingue.

— Il n'était pas armé.

— Et si ça avait été Monica, Matt ? Tu aurais serré la main du gars et tu serais parti ?

— Monica est ma femme, idiot ! Grosse différence ! » Matthew ne se rappelait pas la dernière fois qu'il avait haussé la voix et il tentait de contenir sa colère. Il détestait la façon que Malcolm avait de lui taper sur les nerfs.

De son coin, à l'autre bout de la pièce, Samantha prit sa tête entre ses mains. Alors que la dispute enflait puis retombait autour d'elle, elle regrettait que ses parents ne puissent pas apparaître une dernière fois pour arbitrer.

Elle aurait aimé que le reste du week-end passe en un clin d'œil. Elle pria pour trouver de la force. Si seulement Rain n'avait pas été dans ce bar, ce soir-là, et si seulement Malcolm n'avait pas hérité du tempérament de son père !

Un vendredi soir d'automne à Woodstock était synonyme de match de football américain au lycée. La passion n'était certes pas débordante, mais elle était généreuse et sincère.

Que l'équipe du lycée gagne ou perde, ça ne faisait aucune différence : la ville aimait ses Faucons. Les gens de Woodstock qui n'avaient pas de lien avec l'école ou son équipe se comptaient sur les doigts de la main.

Le match de ce vendredi soir là s'était terminé par une victoire. Les Béliers de Strasburg qui s'étaient déplacés à Woodstock avaient manqué un coup de pied au but à quatre secondes de la fin. Les Faucons et la plupart de leurs camarades de classe fêtèrent la victoire autour d'une pizza dans la cafétéria de l'école. Leurs pères fêtèrent la victoire autour d'une bière à un dollar au Woody's bar dans la rue principale.

Malcolm était en ville, il rendait visite à ses parents pour le week-end. Même s'il avait un appartement à cinquante kilomètres, à Front Royal, où il travaillait à mi-temps pour le Virginia Park Service, Malcolm prenait autant de repas à *Domus Jefferson* que dans sa propre cuisine. Il appréciait la cuisine de sa mère, mais, ce qu'il aimait par-dessus tout, c'était le paysage. Rain s'occupait de la gestion quotidienne de la maison d'hôtes depuis un ou deux ans.

Bien que Rain ait brisé le cœur de Malcolm peu de temps après qu'il avait abandonné ses études à l'université, leur amitié avait miraculeusement survécu.

Pendant son temps libre, Malcolm cherchait à collaborer comme journaliste free-lance avec des journaux comme *Rolling Stone, National Geographic, Time*. Il avait même fait un résumé du *Redbook*. Déjà à cette époque, il rêvait d'être écrivain même s'il n'avait que trois articles publiés à son actif.

Malcolm cala sa Golf entre un pick-up et une Honda Accord. Il se trouvait à trois pâtés de maisons du Woody's, ce qui correspondait presque à la distance entre le début et la fin du centre historique.

Il entra dans le bar à vingt-deux heures trente-cinq et aperçut immédiatement Rain en train de discuter avec deux copines à l'autre bout du bar. Ses yeux étaient bien entraînés.

Même si Rain n'avait jamais été portée sur l'alcool – Malcolm ne se rappelait pas l'avoir vue boire une seule fois –, elle était de toutes les fêtes. Il savait qu'à cette heure de la soirée, elle gardait une demi-douzaine de clés de voiture dans son portefeuille.

Elle disait toujours qu'elle aimait faire la fête et sortir avec ses amis, mais Malcolm connaissait la vraie raison. Le père de Rain avait percuté un arbre en rentrant chez lui après un séminaire à Charleston en 1975. Il avait à côté de lui une bouteille de vodka à moitié vide.

Malcolm surprit le regard de Rain et sourit. Il articula en silence un salut exagéré, ouvrant la bouche beaucoup plus que nécessaire. Elle fit semblant de prononcer *salut* de la même manière stupide. Ensuite, il la complimenta pour sa nouvelle coupe de cheveux en faisant des ciseaux avec ses doigts et en feignant de couper sa frange.

Il ajouta un clin d'œil exagéré. Elle lui adressa un grand sourire et lui fit le signe qui voulait dire *merci*. Elle passa la main le long de son menton en montrant sa paume. Avant qu'il ne puisse répondre, un troupeau de clients en mouvement lui cacha la vue.

Malcolm fit son tour. Il serra des mains, embrassa quelques femmes un peu trop aimables qu'il se souvenait avoir fréquentées au lycée et tapa énergiquement dans les mains de supporters de plus en plus éméchés.

Il entendit dix comptes rendus circonstanciés de la dernière action des Faucons et de leurs bonnes qualités défensives. L'un des supporters dit que la tentative de coup de pied au but à trente-cinq mètres, qui aurait pu être déterminante pour le jeu, avait atterri trop à droite.

Un autre prétendit que le ballon avait heurté le coin supérieur gauche du poteau. « Qu'est-ce qu'on s'en fout ? Leur tentative a échoué, nous avons gagné », ajouta un autre, et les trois copains levèrent leurs verres vers le ciel et se payèrent une autre tournée.

Malcolm se plongea dans les bruits et les odeurs de la salle et imagina que ça ferait une belle chronique dans *Sports Illustrated* : « Les supporters de football américain dans les petites villes. » Il aimait cette idée. Il griffonna le titre sur une serviette en papier avant de la fourrer dans sa poche.

Tandis que minuit approchait, Malcolm prit conscience de la distance de plus en plus faible entre Rain et un homme dont le visage lui était inconnu.

Il arborait une calvitie naissante et lustrée et une veste de sport en tweed. « Du Tweed, s'il vous plaît », dit Malcolm en se moquant.

Il parla tellement fort que quelqu'un aurait pu l'entendre s'il n'y avait pas eu autant de bruit dans la salle.

Il regarda partout dans le bar et se demanda où Nathan Crescimanno pouvait bien se cacher. Nathan et Rain sortaient ensemble depuis l'année précédente environ.

Et même si Rain et Malcolm n'abordaient jamais ce sujet, il craignait l'imminence de fiançailles. Cette perspective lui donnait le vertige.

Nathan, de son côté, avait passé une bonne partie de l'année précédente à faire savoir à qui voulait bien l'entendre que le mariage et les enfants avec Rain n'étaient que la première étape de son projet.

Nathan avait en effet tout programmé : se marier, avoir un fils, puis une fille l'année suivante, présenter sa candidature à l'Assemblée des délégués, avoir un autre fils, faire deux mandats, avoir une autre fille, présenter sa candidature au poste de procureur général, puis quatre ans plus tard se présenter pour le poste de ses rêves, celui de gouverneur du Commonwealth de Virginie. Il aimait à penser qu'il était né pour ça.

Malcolm était d'accord. Personne ne savait magouiller comme Nathan.

Nathan était le seul homme avec qui Rain était sortie à part Malcolm. Malcolm avait refusé de demander Rain en mariage tant qu'il n'avait pas les moyens de lui payer une alliance, une lune de miel, une maison, de lui faire des enfants, *et* de financer leurs frais de scolarité dans les plus grandes universités du Nord-Est. Rain finit par se lasser d'attendre une chose, et Malcolm finit par se lasser d'en attendre une autre.

Et même si ce fut la principale raison de leur rupture, Malcolm apprit finalement à apprécier, même à admirer, son désir de chasteté. Malcolm était désormais accablé à l'idée que Rain allait offrir sa pureté à Nathan.

Nathan était un homme bien, se dit Malcolm, même si son ambition dévorante inquiétait la famille Cooper qui se posait des questions sur l'avenir de la Virginie et de ses citoyens.

Malcolm chassa ces pensées de son esprit – ce n'était pas le genre de Nathan de laisser Rain discuter si longtemps sans être à ses côtés.

« Coop ! hurla un Lonnie Smallwood ivre en tapant Malcolm dans le dos avec une telle force qu'il en eut presque le souffle coupé. Où c'est qu't'étais, mon pote ? Ça fait un moment qu'on t'a pas vu dans l'coin.

— J'étais là, c'est juste toi qui étais bourré.

— Dis pas des choses pareilles, bafouilla Lonnie. Le lundi, je suis sobre en général.

— Tout s'explique. Je travaille le lundi.

— Biiiien, balbutia Lonnie. T'as même l'autorisation de venir ici ? T'es pas en liberté surveillée ? »

Malcolm ne l'écoutait plus. Il posa son regard sur le tabouret de Rain au comptoir, mais il était à présent occupé par quelqu'un d'autre, quelqu'un qui portait un grand chapeau de cow-boy en mousse noire. Les copines de Rain étaient toujours au comptoir, mais elles étaient en grande conversation avec des hommes portant des maillots de football des Washington Redskins maculés de taches vertes.

« Tweed », dit Malcolm. L'homme au blouson de sport et Rain étaient partis. « Il faut que je file, Lonnie, dit-il en se tournant rapidement vers la porte.

— À plus tard, Coop, faudrait qu'on aille chasser un de ces quatre ! »

Malcolm sortit par la porte d'entrée et jeta un

coup d'œil dans la rue principale dans les deux directions. Il fit quelques pas vers le nord et entendit la voix de Tweed qui venait d'une ruelle toute proche.

« Allez, chérie, j'ai entendu que tu étais pure comme la neige, disait-il en tirant sur le chemisier de Rain.

— Lâche-moi, lâche-moi », gronda-t-elle en lui donnant des coups avec ses mains.

Malcolm s'élança vers eux et se jeta sur l'homme, enfonçant son épaule droite dans la poitrine de Tweed et l'envoyant valser dans les airs. Malcolm se tenait debout, se dressant au-dessus de lui, puis, avec un simple crochet du droit, il frappa sa mâchoire avec tellement de force que le bruit se répercuta entre les bâtiments en briques datant de la guerre de Sécession.

« Lève-toi.

— Va te faire foutre », répondit Tweed en crachant du sang sur les baskets de Malcolm.

Malcolm se tourna vers Rain. « Ça va ? » Sans attendre sa réponse, il se tourna vers Tweed et lui donna un coup de pied dans le ventre avec toute la force de sa jambe.

Tweed poussa un grognement et roula de l'autre côté, tournant le dos à Malcolm.

Malcolm le força à se mettre sur le dos et enfonça son pied dans son plexus solaire.

« Rain ! » cria une voix au coin de la rue. Nathan.

« Nate ! » Rain se précipita vers lui et il l'enveloppa dans ses bras.

« Que s'est-il passé ? demanda-t-il en lissant ses cheveux et en la serrant contre lui.

— Ce type… ce sale type… Il s'est jeté sur moi… il m'a tripotée… il voulait enlever mon chemisier…

— Chut, tu es en sécurité à présent. Va dans ma voiture, elle est juste de l'autre côté de la rue, tu la vois ? Elle est ouverte. » Elle résista, s'agrippa à son bras avec tellement de force que les traces de ses doigts étaient visibles. « Ça va aller. *Vas-y* maintenant !

— Tu devrais peut-être… appeler le commissariat ? dit Rain qui avait du mal à reprendre son souffle.

— *Va dans la voiture, tout de suite*, dit-il, puis il se radoucit. Rain, tout va bien. Je m'en charge. »

Elle se retourna et se mit à courir.

Malcolm se tourna de nouveau vers Tweed et lui donna un coup de pied dans les côtes. Il cassa les deux premières d'un coup.

« Holà ! Ça suffit, Malcolm, dit Nathan en lui saisissant le bras.

— Ça suffit ? Ah ! tu veux ta part ? Eh bien,

je t'en prie ! » Malcolm fit un pas sur le côté et montra le ventre de l'homme. « C'est à toi.

— Non, je veux dire que ça *suffit*. Il a compris.

— Ouais, j'ai pigé, dit l'homme avec peine. Et la fille en vaut pas la peine. »

Malcolm lui donna de nouveau un coup de pied, plus fort que la première fois, et poussa un grognement au moment de l'impact.

Alors que Tweed tentait instinctivement de protéger son torse, Malcolm lui donna quatre coups violents dans le visage, le dernier, un uppercut brutal, lui faisant perdre connaissance et cracher une dent qui s'était à moitié détachée lors d'un précédent coup.

« Malcolm ! hurla Nathan. *Ça suffit* ! Il a raison.

— Quoi ? » Malcolm se tourna vers Nathan.

« Elle n'en vaut pas la peine. »

Malcolm le dévisagea avec de grands yeux.

« Nous savons tous que Rain a plus à offrir de l'extérieur que de l'intérieur.

— *Qu'est-ce que tu as dit* ? Tu es bourré ? C'est quoi ton problème ?

— Je n'ai pas de problème. Juste des occasions. Et Rain m'en a donné plein ces derniers temps, si tu vois ce que je veux dire.

— *Quoi* ?

— Tu veux que je te fasse un dessin ? Nous

nous sommes fiancés hier soir. C'est la fin de l'hiver. »

Sans réfléchir une seconde, Malcolm enfonça son poing droit dans le nez du procureur du Commonwealth pour le comté de Shenandoah. Des gouttes de sang rouge sombre coulèrent de ses narines et mouillèrent ses lèvres. Son nez se mit à enfler immédiatement après le choc.

Nathan Crescimanno parvint à sourire malgré la douleur. Malcolm le frappa de nouveau.

« Tu es à moi », dit Nathan en souriant. Il cracha du sang sur le trottoir.

Sans s'en rendre vraiment compte, Samantha était passée du rebord de la cheminée à un tapis doux en peau d'ours au milieu de la salle de séjour et s'était endormie.

Elle se réveilla après minuit dans une pièce vide et au son d'une voiture qui démarrait en faisant crisser et crépiter les graviers de l'allée menant à la route 11. Elle se frotta les yeux et sortit sous le porche. Matthew était assis dans un fauteuil à bascule.

« Qu'est-ce que c'était ? demanda-t-elle encore un peu groggy.

— Ton frère.

— Quoi ? dit-elle à présent beaucoup plus éveillée.

— Ton frère. Il se calme.

— Dans la voiture de qui ? »

Matthew n'eut même pas à répondre. Samantha était bouche bée.

Sa voiture de patrouille n'était plus là.

10

Rain passa la soirée à la maison. Elle passa des coups de téléphone éplorés aux amis et aux parents des Cooper et leur fit part des toutes dernières informations concernant le programme du week-end.

Samedi après-midi, les enfants Cooper accueilleraient les amis proches et les plus fidèles clients de *Domus Jefferson* à déjeuner. C'est A & P qui se chargeait de la coordination.

Samedi soir, les personnes qui le souhaitaient pourraient aller se recueillir devant les dépouilles de Jack et Laurel chez Guthrie de dix-huit heures à vingt heures.

Dimanche matin, A & P avait prévu un hommage spécial avec une chorale à l'église de Mount Jackson. Il s'agissait d'une sorte de geste de la part de l'Église, encouragée dans ce sens par la promesse d'un don généreux d'un bienfai-

teur anonyme. Une fois que tout serait organisé, A
& P enverrait un chèque de cinq mille à l'Église.
Elle finançait également un brunch dimanche
après-midi pour toutes les personnes qui venaient
de loin assister aux obsèques. Les Cooper attendaient une centaine de convives, peut-être plus.
Enfin, l'enterrement aurait lieu en fin d'après-midi
dans la même église ; c'est le pasteur Braithwaite
qui dirait la messe. S'ensuivrait la mise en terre
au cimetière de Woodstock Gardens.

Rain se dit que cela ressemblait plus au
programme de la finale du championnat de football américain qu'à celui d'un week-end où devait
avoir lieu un enterrement.

Nathan passa quelques coups de téléphone
de son bureau à Lawyer's Row, dans un bâtiment près du tribunal. Il fit les cent pas. Il relut
le dossier de Malcolm et les procès-verbaux de
la police. Il appela un vieux copain de la fac
de droit. Il fit les cent pas. Il admira un grand
portrait de Rain accroché au mur de l'autre côté
de la pièce au-dessous de ses diplômes et de ses
certificats. Il appela les pompes funèbres, réveilla
Ariek Guthrie et demanda si tout se passait
comme prévu pour la mise en bière et les funérailles du dimanche.

« Tout va pour le mieux, monsieur Crescimanno.
S'il vous plaît, n'appelez plus, il est tard, dit-il

en soupirant. Écoutez, je suis désolé. Pourquoi ne pas nous recontacter dimanche après-midi ? D'accord ?

— D'accord », répondit Nathan, contrarié, et il raccrocha sans même dire au revoir.

Rain portait son survêtement préféré et un sweat-shirt de l'équipe de basket les Washington Bullets. Elle fit des listes, les vérifia, ajouta des noms et en barra d'autres.

Elle lava à la main les plats propres dans le nouveau lave-vaisselle Sears que Nathan lui avait acheté et dont il avait payé l'installation.

Le téléphone sonna. C'était Nathan, encore une fois. « Je vais bien, répéta-t-elle. Arrête de te faire du souci, Nate. On se voit demain. »

Elle sortit un annuaire du lycée de l'année 1974 caché sous une pile de pulls sur un rayon de son placard. Elle le feuilleta et constata avec surprise que beaucoup de gens avaient quitté la Vallée. L'annuaire s'ouvrit sur une page familière, cornée. Malcolm et Rain se tenaient enlacés sous un faucon piñata géant. Il portait le smoking bleu pastel de son père. Elle portait une robe rose et l'angoisse sur son visage.

Nathan appela sa banque au numéro gratuit, disponible vingt-quatre heures sur vingt-quatre, et contrôla ses économies ainsi que les rendements du marché boursier. Il téléphona à son frère à Sacramento et tomba sur son répondeur. Il ne laissa aucun message. Il étiqueta à nouveau quelques dossiers et vérifia le registre des jugements rendus de la semaine. Il regarda encore une fois le portrait de Rain sur le mur.

Il s'agenouilla près de son fauteuil en cuir de Bourgogne à quatre cents dollars et pria pour la première fois en dix ans. Il pria pour que ses rêves ne se brisent pas. Il pria pour que Dieu encourage son père, avec qui il était brouillé, à être enfin fier de lui. Il implora le Seigneur pour que la seule femme qui l'avait compris, qui l'avait aimé, ne soit pas entraînée à nouveau dans la vie exotique de Malcolm Cooper.

Rain pria aussi pour la quatrième fois de la journée et dormit seule.

11

À une heure trente du matin, samedi, Matthew, Samantha et A & P examinaient le contenu de boîtes remplies de papiers à la table de la salle à manger, lorsqu'ils entendirent un bruit dans l'allée et virent deux paires de phares illuminer le hall.

Samantha bondit de son siège et se précipita vers la porte d'entrée.

« Vous feriez mieux de rester là, dit Matthew à A & P tandis qu'il se levait pour suivre Samantha. Ça ne va pas être agréable.

— N'en dis pas plus. Castro et moi, nous allons veiller au grain. » Lorsque Matthew eut disparu dans le couloir, A & P prit le chat qui était couché par terre et le posa sur la table à côté d'une pile de papiers venant d'une des boîtes. « Ton ouïe est toujours aussi bonne ? »

Castro cligna deux fois des yeux.

Juste au moment où Samantha descendait à toute vitesse l'escalier du porche, un policier ouvrit la portière arrière de la voiture de patrouille de Samantha.

Malcolm sortit du véhicule, menotté et furieux. « Tu te rends compte, Sammie, ils m'ont passé les menottes !

— Désolé, Malcolm, dit Keith. Nous avons obéi aux ordres de votre sœur.

— Tu n'as pas à t'excuser, Keith, dit Samantha. Malcolm, les menottes sont bien le dernier de tes problèmes en ce moment. Qu'est-ce qui t'a pris ? »

Elle montra les menottes et Keith s'empressa de les enlever.

« C'est moi la victime ici, Sammie. C'est de la violence policière. Tout le monde sait que j'ai facilement des bleus.

— *Ferme-la* ! » cria Samantha, si fort que, dans la maison, A & P haussa les sourcils tandis que Castro bondissait de la table et filait se mettre en sécurité sous le fauteuil de sa maîtresse.

Samantha se tourna vers les deux policiers. « Alors ? Est-ce que vous avez mis longtemps à le trouver ? Où est-ce qu'il était ?

— Il était assis devant le cinéma dans la rue principale.

— C'est tout ?

— Ouais, répondit Malcolm à leur place. Je voulais être le premier dans la file d'attente pour voir *The Princess Bride*. J'ai beaucoup de films à voir depuis le temps que je suis parti. Qu'est-ce qu'il y a de mal à ça ?

— Ce qu'il y a de mal, c'est la voiture volée.

— En théorie. »

Elle lança un regard furieux à Malcolm. Sans le quitter des yeux, elle dit aux deux policiers : « Je suis désolée, les gars. Ça ne se reproduira *plus*.

— Ne t'en fais pas », dit Keith en souriant et en jetant les clés à Samantha.

« Je vous suis très reconnaissante et merci d'avoir ramené ma voiture.

— De rien. Bonne nuit, Sam. Bonne nuit, Malcolm », dit Barry. C'est alors qu'il remarqua Matthew qui se tenait sur le porche. « Oh ! salut, Matthew !

— Salut, les gars.

— Désolé pour vos parents.

— Merci, dit Matthew. Et merci d'avoir ramené mon gamin de frère. »

Les deux policiers montèrent dans la deuxième voiture de patrouille et descendirent l'allée, libres de ricaner à présent qu'ils rejoignaient la route 11. Ils ne s'en privèrent pas.

« Merci, frangine. J'ai eu peur que tu sois furieuse.

— Oh ! mais je suis furieuse. Je suis *plus* que furieuse même. Je suis tellement remontée que je pourrais te botter les fesses jusqu'au Brésil.

— Tu sais, ce Keith, c'est vraiment un type cool. Je crois qu'il a le béguin pour toi. » Malcolm baissa la voix pour lui donner une intonation sensuelle. « J'ai entendu des choses dans la voiture. »

Matthew, qui était resté sous le porche, se mit à rire.

« Tu trouves ça drôle, Matt ? » dit-elle d'un ton brusque par-dessus son épaule, tout en gardant les yeux sur Malcolm.

« Eh ! venez tous, appela A & P à travers la porte grillagée. Venez voir ce que j'ai trouvé.

— On réglera ça plus tard », dit Samantha tandis que Malcolm se dirigeait vers l'escalier et suivait Matthew à l'intérieur. Elle tint la porte ouverte et, lorsque Malcolm passa, elle lui donna une tape derrière la tête avec la main qui tenait les clés.

Ils se rassemblèrent autour de la table. Malcolm prit A & P dans ses bras, l'embrassa sur les deux joues et chuchota « Merci pour *tout* » dans son oreille. Elle l'embrassa à son tour.

« Qu'est-ce que vous avez trouvé, Anna Belle ? demanda Samantha encore dans tous ses états.

— Eh bien, j'ai fini de regarder le contenu de la dernière boîte et je suis retournée au sous-sol pour chercher d'autres boîtes contenant des feuilles d'imposition, celles que tu avais demandées, Matthew. Et j'ai trouvé celle-ci. » Elle prit une boîte posée sur le sol, qui portait une étiquette : *LC 48-55.* Ce sont des lettres. De votre père à votre mère. Du moins, c'est tout ce que j'ai trouvé dans cette boîte.

— J'ai toujours cru que ces boîtes contenaient des déclarations d'impôt et des feuilles d'imposition », dit Samantha.

Matthew était perplexe. « Je ne les avais jamais vues. Il y en a d'autres ?

— Je ne sais pas. J'ai ouvert celle-ci en bas et je l'ai tout de suite montée. Regardez derrière, les garçons, après le garde-manger, contre le mur. Les étiquettes sont côté mur, ce qui fait qu'elles ressemblent à des boîtes ordinaires, tout à fait normales. »

Samantha et A & P lurent pendant un quart d'heure tandis que les deux frères faisaient des allers et retours entre le sous-sol et la salle à manger, rapportant des boîtes et les empilant sur la table à manger. Au bout d'un moment, A & P prit son porte-monnaie et son chat, embrassa

chacun des Cooper pour leur dire au revoir, puis
passa par la porte de derrière. « Regardez cette
table, les enfants, dit-elle en se retournant pour
fermer la porte derrière elle. Vous êtes tout ce qui
vous reste. » Elle aurait aimé en dire plus, mais
elle s'abstint. Au lieu de cela, elle parla à Castro
jusqu'à ce qu'elle ait regagné sa chambre.

Ils lurent certaines lettres doucement, pour
eux-mêmes, et les remirent solennellement dans
leurs enveloppes comme des dépouilles dans un
cercueil. Ils partagèrent certaines avec les autres.
La plupart des lettres étaient inintéressantes, il ne
s'agissait que d'un compte rendu de la semaine
que Jack et Laurel avaient passée ensemble ou
séparés. Beaucoup avaient des timbres avec des
cachets de Richmond, Charlottesville, Norfolk,
New York et Memphis.

Certaines n'avaient jamais été postées, et les
enfants imaginèrent qu'elles avaient été glissées
sous l'oreiller de Laurel ou dans le roman qu'elle
était en train de lire. Ils jugèrent que quelques-
unes étaient trop intimes et renoncèrent à les lire
jusqu'au bout. Ils les replacèrent silencieusement
dans les piles.

Les lettres de Jack étaient écrites sur des
feuilles blanches, des feuilles de cahier avec des
lignes, des feuilles de carnet à spirales déchirées,
du papier à lettres d'hôtels. Certaines étaient

même griffonnées sur des serviettes. Matthew en trouva une agrafée à un billet et une autre écrite derrière un prospectus annonçant la présence de célébrités lors d'une avant-première spéciale, à Washington, D. C., de *Star Trek* : *le film*.

14 novembre 1979

Laurel,
C'est mercredi, mais pas depuis très long-temps. Je suis assis dans le parking du cinéma et tout ce que j'ai pour écrire, c'est ce prospectus qui annonce l'événement de ce soir. Je regarde Joe qui est en train de raconter des blagues à des femmes de l'autre côté de la rue.
Mais il est temps que je t'annonce la nouvelle de la soirée. Tiens-toi bien. J'AI RENCONTRÉ WILLIAM SHATNER !
Tu as entendu ? J'AI RENCONTRÉ WILLIAM SHATNER !
J'étais persuadé que, quand ils disaient qu'il y aurait des membres du casting au spectacle, ils pensaient à George Takei ou à des figurants dont le nom est inconnu. Mais tandis que Joe et moi attendions dans le hall,

il est tout simplement arrivé. Quelle vision ! Il est aussi sympathique que je l'avais imaginé. Certains trouvent que c'est un moulin à paroles et ils ont peut-être raison. Il est toujours en représentation ! Qui ne le serait pas à sa place ?

Je regrette de ne pas avoir pensé à lui faire signer quelque chose. J'étais tellement nerveux que tout ce que j'ai trouvé à dire quand il m'a serré la main, c'est : « Longue vie et prospérité. » Il m'a regardé et s'est contenté de sourire. Il n'a pas dit que j'étais l'homme de soixante-deux ans le plus pitoyable qu'il ait rencontré même si c'était sûrement vrai. Il ne savait certainement pas quoi me dire. Mais qu'importe ? <u>J'AI RENCONTRÉ WILLIAM SHATNER !</u>

Au fait, le film était incroyable. Je suis impatient d'emmener les garçons le jour de la sortie. Tu viendras avec nous, n'est-ce pas ? Tu sais quoi ? Joe était tellement reconnaissant pour cette soirée, Laurel. Il tient à ce que je te remercie. Et merci de ma part aussi, car tu as été formidable. Il en avait besoin. Lorsque tu liras cette lettre, je t'aurai déjà tout raconté, et certainement plus d'une fois, comme je me connais. Mais qu'importe ! Je t'aime.

Et est-ce que tu es toujours assise dans la salle de séjour ? Je t'aime plus que Star Trek.

Jack (Kirk)

3 novembre 1948

Laurel,
Je n'ai pas beaucoup de temps. C'est l'heure de la pause déjeuner et les garçons ne parlent que de l'élection. Quelqu'un a dit que l'un des journaux avait même titré dans sa première édition « Dewey bat Truman ! ». J'aimerais bien mettre la main dessus pour ma collection.
Je me demande ce qui se serait passé si les Républicains avaient présenté MacArthur à la place. J'aurais voté avec plus d'enthousiasme, c'est sûr. Pourtant, je croyais que Dewey allait l'emporter. Cette ridicule tournée en train ou tournée de je ne sais quoi, peu importe comment le président Truman, l'a appelée a dû fonctionner.
Alors nous y voilà. Prépare-toi. TU AVAIS RAISON. Et maintenant, nous allons tous subir un président démocrate pendant encore

quatre ans. J'espère que tu es contente, Laurel Cooper. Tu as gagné !

Ça ne fait rien. Je t'aime toujours. Que tu sois démocrate, républicaine ou même Dixiecrate (au fait, Joe m'a dit qu'il allait voter pour Strom Thurmond même s'il était le seul. Peut-être que s'il avait voté Dewey comme il avait prévu au départ, je ne serais pas en noir aujourd'hui).

Je t'aime
Jack

P.-S.- Je suis un homme de parole. Voici ton dollar. Je suppose que la responsabilité commence ici après tout.

22 avril 1970

À mon « exquise femme »,
Quel voyage ! Plus que n'importe quelle lettre que j'ai écrite auparavant, j'écris celle-ci pour que dans des années, quand je serai mort et enterré, tu tombes dessus et que tu puisses te souvenir de tous les détails de cette incroyable semaine. Et comme tu seras

vieille et fatiguée, prête à me rejoindre au ciel, tu t'aideras de ces lettres pour combler les brèches des années que nous avons passées ensemble. Tu auras peut-être perdu la tête parce que je serai parti avant toi ? Tu seras peut-être même devenue folle ? Je prends mes désirs pour des réalités ? Je crois que oui.

Je peux compter sur les doigts de la main, le nombre d'expériences que j'ai eues, et qui continueront à vivre dans mon esprit jusqu'à ce que je quitte cette terre. Avec un peu de chance, je pourrai même emmener celle-là avec moi.

Hier soir, contre toute attente, nous avons visité Graceland ! Non, nous n'avons pas simplement « visité » Graceland, n'est-ce pas, ma chérie ? Hier soir, c'était notre deuxième nuit à Memphis. Tu me suppliais depuis des années de t'y emmener et, enfin, nous avons dîné dans Beale Street. C'est un voyage dont je n'aurais même pas osé rêver il y a encore quelques mois. Mais lorsque les dieux s'en mêlent, on ne peut pas lutter avec eux.

Alors, Laurel Cooper, dis-moi quand et comment tu es devenue une actrice si convaincante ? Le King a fait tes quatre volontés. *Qui aurait cru que tout allait si bien se passer ? Mieux que nous ne l'avions prévu ?*

Je reconnais que je suis encore un peu vexé que nous n'ayons pas pu avoir une photo, mais je comprends leurs raisons. Tu imagines ce qui se passerait si nous ne tenions pas parole et si nous commencions à raconter à tout le monde que nous sommes allés à Graceland ? Que nous avons rencontré Elvis et Priscilla Presley ? Tu as été surprenante ! Et au fait, Elvis Presley a conclu un drôle de marché avec nous. Je suis sûr que ça n'arrive pas tous les jours.

Tout a commencé devant la barrière de sécurité. Tu étais divine. Si je n'avais pas su que tu racontais des bobards, j'aurais moi-même fondu en larmes. Tu as regardé ce garde avec une telle conviction et tu lui as dit qu'il ne te restait plus que trente-six heures à vivre, que tu étais sur le point de mourir. « *De quoi ?* » *a-t-il demandé en riant.*

Comment est-ce que tu as pu garder ton sérieux lorsque tu lui as dit que tu étais atteinte d'une pneumopathie asiatique rampante ? Et ta toux ? Ta toux était brillante ! On aurait dit que tu avais des cailloux dans la poitrine. Je ne veux pas savoir quand tu as trouvé le temps de parfaire ton art.

Alors il a composé le numéro de la maison et c'est Priscilla qui a répondu. Un miracle en soi, n'est-ce pas ? Lorsqu'elle lui a demandé de nous accompagner jusqu'à l'entrée Est, j'ai cru que j'allais faire dans ma culotte. Tu as pris sa main et tu l'as remercié, et tandis qu'il était là, bouche bée, tu as déposé un baiser sur le dos de sa main comme si c'était la dernière chose que tu allais faire de ta vie.

Je te parie un dollar qu'après être retourné dans sa cabane de gardien, il a lavé sa main au savon et l'a frottée à l'alcool pendant une heure.

Priscilla était tellement gentille. Tellement belle. Elle était beaucoup plus douce que je ne le pensais. Une vraie dame.

La visite a été une prime. Je n'aurais jamais cru que nous verrions autant de la maison. J'aurais bien aimé visiter l'étage, mais je ne sais pas si mon cœur aurait supporté une telle excitation.

Au bout d'un quart d'heure, peut-être plus, tandis que nous nous tenions devant la porte en attendant que le garde vienne nous récu-

pérer, trois voitures se sont arrêtées devant la maison. Pas besoin d'un signe géant sur le capot pour savoir qui était à l'intérieur.

Lorsque le King est sorti et est passé devant nous d'un pas nonchalant pour aller embrasser sa femme, je parie que tu as complètement fondu. Elle nous a présentés et a expliqué pourquoi nous étions là et a dit que tu étais sur le point de mourir. J'entends encore sa voix non pas chanter mais sonner dans ma tête.

« Vous êtes venus jusqu'à Memphis pour nous rencontrer au moment même où vous allez retrouver votre dieu ? »

Tu aurais mérité un oscar, je te le dis.

« J'ai toujours rêvé de vous rencontrer, monsieur, vous et votre, votre... – toux, toux – exquise femme. »

Et Samantha qui croit qu'elle est la meilleure actrice de la famille ?

« Que Dieu vous bénisse, madame. Qu'il bénisse votre âme. » Il t'a prise dans ses bras et t'a embrassé la joue et tu as dû fondre une fois encore. Je me demande ce qu'il aurait fait si je lui avais donné un coup dans le menton.

Lorsque le garde est arrivé pour nous raccompagner jusqu'à l'entrée de la propriété, Elvis a demandé à un de ses gars d'enlever la plaque d'immatriculation d'une de ses voitures. C'est ce qu'il a fait, puis il nous l'a apportée. À la demande du King, le même homme a sorti un stylo de la poche de son manteau et le King et Priscilla ont signé le dos de la plaque.

Quel voyage !

Je ne me souviens pas vraiment ce que nous avons fait les derniers jours dans le Tennessee. Mais à quoi bon se souvenir d'autre chose que de ce quart d'heure que nous avons passé avec le Roi du Rock and Roll et son « exquise femme » ?

Je suis impatient que les enfants apprennent cette histoire. Je suppose qu'un jour, quand nous ne serons plus là, ils trouveront cette lettre et réaliseront soudain pourquoi il y a une plaque d'immatriculation du Tennessee sur le mur de notre chambre.

Je t'aime,
Jack Cooper,

Mari de la seule survivante connue
De la pneumopathie asiatique rampante.
P.-S.- Je crois que quand nous serons rentrés à la maison et que la plaque d'immatricula-

tion sera en lieu sûr, nous devrions envoyer une lettre et nous excuser. Qu'est-ce que tu en penses ?

Avant que Samantha n'ait fini de lire le post-scriptum, Malcolm et Matthew poussèrent leurs fauteuils et firent la course de la salle de séjour à l'étage, jouant des coudes pour arriver le premier et se poussant l'un et l'autre contre les murs. Tandis qu'ils s'approchaient de la porte de la chambre principale, Matthew ralentit suffisamment pour laisser Malcolm se faufiler et entrer dans la pièce. Puis, Matthew poussa son frère par-derrière sur le grand lit et se précipita sur la plaque d'immatriculation du Tennessee qui était accrochée au mur.

« Je n'en reviens pas !

— Qu'est-ce qu'il y a d'écrit ? » demanda Malcolm en dégringolant du lit. Dès qu'il eut retrouvé l'équilibre, il prit la plaque des mains de son frère.

« *À Laurel et Jack*, lut Malcolm. *Profitez de vos derniers jours. Elvis et Priscilla, 1970.*

— Papa et maman disaient que c'était un souvenir de leur voyage, pas un autographe. Dire qu'on ne l'a jamais vu avant !

— Quel voyage, dit Malcolm en secouant la tête. Quel voyage ! »

En retournant dans la salle de séjour, les garçons trouvèrent Samantha en train de pleurer.

« Qu'est-ce qui se passe, frangine ? Qu'est-ce que tu as trouvé ? » demanda Matthew.

Elle leur montra une lettre. « Papa demandait à Maman ce qui, à son avis, arriverait au *bed and breakfast* une fois qu'il ne serait plus là. »

Matthew et Malcolm s'assirent.

« De quand date la lettre ? » demanda Matthew.

Elle regarda la date. « De l'année dernière, en juin.

— Tu crois qu'il savait ? » demanda Malcolm.

Samantha ne répondit pas.

« Papa et moi avons abordé le sujet pendant les vacances, dit Matthew. Il m'a dit qu'Alex Palmer…

— Qui ? l'interrompit Malcolm.

— Le notaire de papa. Il est à Front Royal. Papa a dit qu'Alex l'avait aidé à mettre son testament à jour, l'année dernière. J'imagine lorsque les choses ont commencé à aller vraiment mal pour lui. Maman et lui avaient un peu d'argent placé sur un ou deux comptes. Pas beaucoup. Ils ont beaucoup investi dans cet endroit. Papa avait une assurance vie pour que maman n'ait pas de soucis financiers quand il mourrait. » Matthew hésita. « En tout cas, il y a quelques papiers à régler. Je me mettrai en contact avec le notaire.

— Papa ne pouvait pas imaginer qu'ils nous quitteraient en même temps », dit Samantha, l'air songeur.

Ils restèrent un instant silencieux.

« Et la maison d'hôtes ? finit par demander Malcolm.

— Nous sommes censés tout partager en trois, y compris le *bed and breakfast*. On va mettre un moment à le vendre, même si ça se vend bien en général. À moins que… » Matthew regarda sa sœur de l'autre côté de la table. « À moins que l'un de nous veuille s'en occuper. Papa a fait comprendre que c'est ce qu'il préférerait. »

Samantha et Malcolm dévisagèrent leur frère.

« Vous savez très bien que je ne peux pas. » Matthew répondit à leurs regards. « Je ne peux pas quitter New York. J'ai des clients, des intérêts. Et vous savez que Monica ne voudra jamais vivre à Woodstock. »

Samantha et Malcolm hochèrent tous les deux la tête.

« Je pourrais peut-être, dit Samantha en essayant de sourire.

— Tu es flic, dit Malcolm. Tu n'as pas le cœur à tenir un *bed and breakfast* ».

Samantha savait qu'il avait raison.

« Et si on le gardait quand même ? demanda Malcolm. Rain pourrait s'en occuper.

— Peut-être, quelque temps, Mal, mais elle sera bientôt partie. Nathan ne va sûrement pas rester à Woodstock très longtemps. » Samantha regrettait d'avoir à dire ce qu'ils savaient déjà. « Désolée. » Elle tapota l'avant-bras de Malcolm.

Il sourit. « N'en parlons plus. » Il serra sa main. « Continuons à lire. »

12

— Incroyable ! dit Samantha. J'ai trouvé une lettre de leur nuit de noces, le 16 juin 1948. » Elle la déplia et la montra à ses frères pour qu'ils puissent l'examiner.

« Non, non, non ! s'écria Malcolm en se bouchant les oreilles pour plaisanter. Je ne veux rien entendre de tout ça. Range-la, range-la tout de suite.

— Oh ! tais-toi, il n'y a rien de tout ça dans cette lettre. Papa était un gentleman.

— Vous croyez vraiment que nous pouvons lire ces lettres ? demanda Malcolm d'un ton inhabituellement sérieux, même s'il en avait déjà lu sept ou huit d'un tas qu'il avait posé devant lui.

— Maman ne les aurait pas gardées si elle n'avait pas voulu qu'on les lise, répliqua Samantha.

— Elle a raison, intervint Matthew. Ils devaient savoir que nous allions les trouver. Dire que nous n'avons jamais su que papa lui écrivait des lettres.

— Je le voyais toujours en train d'écrire, dit Samantha. Mais je croyais que c'était pour le travail. Je lui demandais ce qu'il écrivait et il répondait des listes pour le travail, des notes pour l'église ou son journal intime. Je n'ai jamais pensé qu'il pouvait s'agir de lettres pour maman. Elle n'en a jamais soufflé mot.

— Peut-être parce que nous n'étions pas *censés* savoir, dit Malcolm en interrompant de nouveau sa lecture. Nous devrions peut-être attendre. Ça ne me paraît pas bien. Ils ne sont même pas enterrés encore.

— Tu peux attendre le temps que tu veux, dit Samantha. Moi, je lis. »

16 juin 1948

Chère madame Cooper,
Tu te rends compte ? Nous sommes mariés !
Nous sommes mariés ! Quelle journée. Il est
23 h 50 et on dirait que tu dors. Tu savais
que les anges ronflaient ? Eh bien, oui, ils
ronflent. Du moins, toi ! C'est vraiment

amusant. *Qui aurait cru que les femmes ronflaient ? Tu vas m'en vouloir d'avoir écrit ça, mais qu'est-ce que tu peux faire à présent ? Nous sommes mariés !*

J'ai fait une promesse tout à l'heure à l'église et j'en fais une autre ce soir. Je vais t'écrire toutes les semaines. Peu importe que nous soyons à des kilomètres et des kilomètres l'un de l'autre ou que nous nous trouvions dans la même pièce, je vais t'écrire. J'avais envisagé de commencer un journal, mais je ne crois pas que je puisse m'y tenir. Et qui s'y intéresserait ? J'opte donc pour les lettres. Les lettres vont rester.

Je crois que je ne pourrais pas te le dire si tu étais éveillée en ce moment, mais comme tu dors, je peux le dire maintenant : merci. Merci d'avoir attendu. Merci de m'avoir fait attendre. Ce soir, c'était exactement comme je l'imaginais. Non. C'était MIEUX. C'était magique.

Je fais une dernière promesse. (Incroyable, je n'ai jamais fait autant de promesses de ma vie). Laurel, je serai toujours là pour te soutenir. Peu importe ce qui se passera. Nous allons tout partager. Pas de secrets. Pas de surprises. Et je serai toujours sincère. Dans tout ce que je ferai.

Je t'aime, madame Jack Cooper.
JC

P.-S.- Désolé pour mon frère. Nous pren-
drons notre revanche pour son mariage.

Samantha replia la lettre et la glissa de nouveau dans l'enveloppe.

Malcolm et Matthew se regardèrent de part et d'autre de la table.

« Incroyable, dit Matthew.

— Incroyable », répéta Malcolm. Aucun d'eux ne semblait trouver autre chose à dire.

Samantha sortit une autre lettre de la boîte et commença à lire. Malcolm et Matthew retournèrent à leurs propres lettres.

Pendant une heure, les enfants se firent passer des lettres. C'est Samantha qui pleura le plus, à la lecture de chaque lettre ou presque, mais même ses frères plus endurcis et moins subtils versèrent une ou deux larmes. « Bon, les gars, finit-elle par dire. On en lit encore une chacun et puis on va se coucher. On a une longue journée demain, et les lettres ne vont pas s'envoler. » Ils fouillèrent chacun dans l'une des boîtes poussiéreuses et sortirent une dernière lettre.

27 novembre 1957

Chère Laurel,
J'aimerais savoir pourquoi il m'a fallu telle-
ment de temps pour apprendre des mots
aussi simples.
Je suis désolé.
J'oublie parfois à quel point je me mets faci-
lement en rogne et à quel point ça peut être
dangereux. Qui aurait cru qu'une bonne
chrétienne comme toi s'enticherait d'un fan
des Cubs du Nord ?
Je suis tenté de me chercher des excuses,
mais quelle excuse pourrais-je trouver à
mon comportement ? J'ai crié sur la femme
que j'ai juré d'aimer et de chérir. Il n'y a pas
d'excuse à ça, c'est tout.
Nous savons tous les deux que nous sommes
un peu justes financièrement. Nous sommes
au moins d'accord sur ce point. Et honnête-
ment, ça ne changera peut-être jamais vrai-
ment.
Je suis désolé que tu n'aies pas épousé un
type qui sortait des meilleures universi-
tés américaines ou un Rockefeller. Tu le
mérites. Tu mérites mieux. J'aimerais telle-

ment que tu n'aies pas à travailler. Du moins pas maintenant.

Mais nous allons y arriver. N'est-ce pas ? Tu me fais confiance ?

Alors, oui, je suis désolé. Je suis désolé de ne pas être l'homme que j'avais promis d'être. S'il te plaît, continue à croire en moi.

Jack

Juste après avoir lu deux paragraphes de sa lettre, Matthew donna un coup de coude à Samantha. « Tiens, échange avec moi », murmura-t-il.

9 avril 1975

Laurel,

Il y a plus de verdure à New York que je ne le pensais. Bien sûr, il y a plein de choses et d'odeurs que je n'aimerais pas ramener à la maison, mais il y a de surprenantes taches de couleur dans toute la ville, et même quelques fleurs çà et là dans les jardinières ou les parcs. J'aimerais partager ça avec toi, un jour, si je peux.

Je loge dans un motel à six pâtés de maisons environ de chez tante Beverly. Sammie a l'air en pleine forme. Je l'ai vue se promener avec Bev dans Times Square, cet après-midi. Je voulais les rattraper, et la serrer dans mes bras, l'étrangler, puis la serrer de nouveau dans mes bras. Mais je ne l'ai pas fait. Naturellement. Del dit que je pourrais attendre encore une semaine. Lui laisser le temps d'avoir le mal du pays. C'est dur parce qu'elle me manque plus que je ne lui manque. Ce n'est peut-être pas vrai après tout ?

(J'ai oublié de te dire au téléphone. J'ai oublié mon parapluie dans le train. J'ai dû en acheter un autre ici. Je vérifierai quand je retournerai à la gare si quelqu'un l'a ramené. Qui sait ? Ce n'est pas un très beau parapluie.)

Demain à la première heure, je vais aller dans un théâtre pour parler avec un homme dénommé E. B. Arthur. C'est impossible que la mère du garçon l'ait appelé E. B. Je vais peut-être demander.

Bev dit que le théâtre s'appelle « Lever de rideaux ». Qu'est-ce que tu en dis. C'est ce qu'ils appellent off-off-off Broadway. Je crois que ça signifie que c'est tellement loin de Broadway qu'il faut prendre un taxi pour y aller.

Bev est inquiète, mais elle va s'en tenir au plan. Ce soir, elle va dire à Sammie qu'elle a entendu que le théâtre « Lever de rideaux » organise des auditions pour des acteurs prometteurs. Si cet E. B. a une conscience, nous sommes dans de beaux draps. Mais nous sommes à New York et, avec ces théâtreux, je crois qu'il n'y aura pas de problèmes. Je te parie une centaine de dollars que ça va marcher. Espérons. C'est tout ce que j'ai (plus un nouveau parapluie). Prie pour que tout se passe bien.

JC

« Papa t'a suivie ? » dirent les frères de Samantha en chœur.

Samantha était incapable de parler.

« Merde, merde, *trois fois* merde ! » Malcolm prononça chaque mot plus fort que le précédent. « Matt, dans quelle boîte est-ce que tu as trouvé la lettre ?

— Attends, Malcolm, protesta Samantha. Je ne suis pas certaine de vouloir…

— Bien sûr que tu veux », dit Malcolm. Il farfouilla rapidement dans une pile de lettres et finit par trouver une enveloppe jaune sur laquelle figurait la date du 16 avril 1975.

« Alors, laissez-moi lire », dit Samantha en prenant la lettre des mains de son frère et en l'ouvrant avec précaution.

16 avril 1975
Chère LC

LIGNE DE CHANGEMENT DE DATE : NEW YORK CITY, NEW YORK, USA

Je ne sais pas si ça s'écrit comme ça, mais qu'importe ! Je sais que nous nous sommes déjà parlé au téléphone ce soir, mais des communications en PCV ne soutiennent pas la comparaison avec une lettre du mercredi, n'est-ce pas, ma chérie ? Ce soir, c'était le grand soir. Elle avait quatre lignes à dire et je parie que je les ai mémorisées plus vite qu'elle. Ça m'a naturellement aidé d'avoir une copie du texte fournie par E. B. Arthur (copie qui m'a coûté trente-cinq dollars). En plus, j'ai assisté à toutes les répétitions depuis l'étage supérieur (encore cinquante dollars à débourser).

J'ai retrouvé Bev aujourd'hui pour dîner avec elle tout près du théâtre tandis que Samantha participait à la répétition générale. Elle m'a dit que Samantha n'avait cessé de réciter son texte à Del.

Laurel, notre Sammie était époustouflante ce soir. La pièce ne vaut pas grand-chose, crois-moi, mais Sammie en fait certainement quelque chose de spécial. Elle a fait son entrée sur scène juste après le deuxième entracte. Avant qu'elle n'apparaisse, mon cœur battait si fort ! J'aurais pu parier que quelqu'un allait l'entendre. Mais lorsqu'elle est entrée sur scène, mon cœur s'est presque arrêté. Elle a passé la porte comme si l'endroit lui appartenait. Voici son grand début de scène :

MELINDA (c'est notre Samantha) :
« Je viens pour nettoyer la moquette. »
M. BURNS (c'est un gangster) :
« Elle n'a pas besoin d'être nettoyée.
Fichez le camp. »

MELINDA :
« Quelqu'un n'est pas de cet avis, monsieur.
J'ai un ordre de mission. »

M. BURNS :
« Faites-moi voir. »

MELINDA :
« J'ai dû le laisser au rez-de-chaussée.
Je vais aller le chercher. »

M. BURNS :
« Je ne sais pas qui vous êtes, madame, mais
mes moquettes n'ont pas besoin de nettoyage.
Ne me forcez pas à le répéter encore une fois. »

Ensuite, Sammie, je veux dire Melinda,
sort un faux pistolet de son faux cabas et lui
tire cinq fois dans la poitrine !!!!!

MELINDA :
« Elles en ont besoin à présent. »

Je ne sais pas comment ils ont fait, mais
lorsque le type est tombé, il a porté sa
main à son cœur et ils ont fait comme si le
sang avait traversé sa veste de costume. Sa
poitrine était toute rouge. Laurel, le public

s'est déchaîné, tu peux me croire. Les gens ont ri, puis applaudi et ri encore plus.

Il y avait tout au plus soixante-dix ou quatre-vingts spectateurs, mais ils ont applaudi notre fille comme si c'était Audrey Hepburn. Belle comme elle était ce soir, notre Sam aurait très bien pu être Audrey Hepburn.

Honnêtement ? Je suis encore furieux qu'elle soit partie. Je suis furieux de manquer mon travail, de risquer ma place et de dépenser soixante-neuf dollars par nuit pour dormir avec des cafards dans ce motel. Je suis triste quand je pense qu'elle n'apprendra pas que j'étais là ce soir avant des années, des décennies même avec un peu de chance.

Je suis encore plus triste quand je pense que les garçons et toi n'étiez pas là. Je suis triste parce que je sais qu'elle va se battre avec moi quand je vais me pointer chez Del et Bev pour la ramener à la maison dans quelques jours.

Mais j'ai réalisé quelque chose en la voyant sur scène ce soir. Elle ne remportera pas un oscar ce soir, ou la récompense qu'on donne aux comédiens de théâtre, mais notre Samantha est une star. Je n'ai jamais autant aimé notre fille que lorsque je l'ai vue sur scène.

Merci de soutenir mon petit plan. La plupart des femmes ne le feraient pas. « Qu'est-ce que je dis là ? AUCUNE autre femme ne le ferait.)
C'est mercredi. À très bientôt.
Tu me manques.

Jack
P-.S. - Annonce la nouvelle. Notre Sammie est une star off-off-off Broadway !

« Est-ce que je peux le redire ? demanda Malcolm tandis que Samantha se mouchait.

— Quoi ? demanda-t-elle en reniflant.

— Merde ! s'exclama-t-il beaucoup trop fort en plein milieu de la nuit. Tu étais au courant, frangine ?

— Non, dit-elle en secouant la tête d'un air hébété. Je ne sais même pas quoi dire…

— Récapitulons », dit Malcolm.

Matthew leva le doigt comme s'il voulait appuyer sur le bouton pause d'un magnétophone. « Vous permettez ? Sam, papa t'a suivie. Il a tout manigancé et il a logé dans un hôtel pendant combien, deux semaines ? Comment est-ce que tu aurais pu ne pas t'en rendre compte ?

— Et vous, comment ça se fait que vous ne saviez pas ? rétorqua-t-elle

— Je ne vivais même plus à la maison. J'avais pratiquement fini mon mémoire de fin d'étude à Blacksburg, dit Matthew en se tournant vers son frère. Et *toi,* tu as une excuse ? »

Malcolm haussa les épaules. « Je me souviens juste que Sam s'est enfuie à New York dès qu'elle a eu dix-sept ans et que, un ou deux jours plus tard, papa est parti pour Chicago assister à un séminaire sur l'entretien des B & B. Je me rappelle que maman m'avait demandé de l'aider à tenir la maison d'hôtes et qu'elle m'avait même payé. »

Matthew semblait incrédule. « Un séminaire sur l'entretien des B & B ? Tu es incroyable !

— Eh ! les gars. » Samantha mit fin à la bagarre avant même qu'elle ne commence. « Vous passez à côté du plus important. Papa a *payé* pour que je joue dans ce spectacle. Il a *payé* pour moi. J'ai décroché le rôle uniquement parce qu'il avait *payé* pour moi.

— Ouais, Sam, dit Malcolm avec plus de tendresse qu'il n'en avait l'habitude. Il a payé. Puis, il t'a laissée loger à New York chez une tante de maman, quelqu'un que tu connaissais à peine, bon sang ! Quelqu'un que *maman* connaissait à peine. Papa t'a laissée traîner dans Broadway pendant deux semaines avant de se montrer et de faire comme s'il n'était au courant de rien.

— Oui, mais il ne m'a pas quittée des yeux pendant tout ce temps.

— C'est vrai, il ne t'a pas quittée des yeux », dit Malcolm en baissant la voix, puis il se mit à chercher dans un autre tas. Samantha plia la lettre et la fourra dans la poche de sa chemise bleue en polyester juste à côté de son insigne doré de la police.

13

Samedi matin

Malcolm et Matthew dormirent jusqu'à neuf heures ou presque. Si Samantha n'était pas venue leur faire des chatouilles dans le cou, ils auraient dormi jusqu'à midi.

« Va-t'en dit Malcolm en enfouissant sa tête sous un oreiller. C'est tôt !

— Non, c'est *tard*. » Elle retira l'édredon qui couvrait son frère et mit sa main sur sa bouche et sur son nez. « Tu vas prendre une douche. Tout de suite. À cause de toi, la maison empeste le singe malade.

— À propos, il est debout, Matt ?

— Il est dans la douche du rez-de-chaussée. Alors vas-y maintenant. » Malcolm traversa en titubant le couloir jusqu'à la chambre de ses parents. Il portait son boxer en léopard déchiré. Après avoir pris une longue douche relaxante et s'être rasé (il lui avait fallu deux rasoirs jetables de son père pour venir à bout de sa barbe), il enfila le peignoir bleu marine de Jack et se rendit à la cuisine.

« C'est mieux ? demanda-t-il.

— Beaucoup mieux, merci. » Samantha jeta trois crêpes dans une assiette et la lui donna. « Désolée, mais le service, c'est pas mon truc.

— Bon, écoute. Cette nuit, j'ai rêvé que nous allions tous nager dans la piscine du camping KOA. Mais la piscine était entourée de sable. Un ensemble hybride de piscine et de plage. Et nous avions garé nos voitures juste au bord, dit Malcolm en pointant son doigt sur Samantha. Monica et toi, ainsi qu'une de mes amies écrivain et son mari, vous portiez tous ces maillots de bain bizarres des années trente. Vraiment flottants et flasques. Tu avais l'air ridicule. »

Samantha leva les yeux au ciel, mais ne dit rien.

Matthew n'avait pas pris la peine de lever les yeux de son *Wall Street Journal* et finissait sa deuxième portion d'œufs brouillés.

« Oh ! Matt, ça me fait penser, dit Samantha en faisant tomber la spatule dans l'évier, Monica a appelé pendant que tu étais sous la douche.

— Merci, dit Matthew, les yeux toujours rivés sur les cours de la Bourse. Je l'appellerai dans un moment. » Il espérait une bonne nouvelle qui se faisait attendre depuis longtemps.

« Quand est-ce qu'elle arrive ? », demanda Malcolm.

Samantha tapa sur sa tête avec une fourchette et secoua la tête en le regardant.

« Elle ne vient pas, dit Matthew.

— Elle ne vient pas ?

— C'est ça, tu as parfaitement compris.

— Désolé, mon vieux, je demandais juste. Je pensais qu'elle allait venir à l'enterrement de nos parents. Ça n'arrive qu'une fois, surtout dans le cas présent, n'est-ce pas !

— Ferme-la, tu veux ? » Matthew se leva et posa son assiette et son verre dans l'évier. « Merci pour les œufs, Samantha. Il faut que je file. Je dois retrouver Rain à l'église. » Il sortit par la porte d'entrée sans jeter un regard en arrière.

Malcolm lâcha son couteau et son assiette et leva les bras en guise de capitulation. « Quoi ? Qu'est-ce que j'ai dit ? C'était le coup du maillot de bain ? À dire vrai, le maillot de bain allait mieux à Monica qu'à toi. Il te faisait de ces fesses ! Vraiment tombantes. »

Samantha lui tourna le dos et plongea les mains dans l'eau de vaisselle.

« Honnêtement, Sammie, j'essayais juste de faire la conversation.

— Les choses ont changé pour lui, ces derniers temps.

— En quoi ? », demanda Malcolm.

Samantha continua à faire la vaisselle.

« C'est encore ces histoires d'enfant ? dit-il en secouant la tête. Bon sang, ça fait cinq ans qu'ils savent qu'ils ne peuvent pas avoir d'enfant, n'est-ce pas ? Pourquoi est-ce qu'ils s'obstinent ? Ils s'imaginent qu'un enfant va résoudre tous leurs problèmes ?

— Non, Mal. Ils essaient d'adopter à présent, et ce n'est pas facile, malheureusement. Ils étaient si proches du but, ces deux dernières années, si proches, mais il y a toujours quelque chose qui coince au dernier moment. Et, crois-moi, s'ils avaient un enfant, ça les aiderait. Ils resteraient plus à la maison, passeraient plus de temps ensemble. C'est du moins ce qu'ils pensent et c'est tout ce qui compte. » Samantha rangea le sirop, le beurre et le jus qui étaient posés sur la table.

« C'est bien vrai.

— Garde-le pour toi, mais Matt m'a dit que Monica avait quitté le club de gym pour lequel elle travaillait. Elle a monté sa propre société de remise en forme. Une sorte de société de coaching personnel. Non, elle appelle ça le *coaching de vie*. Et coaching diététique. En tout cas, elle a sa propre entreprise à présent, et leur couple est mis à rude épreuve. Ils ne sont jamais à la maison en même temps.

— Alors, elle ne vient pas aux mégafunérailles de ses beaux-parents parce qu'elle doit s'occuper de deux ou trois gros lards ?

— Mal !

— Non, l'interrompit-il. Ce n'est pas bien. Tu le sais pertinemment. »

Samantha soupira. Elle s'approcha de Malcolm par-derrière et tira sur les pointes de ses longs cheveux encore humides. « Il est temps de les couper.

— Pas question.

— Malcolm Cooper, tu ne peux pas aller à l'enterrement de tes parents avec une tête de sasquatch[1]. Tu as besoin d'une coupe.

— Cinq centimètres.

— Dix.

— Huit.

— Bon, d'accord, concéda-t-elle. Huit. »

Malcolm finit de déjeuner et se changea. Il choisit un short parmi les trois en loques qu'il avait rapportés du Brésil et enfila son t-shirt Milton Nascimento déjà bien usé.

Il admira ses longs cheveux épais une dernière fois dans le miroir de la salle de bains. Il retrouva

---

1   Animal imaginaire du nord-est des États-Unis

sa sœur dans la véranda cachée à l'arrière de la maison. « C'est un guet-apens ?

— Allez, Mal, dépêchons-nous. A & P va bientôt arriver pour s'occuper des préparatifs pour le déjeuner. La maison va être pleine à craquer.

— Alors, quel temps est-ce qu'il a fait ? On dirait qu'il fait très chaud, même pour un mois d'avril.

— L'hiver a été doux, et le printemps, encore plus. Chaud et magnifique », dit Samantha en lui lançant un poncho jaune vif aux couleurs des parcs d'attraction Busch Garden. « Désolée, c'est tout ce que j'ai pu trouver. En tout cas, estime-toi heureux.

— Pour le poncho ?

— Pour le temps. S'il fait beau, les gens qui viennent de loin n'auront pas de problèmes sur la route. Les gens viennent des quatre coins du pays, tu sais. » Elle ouvrit une lourde mallette noire et en sortit une paire de ciseaux et la tondeuse de sa mère. « Waouh !

— Qu'est-ce qu'il y a ? » Malcolm enfila avec le plus grand mal le poncho qui n'avait qu'une petite ouverture pour la tête. Il s'égratigna au passage les oreilles contre les bords en plastique.

« Maman n'a jamais vraiment nettoyé sa tondeuse. Il y a encore des cheveux gris de papa dessus. Pourtant, il ne lui en restait plus beaucoup. » Elle prit une brosse à poils rêches dans la mallette et l'essuya vigoureusement contre l'étui en plastique gris de la tondeuse. De minuscules cheveux gris s'éparpillèrent dans l'air ; ils prirent une teinte métallique et scintillèrent dans la lumière. Elle choisit un peigne dans la poche intérieure de la mallette. « Baisse la tête. » Samantha passa le peigne dans les cheveux de Malcolm, à l'arrière de sa tête. « Tu as quelques cheveux gris, toi aussi. Ces deux années ont été stressantes pour toi, n'est-ce pas ?

— Je n'emploierais pas ce mot. Les cheveux gris me viennent sûrement de maman. »

Samantha continua à peigner ses cheveux en longues mèches droites qui descendaient du haut de sa tête. Malcolm était beaucoup plus grand que Samantha.

Il mesurait presque quarante centimètres de plus et, même assis, il restait imposant.

« C'était dur, Mal. Papa avait des maux de tête, d'une violence inimaginable. Maman disait qu'il hurlait parfois la nuit tellement il souffrait. » Samantha coupa quelques centimètres de cheveux et les fit tomber sur le sol en brossant les épaules de Malcolm. « Je m'y attendais pourtant. Le docteur qui lui faisait des rayons lui avait dit il y a six mois qu'il n'en avait plus que pour trois mois. Chaque jour était un bonus, je suppose. Et je sais que c'est différent pour toi. Papa et toi, vous étiez toujours un peu bizarres, pour je ne sais quelle raison. Tout le monde savait que tu étais le fils à ta maman. En plus, tu n'étais pas là. » Samantha recula d'un pas pour examiner la nuque de son frère.

« Je pense que je n'ai pas encore vraiment réalisé. Je regarde dans la cour et j'oublie que je ne suis plus en Amérique du Sud. Je suis à la maison. Il y a quelques jours encore, je descendais le fleuve Amazone, tout seul, je prenais des photos et j'écrivais sur mon bloc-notes. Ça me manquait ici, tu me manquais surtout, à vrai dire, mais j'étais content. J'étais dans un endroit où les gens ne racontent pas de potins sur leur voisine prostituée ou ne guettent pas le moindre mouvement des autres. C'est comme si c'était un monde immense avec des règles différentes, tu sais. C'est… je ne sais pas… c'est tout simplement cool.

— Cool ? » Samantha tira sa frange vers le haut avec le peigne et en coupa deux centimètres. « C'est tout ce que tu trouves à dire, un écrivain comme toi ?

— Tu devrais aller au Brésil une fois, rencontrer ces gens. Ils sont humbles, tellement sincères. Ils vivent tout simplement. Pas de complications, tu sais ?

— Un jour, peut-être. Qui sait ? Il y a des McDonald's là-bas ? »

Malcolm pensa à sa superbe amie brésilienne et sourit. « Oui, frangine. » Il sourit encore plus. « Il y a des McDonald's. »

Samantha commença à couper les cheveux indisciplinés de Malcolm au-dessus de son oreille. Il voyait les touffes de cheveux atterrir sur le poncho jaune, glisser et tomber de ses genoux.

« Papa et maman sont morts », dit Malcolm, s'interrompant comme s'il attendait que les mots ne disparaissent d'un prompteur imaginaire et qu'ils ne soient remplacés par des lignes plus vraisemblables. « Je suis sur le point de retrouver mon vieux copain Nathan et sa bande de flagorneurs. Et je vais aller en prison. Pour combien de temps ? Six mois ? Un an ? Plus ? » Il voulait sourire. Il n'y parvint pas. « Et je suis sur le point de me retrouver dans la même pièce que Rain.

— Ça fait beaucoup à la fois. C'est comme si nous étions dans un feuilleton télévisé. »

Malcolm comptait les années et poursuivit comme s'il ne l'avait pas entendue.

« Matthew, toi et moi nous retrouvons sous le même toit pour la première fois depuis 1983.

— Tu dois avoir raison. L'anniversaire de mariage de papa et maman, je crois. » Samantha posa les yeux sur un petit miroir dans la mallette noire, mais continua à couper. « On avait passé un bon week-end.

— Ouais. C'est là qu'on s'est rendu compte que tu trichais au Scrabble.

— C'est pas vrai ! » Elle donna un petit coup sur l'oreille droite de Malcolm avec le peigne.

« Aïe ! Tu te souviens du discours de papa ? Je l'avais convaincu que tu avais planqué des lettres sur tes genoux et il avait dit à quel point il était déçu. Il a dit que les Cooper ne trichaient pas… Même Matt a rigolé en entendant ça. Il savait que j'avais lancé les lettres une par une sur ta robe sous la table. Tu t'es levée pour aller répondre au téléphone et une quinzaine de lettres sont tombées par terre. » Malcolm rit. « Bons souvenirs.

— Ouais, pour toi. » Samantha mit la tondeuse en route. « Juste pour te dégager la nuque. On dirait qu'il y a un nid dans tes cheveux, là derrière. » Elle passa sans s'interrompre la tondeuse par longues séquences sur l'arrière et les côtés de la tête de Malcolm. Avant qu'il n'ait le temps de réagir, Malcolm ressembla à un futur marine.

14

Tandis que Samantha balayait les mèches de cheveux ondoyantes de Malcolm, il se débattit pour enlever le poncho en plastique, s'égratignant à nouveau les oreilles alors qu'il tentait de faire passer sa tête par la petite ouverture. Il ôta son t-shirt et le secoua pour faire tomber les mèches de cheveux épars. Malcolm passa ses doigts sur son torse et constata qu'il y avait encore plus de poils gris que la dernière fois qu'il y avait prêté attention. Il ouvrit le robinet de la cour, se pencha et fit couler de l'eau froide sur sa tête en ébouriffant vigoureusement ce qui lui restait de cheveux et en maugréant à propos de la confiance entre frères et sœurs.

« Je ne suis pas près de te pardonner, dit-il. J'ai mis deux ans à les faire pousser.

— Dommage que j'aie loupé ça », dit une voix familière derrière lui.

Malcolm retira sa tête du puissant jet d'eau puis se redressa. Rain.

« Sam m'a dit que tu les avais fait pousser. J'aurais aimé les voir longs », dit Rain en lui adressant son sourire naturel, celui qui animait ses yeux et qui faisait apparaître de petites rides sur son front ; celui dont, selon Malcolm, Van Gogh aurait rêvé la nuit, mais qu'il ne représenta jamais faute de pouvoir peindre un visage suffisamment beau pour aller avec.

Au cours de ces deux dernières années, pendant lesquelles Malcolm n'avait plus vu Rain, il avait imaginé des centaines de fois leurs retrouvailles. Que dirait-elle ? Porterait-elle le collier qu'il lui avait offert pour le bal des étudiants ? Celui que Nathan détestait qu'elle porte ? Dirait-elle quelque chose ? Malcolm s'était aussi demandé ce qu'il dirait lorsque leurs regards se croiseraient pour la première fois après deux ans. Il n'avait pas plongé son regard dans le sien depuis qu'il était venu frapper à sa porte et qu'il avait été rejeté après la fameuse bagarre au Woody's.

Sans le vouloir, Malcolm examina par pure habitude chaque centimètre de son corps et de son visage comme s'il s'agissait d'une œuvre d'art. Les cheveux de Rain avaient autant de vitalité que dans ses souvenirs. Même si Malcolm la voyait rarement s'en préoccuper, les cheveux épais et châtain clair de Rain semblaient toujours parfaitement coiffés comme si chaque mèche avait été placée délibérément à l'endroit qui lui convenait et ce à n'importe quel moment de la journée.

Qu'ils soient en bataille, emmêlés, mouillés, coiffés en queue de cheval ou en chignon, collés à son front après un footing par un samedi matin chaud et humide, ils tombaient toujours exactement comme elle le souhaitait.

« Malcolm ? »

Il ne put s'empêcher de se perdre dans le regard de Rain. Ses yeux étaient d'un vert profond, pénétrant, et s'accordaient parfaitement à son teint couleur pêche. Malcolm avait tenté de fuir ses yeux, mais c'est seulement maintenant qu'il réalisait qu'il avait vécu ces deux dernières années dans une jungle exactement de la même couleur.

« Mal ? »

Il cessa de la dévisager et secoua la tête presque imperceptiblement. « C'était une sacrée coiffure. » *Je suis un idiot*, pensa-t-il, puis il eut peur de l'avoir dit à haute voix.

« Encore une fois, dit-elle tandis que son sourire s'agrandissait encore, je suis désolée d'avoir loupé ça. »

Malcolm tendit la main pour arrêter le robinet, ramassa une serviette, se sécha rapidement les cheveux, puis il essuya l'eau qui coulait sur ses épaules et sur ses bras. Il prit son t-shirt par terre et l'enfila.

« Il n'y a pas de quoi être désolée, dit-il, parvenant à respirer plus naturellement à présent. Je ressemblais à un homme des cavernes. »

Rain cessa de sourire. « Je suis désolée pour ton père et ta mère.

— Merci.

— Je peux te serrer dans mes bras ?

— Je ne sais pas si ça ferait plaisir à Nathan. » *Je suis vraiment un idiot*, se dit-il à nouveau. Mais il n'eut pas le temps de se reprendre : Rain s'approchait de lui, les bras grands ouverts et les larmes aux yeux. Malcolm ne l'avait jamais dit à personne, mais il aimait la façon dont ses larmes semblaient prises au piège dans ses longs cils. Quelques secondes plus tard, elles finissaient par couler sur ses joues et sur son menton. Les deux se donnèrent l'accolade, et l'odeur du parfum de Rain envoya une vague de frissons dans la nuque fraîchement rasée de Malcolm, sur ses épaules et sur ses bras.

« Je suis désolée pour ton père et ta mère, chuchota-t-elle cette fois-ci à son oreille.

— Merci », murmura-t-il à son tour en desserrant son étreinte. Quelques secondes plus tard, Rain se dégagea à son tour.

« Je suis heureuse que tu sois là. » Rain sortit un mouchoir de la poche avant droite de son jean. Elle se tamponna les yeux et passa le mouchoir sur son menton et sur ses pommettes. « Je suis préparée. C'est comme ça depuis jeudi. Je n'ai pas arrêté de sécher mes larmes et de me moucher dans ma manche. Je vais avoir une sacrée note de pressing. » Elle laissa échapper un petit rire.

« Tu veux entrer ? » Malcolm inclina la tête en direction de la véranda.

« Non, pas vraiment. Les gens arrivent déjà pour le déjeuner et j'aimerais avoir une minute.

— Une question ? » Malcolm était surpris de constater à quel point il était retombé facilement dans leur vieille routine.

« Une question. » Leur façon de communiquer par énigme avait également manqué à Rain.

« Bien sûr, répondit Malcolm. La balançoire a sûrement besoin d'un peu d'exercice. »

Rain suivit Malcolm dans la cour jusqu'à une balançoire pour deux personnes accrochée aux branches d'un érable.

« Samantha et moi, nous avons regardé tes parents sur cette balançoire, il y a moins d'une semaine. C'était dimanche soir, je crois. Ton père n'allait pas trop mal ce jour-là et, après le dîner, Laurel l'a convaincu d'aller s'asseoir sous l'arbre avec elle. Ils sont restés une heure sur la balançoire, peut-être plus.

— C'est chouette. Papa et maman aimaient vraiment cette balançoire. Ils l'avaient ramenée de Charlottesville. » Malcolm poussa sur le sol avec ses pieds, et la balançoire se mit à bouger doucement.

« Vraiment ? Je ne savais pas.

— Un cadeau d'oncle Joe. Je crois que c'est lui qui l'a faite.

— Sans blague ? »

Malcolm hocha la tête.

« Je suis sûre que ta mère a pensé que la prochaine fois qu'elle s'assiérait sur cette balançoire, elle serait seule. Je parie qu'elle n'aurait jamais imaginé tout ça.

— Qui l'aurait pu ? »

Rain hocha la tête. « Je voulais te remercier.

— Pour quoi ? » Il poussa de nouveau le sol avec ses pieds, et tous deux se laissèrent aller dans la balançoire.

« Pour ce que tu as fait. Pour cette nuit-là. Pour m'avoir sauvée. »

Il se tourna vers elle. « Tu n'as pas à me remercier pour ça, Rain. N'importe qui aurait fait la même chose.

— Peut-être. Mais tu l'as payé cher. Je ne

connais pas beaucoup de monde qui aurait fait la même chose.

— Tu as raison. Personne n'aurait été assez stupide pour aller aussi loin.

— Tu l'avais bien amoché, le type, n'est-ce pas ? »

Malcolm haussa les épaules.

« Il n'a eu que ce qu'il méritait.

— Mais fallait-il absolument que tu tabasses mon petit ami, dit-elle en souriant et en donnant un coup de coude dans les côtes de Malcolm.

— Il n'a eu que ce qu'il méritait, lui aussi. »

Rain secoua la tête. « Je ne veux même pas le savoir. La jalousie n'est pas ta meilleure qualité. »

Ils se balancèrent et écoutèrent le frottement de la corde sur la grosse branche qui pendait au-dessus de leurs têtes.

Deux écureuils se pourchassèrent sur le tronc et à travers la cour. L'air d'avril sentait incontestablement l'été précoce.

« Il m'aime, tu sais. »

Malcolm fixait le sol sous la balançoire.

« Je vois un Nathan que personne d'autre ne connaît. Il veut toujours aller plus loin et je sais que ça ennuie certaines personnes. Et il est prêt à marcher sur les pieds des gens, crois-moi, je m'en rends compte. Mais il est sincère et dévoué.

— À quoi ?

— À moi. Il a envie de fonder une famille, de mener une bonne vie. » Elle regarda un couple qui parlait sur l'escalier menant à la cour impeccable. « Il a des rêves et des projets. C'est ce que j'admire chez lui. Et je suis ravie de faire partie de ses rêves. Je suppose que, d'une certaine façon, ses rêves sont devenus les miens.

— Qu'en est-il de tes rêves ? demanda Malcolm.

— Donne-moi une maison remplie d'enfants qui m'appellent maman, un homme qui m'aime et qui m'écrit un poème ou deux de temps en temps, et qui pourra me faire une balançoire comme celle-là, mes rêves deviendront alors réalité.

— Nathan t'écrit des poèmes ?

— Il essaie, dit-elle en souriant. Il essaie. » Rain se tourna pour regarder le beau profil de Malcolm. « Je peux te poser une question ? demanda-t-elle.

— Juste une ?

— Non, deux en fait.

— Vas-y.

— Pourquoi est-ce que tu es parti ? » Malcolm poussa de nouveau le sol avec ses pieds et envoya la balançoire un peu plus haut qu'auparavant. La branche se courba légèrement.

« J'ai fait un choix.

— Un choix ?

— Nous avons tous le choix. J'en ai fait un. J'ai opté pour la liberté ou le Brésil contre des mois ou des années ou je ne sais combien de temps en prison. Et j'ai choisi de ne pas te voir l'épouser.

— Des *années* en prison ? » Rain ignora ce qu'il venait de dire.

« Avec mon casier judiciaire ? Tu paries ? » Malcolm se cala dans la balançoire. « Je suis allé trop loin. J'ai failli tuer cet homme.

— Oui mais tu ne l'as pas fait.

— J'ai donné un coup de poing au *procureur du Commonwealth pour le comté de Shenandoah.*

— Tu lui en as donné *deux.* »

Malcolm sourit. « Ton fiancé a réuni des arguments irréfutables.

— Nathan m'a promis que tu serais traité avec équité. »

Malcolm regarda les branches au-dessus d'eux. « Est-ce qu'il t'a déjà dit que tu en valais la peine ?

— Quoi ? »

Malcolm baissa les jambes, et la balançoire ralentit progressivement, puis finit par s'immobiliser. « Tu as dit que tu avais deux questions. »

Rain sauta sur le sol et se mit en face de lui. « Pourquoi est-ce que tu n'as jamais répondu à ma lettre ? »

Sa question ne surprit pas Malcolm.

Il connaissait très bien cette lettre. Il avait toujours soupçonné qu'elle contenait l'annonce d'un mariage et qu'il s'agissait donc d'une lettre d'adieu. Il l'avait traînée partout avec lui dans son sac de marin, sans jamais l'ouvrir, depuis le jour où elle lui était parvenue.

« J'espérais une réponse. » Rain scruta son visage puis secoua la tête. « Ta mère t'avait envoyé un paquet. Tu étais au Brésil depuis quelque temps déjà. Elle t'avait envoyé un télé-phone. Je l'avais accompagnée à Fairfax pour l'acheter. Avant qu'elle ne ferme le paquet, j'avais mis une enveloppe à l'intérieur.

— Je ne l'ai pas eue. Ça ne m'étonne pas. Ils ouvrent toujours le courrier là-bas, les colis en particulier. Ils espèrent trouver des bonbons américains, des timbres, des Nike. Quelqu'un a dû la prendre. Ça arrive.

— Ils ont laissé le téléphone et ont pris la lettre ?

— Ça arrive. » Malcolm ne pouvait pas lui dire la vérité : qu'il avait eu peur de la lire. Que la seule vue de l'enveloppe le faisait souffrir. Il imaginait que la lettre disait que Rain et Nathan s'étaient finalement mariés et il savait que, s'il l'apprenait de la main de Rain, en lisant son écriture penchée et appliquée, il ne pourrait pas dormir pendant des mois.

« C'est dommage, dit Rain en souriant même si son sourire n'était plus aussi éclatant. J'aurais aimé que tu la reçoives. » Elle tira sur son chemisier. « Je ferais mieux de rentrer. Samantha et A & P vont probablement avoir besoin de mon aide pour le déjeuner. » Elle se retourna et se dirigea vers la maison.

« Rain ? l'appela Malcolm.

— Oui ?

— Pourquoi est-ce que Nathan et toi n'êtes toujours pas mariés ? »

Rain soupira. « Problèmes de timing. » Elle se retourna et se remit à marcher.

« Rain ? l'appela-t-il à nouveau.

— Oui ? »

Il la regarda fixement. « Rien. »

Rain lui fit un signe et s'éloigna.

Malcolm resta assis sur la balançoire. Même dehors, même avec les odeurs de la vallée qui flottaient dans l'air autour de lui, il pouvait encore sentir le parfum subtil de Rain.

Idiot.

15

Le déjeuner prit bientôt une autre dimension que celle d'un simple repas dédié au souvenir de Jack et Laurel. Plus de vingt anciens clients avaient fait le déplacement et s'étaient retrouvés à *Domus Jefferson*.

On aurait dit une réunion de famille. La plupart des convives se connaissaient déjà, leurs chemins s'étaient croisés au cours des années où ils avaient fréquenté le *bed and breakfast*. Rain et Samantha présentèrent les rares qui ne s'étaient jamais vus. Certains n'étaient venus qu'une ou deux fois, mais ils avaient gardé un tel souvenir de leur séjour, qu'ils avaient tenu à être présents pour rendre hommage à la famille.

Tandis que la foule attablée mangeait du jambon de Virginie sur des petits pains faits maison et d'énormes portions de salade de pommes de terre préparée par Rain, A & P raconta des anecdotes vivantes et détaillées sur les nombreuses soirées qu'elle avait passées dans cette maison d'hôtes. Certaines histoires firent rire l'assemblée, d'autres étaient suivies d'un silence déférent uniquement interrompu par des reniflements et par le bruit caractéristique d'un kleenex qu'on tire de la boîte en carton.

Samantha présenta fièrement sa fille de dix ans, Angela.

« Bonjour, dit-elle.

— Elle a l'intelligence de son père et la beauté de sa mère », déclara Samantha.

A & P présenta Joy et Moody Faulkner à l'assemblée. Joy et Moody avaient passé deux nuits dans la maison d'hôtes au printemps 1982 et ils avaient été tellement enthousiasmés par leur séjour que Moody avait démissionné de son poste d'associé dans un cabinet d'avocats très influent à Washington pour acheter leur propre maison d'hôtes dans la majestueuse Canaan Valley en Virginie-Occidentale.

« Jack et Laurel se sont montrés incroyablement généreux, nous n'en revenions pas nous-mêmes, expliqua Joy. Nous les avions appelés pour leur faire savoir que nous faisions une offre d'achat pour une maison d'hôtes près de Timberline. Nous voulions juste quelques conseils sur les supports à utiliser pour la publicité, la fixation des prix, ce genre de choses, vous voyez ? Ils ont confié leur *bed and breakfast* à Rain, n'est-ce pas, Rain ?

— Oui, m'dame, dit Rain en hochant la tête depuis l'embrasure de la porte de la cuisine.

— Ils ont confié la maison d'hôtes à Rain pour quelques jours, et Jack et Laurel ont fait tout le trajet pour venir nous voir. Nous venions d'acheter la maison, n'est-ce pas, chéri ? » Elle regarda Moody et donna une petite tape sur son genou. Tout en sirotant son 7-Up, il hocha la tête. « Ils ont passé deux ou trois jours avec nous. Nous n'en aurions pas autant appris en dix ans si nous avions lu tous les livres et tous les magazines consacrés à la gestion d'une maison d'hôtes. Laurel avait même suggéré le nom : *Bois harmonieux*. Ça correspondait tout à fait au lieu, tu te souviens, chéri ? » Elle donna à nouveau une petite tape sur le genou de son mari. « Les Cooper étaient vraiment des gens exceptionnels. Qui serait prêt à faire une chose pareille pour des étrangers ?

— Personne peut-être, intervint Rain. Mais vous n'étiez pas des *étrangers*. Il suffit de passer un jour à *Domus Jefferson* pour devenir un membre de la famille. » Rain leva son verre pour porter un toast.

« À Jack et Laurel », dirent les convives en

levant leurs verres en plastique, comme s'ils avaient répété auparavant. A & P leva sa lampe torche Maglite à la place.

Matthew accueillit les Morgan, un couple originaire du Libéria qui s'était installé à Reston en Virginie et qui venait régulièrement passer la Saint-Valentin dans la maison d'hôtes.

Ils présentèrent à leur tour leurs enfants : Tim, Lisa et Kimberly.

« Nous venons peut-être de faire augmenter la population minoritaire de Woodstock de cent pour cent, dit quelqu'un pour plaisanter.

— Nous devrions peut-être nous installer définitivement ici, plaisanta à son tour M. Morgan. Un peu de diversité va peut-être bouleverser cette assemblée. »

Matthew dit que c'était exactement le genre de pouvoir magique qu'avait cette maison d'hôtes. Elle pouvait faire se rencontrer des gens, former des familles instantanées.

M. Morgan hocha la tête. « C'est pourquoi nous avons continué à venir. Même si nous ne voyions Jack et Laurel qu'une fois par an, nous avions l'impression malgré tout d'appartenir à cette famille bien que nous n'ayons aucun lien du sang.

— Famille instantanée, dit A & P. C'est tout à fait ça. »

Samantha entra dans la pièce et s'assit à côté de Kristen Birch près de la cheminée. « Où est Layne ? murmura-t-elle.

— Il n'a pas pu venir. À cause du travail.

— Tout va bien ?

— Tout va pour le mieux. Layne a eu une promotion il y a quelques mois et il n'a pas pu prendre de jours de congé. Mais tout va bien entre nous, ça n'a même jamais été aussi bien, je crois.

— Je suis contente pour vous. Et comment va Kay ?

— Elle est chez *Brown* ; elle a commencé en septembre. La maison et sa famille lui manquent, je l'entends au téléphone, *tous les soirs*, mais elle était vraiment prête à avancer et à grandir. Et maintenant le nid est vide.

— Et alors, ça vous rend malade ?

— Ah, si ça c'est une maladie, je n'ai jamais été aussi heureuse d'être malade. Nous dormons jusqu'à neuf heures et nous traînons parfois en pyjama pendant plusieurs jours d'affilée. » La femme se mit à rire.

« Vous savez quoi, Kris ? J'aimerais raconter votre histoire, ça ne vous dérange pas ?

— Bien sûr que non. J'en serais très honorée. »

Samantha se mit debout sur le rebord de la cheminée. « Mesdames et messieurs, vous connaissez tous Kristen ? » Certains hochèrent la tête, la plupart semblaient curieux. Samantha posa sa main sur l'épaule de Kristen. « Elle vient de Roanoke.

— Bonjour, tout le monde, dit Kristen humblement.

— Il y a environ dix ans ? – Kristen fit signe que oui et Samantha poursuivit – elle et son mari, Layne, passèrent à Woodstock avec leur fils, Cameron, et leur fille Kay. Cameron était soigné pour une tumeur au cerveau, et les médecins n'étaient pas optimistes. ». Kristen enroula son bras autour du genou de Samantha et appuya sa tête contre sa jambe. « Cameron était en classe de première au lycée et c'était un jeune homme brillant, très brillant. Il avait été reçu à l'examen permettant d'obtenir une bourse pour étudier dans les plus grandes universités du pays.

— Félicitations », dit quelqu'un de l'autre côté de la salle de séjour.

Kristen articula en silence un merci. Elle avait les yeux larmoyants.

« Si vous regardiez l'entrée "*mordu d'histoire*" dans le dictionnaire, vous verriez une photo de Cameron, en chemise et cravate. Il aimait tout particulièrement la période de la guerre de Sécession. Il avait une véritable adoration pour Stonewall Jackson et savait tout ce qu'il y avait à savoir sur le général.

— C'est vrai », dit Kristen doucement en inclinant la tête, revoyant ces jours passés comme elle l'avait fait des milliers de fois depuis.

« Chaque fois qu'ils allaient à Washington, D.C. pour le traitement de Cameron, ils quittaient la route 81 et venaient passer la nuit ici. Cameron et papa parlaient pendant des heures de l'histoire de la région, l'histoire de toutes ces petites villes de la grosseur d'un point sur une carte routière. Il a même appelé papa "papy" une fois ou deux. Je crois que ça faisait plaisir à papa. Ils avaient des atomes crochus, je crois que c'est l'expression qui s'impose…

Après le dernier traitement de Cameron, l'hôpital a dit à Kristen et à son mari qu'ils avaient deux possibilités. Leur fils pouvait entrer à l'hôpital afin qu'on puisse le traiter pour la douleur, mais il n'en ressortirait jamais. Ou il pouvait retourner à la maison et s'éteindre chez lui. » Même les quatre ou cinq petits-enfants présents s'étaient interrompus pour écouter.

Seul Malcolm avait disparu. A & P regarda autour d'elle et se demanda si la pièce avait déjà abrité autant de personnes.

« Cameron a trouvé une troisième option, poursuivit Samantha. Sans en parler à ses propres parents, il a appelé papa et lui a demandé s'il pouvait passer quelques jours ici. Le médecin avait dit qu'il ne lui restait plus que quelques semaines, peut-être un mois, à vivre, mais Cameron savait qu'il en serait autrement, n'est-ce pas, Kris ?

— Sûrement. Et j'aurais pu étrangler ce garçon quand j'ai découvert ce qu'il avait fait. » L'assemblée tendue laissa échapper un petit rire collectif. Kristen essuya ses larmes.

« Certains d'entre vous le savent déjà et ceux qui l'ignoraient ne seront pas surpris d'apprendre que papa et maman ont mis trois des sept chambres de la maison à la disposition des Birch aussi longtemps qu'ils en auraient besoin. Le premier jour, papa a conduit Cameron et Layne le long de la route 11 pour leur faire voir tous les sites historiques. Cameron voulait faire le trajet jusqu'à Manassas pour voir le champ de bataille de Bull Run, mais il n'en a pas eu la force. » Samantha hésita. « Cameron était très faible. Au fur et à mesure que les heures passaient, il devenait de plus en plus faible. À partir du troisième ou du quatrième jour, Cameron ne parvint plus à quitter son lit. Sa mère et son père… »

Samantha prononça ces derniers mots d'une voix étranglée. Tandis qu'elle reprenait son souffle pour poursuivre, Malcolm apparut dans l'embrasure de la porte et s'avança prudemment en contournant ou en enjambant les convives qui étaient assis sur des sièges pliants ou par terre.

Il brandit une feuille de papier à lettres *Domus Jefferson* pliée en deux et la tendit à sa sœur. Puis il s'assit à côté de Kristen.

Samantha lut les deux premiers paragraphes, puis se baissa pour chuchoter quelque chose à l'oreille de Kristen.

Quelques secondes plus tard, Kristen prit la lettre et se leva. Samantha prit sa place sur le rebord de la cheminée et se glissa à côté de son frère. Malcolm passa son bras autour de sa taille et l'invita affectueusement à poser sa tête sur son épaule.

« Je sais qu'il y a beaucoup d'histoires intéressantes à raconter cet après-midi. » Kristen prit une profonde inspiration et prononça ces mots en expirant. « J'espère que vous serez indulgents. »

11 février 1979

Laurel,
Je sais, c'est dimanche. Parfois, il faut faire des exceptions. Et si quelqu'un mérite qu'on fasse une exception pour lui, c'est bien Cameron.
Cette semaine a été merveilleuse. Merveilleuse et dure à la fois. Mais je suis

heureux que nous l'ayons fait. Je suis telle-
ment content qu'il l'ait demandé. Non, pas
content, honoré.

Tandis que tu étais sortie cet après-
midi avec Sammie, j'ai appelé le pasteur
Braithwaite et je lui ai demandé de venir
voir Cameron et ses parents. Je ne suis pas
resté dans la pièce, mais le pasteur pleurait
lorsqu'il est redescendu. Il s'est contenté
de me regarder pendant un long moment,
comme s'il ne parvenait pas à trouver ses
mots. Ensuite, il a dit qu'il n'avait jamais
rencontré une âme aussi prête à rencon-
trer Dieu. Il a dit qu'il priait pour être prêt
comme Cameron un jour.

Tu sais beaucoup de gens s'en prendraient à
Dieu. Je crois que je le ferais.

Je t'aurais raconté ça plus tôt si je m'étais
senti capable de le faire sans me mettre à
pleurer. Tu sais que je n'aime guère pleurer
devant les autres. Après le dîner, pendant
que tu faisais la vaisselle, Layne est descen-
due pour me dire que Cameron avait
demandé à me voir. Je suis entré et je me
suis assis sur le bord de son lit. Sa mère et
son père se sont éclipsés un instant, mais ils
n'avaient vraiment pas à le faire. Cameron
m'a remercié pour cette semaine et pour tout

le reste. Il m'a dit aussi de te faire un gros bisou plus tard (il a fait un grand sourire quand il a dit ça, d'ailleurs). Cameron a ensuite pris ma main, cela a dû lui coûter toute son énergie, mais il a pris ma main et y a déposé une pièce de deux cents pence datant de 1865. Il a dit : « Elle est à vous. » C'était son porte-bonheur depuis qu'il avait appris qu'il avait le cancer, il y a un an. Il avait acheté cette pièce dans une boutique de Roanoke la veille qu'ils partent pour Washington, D.C. pour passer les premiers examens médicaux.

Ainsi, Cameron a posé la paume de sa main sur le dos de la mienne et a dit : « Monsieur Cooper, parfois les porte-bonheur ne marchent pas. » Puis il a souri de nouveau et a ajouté : « Du moins pas ma pièce de deux cents pence. »

J'ai ri bien fort et j'ai embrassé le garçon sur la joue. Nous avons tous deux pleuré jusqu'à ce que je me rende compte que son corps ne pourrait pas en supporter davantage. Je me suis ressaisi et je l'ai aidé à essuyer ses larmes aux coins de ses yeux et sur ses joues. Je l'ai serré dans mes bras une dernière fois et je lui ai dit qu'il avait besoin d'être avec sa famille. Tandis que j'ouvrais la porte, je me suis retourné et j'ai vu que Cameron avait tourné la tête et qu'il regardait la lampe sur la table d'angle.

Laurel, je ne l'aurais jamais cru si je ne l'avais pas entendu moi-même, mais aussi sûr que je suis en train d'écrire cette lettre, aussi sûr que tu es dans la pièce d'à côté en train de regarder l'invité de Letterman dans The Tonight Show, je sais ce que j'ai entendu.

Cameron a ouvert les yeux, ils n'avaient jamais été aussi brillants de toute la semaine, et dans un murmure épuisé, il a dit : « Stonewall ? »

À peine dix minutes plus tard, Kris, Layne et la petite Kay sont descendus, et Layne m'a demandé d'appeler. Cameron s'était éteint.

Je sais que la mort n'a rien de joyeux, mais, tandis que j'écris ces lignes, je ne peux pas nier le sentiment de paix qui m'habite. Je ne peux pas nier que Cameron est libre désormais. Je ne peux pas nier que, malgré la sensation de vide que sa famille éprouve, elle sait la vérité au fond de son cœur. Cameron est là où il doit être.

Je suppose qu'il a déjà passé le portail et qu'il traverse les champs brumeux à Manassas sur le site de Bull Run.

Mais il ne marche pas seul. Stonewall Jackson est avec lui.
Maintenant, je sais pourquoi Dieu a choisi le dimanche comme jour de repos. Ça doit être le jour où il accueille personnellement ses préférés.

Jack

16

Kristen descendit du rebord de la cheminée et toute l'assemblée se pressa autour d'elle. Tous les convives la prirent dans leurs bras, un par un, même ceux qui, quelques instants auparavant, ne l'avaient jamais vue ou n'avaient jamais entendu parler d'elle. Elle salua chacun d'eux avec reconnaissance. « Merci…. merci beaucoup…. Il ne s'agit pas de Cameron, c'est pour les Cooper… Je suis ravie de vous rencontrer… J'aimerais tellement que Layne soit là… vous êtes tellement gentils, merci. » Finalement, les invités finirent par se disperser dans différents coins de la maison pour bavarder et prendre des nouvelles des uns et des autres. Deux couples discutaient tout en se balançant chacun à leur tour sur la balançoire dans la cour.

A & P fit la vaisselle puis s'excusa. « Castro et moi avons besoin d'une promenade et d'un peu de repos avant d'aller nous recueillir devant les dépouilles de Jack et Laurel. Si j'ai un peu de temps, j'aimerais acheter des lampes électriques. » Elle s'arrêta et se tourna vers la porte. « Je vous retrouve dans quelques heures, les enfants.

— Je vous adore, Anna Belle », cria Samantha. A & P lui envoya un baiser et ferma la porte derrière elle.

« C'est vraiment une chic femme, dit Malcolm.

— C'est la meilleure », répondit sa sœur.

La salle de séjour qui grouillait de gens quelques minutes auparavant n'accueillait à présent que Matthew, Samantha, Malcolm et Rain. Ces derniers jouaient aux dames sur la table basse.

« Nous devrions peut-être parler des lettres », dit Matthew.

Samantha répondit la première. « Je suis d'accord. Mal ?

— Bien sûr, j'avais l'intention de me remettre à lire dès que la pièce serait vide. »

Samantha surprit le regard perplexe de Rain. « Écoute ça, Rain : nous avons trouvé des lettres, hier soir. Il y en a certainement des centaines.

— Des milliers, ajouta Malcolm. Dame ! » Il fit glisser un pion rouge sur une case rouge située dans le coin du côté où Rain jouait.

« Il a raison, ajouta Matthew. Il pourrait y en avoir plusieurs milliers. On dirait que papa écrivait à maman tous les mercredis.

— Tous les mercredis ? » Rain semblait incrédule.

Matthew hocha la tête. « C'est un vrai trésor. Toutes les lettres ne sont pas terriblement excitantes, certaines sont très brèves, une ligne ou deux, mais, d'après ce que nous avons vu, il écrivait à maman toutes les semaines.

— C'est… c'est merveilleux. » Rain sentit une boule lui monter à la gorge.

« Dame, encore, dit Malcolm.

— Tricheur, murmura-t-elle.

— Je crois que nous devrions finir de les lire, puis les faire relier en un livre, dit Matthew. J'ai un ami qui travaille dans l'édition. Il aura peut-être quelques idées. Nous pourrions peut-être les faire relier avec une couverture en cuir et en faire une copie pour chacun de nous.

— Ça serait super, Matt, dit Samantha.

— Ça me paraît bien, dit Malcolm en sautant deux pions noirs de Rain avec le sien, les deux derniers qui lui restaient. Je suis sûr que vous pourrez envoyer mon exemplaire à la prison du comté. »

Rain lui jeta un pion dessus. « Je trouve que c'est une merveilleuse idée, Matthew. Je suis sûre que vos parents seraient pour. » Elle se leva et s'étira.

« C'est aux gagnants de ranger, grand garçon, dit-elle à Malcolm. Je vais rentrer à la maison, moi aussi. Nathan et moi allons faire une promenade avant d'aller chez Guthrie pour nous recueillir. Tu veux que je prenne la bible, Sam ? Comme ça, tu n'auras pas à t'en préoccuper. J'arriverai probablement avant vous de toute façon.

— Ça serait gentil de ta part, répondit Samantha. Je crois qu'elle est sur le chevet de papa. »

Rain monta l'escalier en courant.

« La bible ? demanda Malcolm.

— Rain a pensé que ça serait bien de la mettre sur la table pendant que les gens viendront se recueillir ce soir, si vous êtes d'accord ?

— Bien sûr », dit Matthew.

Une fois en haut, Rain prit la bible sur la table de nuit de Jack et remarqua une enveloppe qui en dépassait. Elle la sortit et lut un mot de facture peu soignée, écrit verticalement, de haut en bas.

Pour Rain uniquement – Ma chère amie, s'il te plaît, prends cette lettre et donne-la à mon notaire, Alex Palmer. Tu es une perle rare. Tu vas me manquer.

Jack (Veille sur Malcolm pour moi.)

« Ô mon Dieu », dit-elle d'une voix étranglée. Elle remit rapidement la lettre dans la bible, là où elle l'avait trouvée et retourna au rez-de-chaussée.

« Je m'en vais, dit Rain.

— Encore merci, Rain, nous n'aurions pas pu faire ce déjeuner sans ton aide. » Samantha serra Rain dans ses bras.

Rain envoya un baiser à tout le monde. « À plus tard. »

Samantha donna un coup de coude à Malcolm. « Raccompagne-la, espèce de nouille. »

Il se mit au garde-à-vous, puis suivit Rain jusqu'à sa voiture.

« Eh bien, merci, monsieur », dit Rain tandis qu'elle montait dans sa voiture et qu'elle fermait la portière. Elle mit le contact et baissa la vitre. Elle regarda Malcolm dans les yeux et vit Jack.

« Au fait, ça fait un moment que je voulais te le demander : tu as fini ton livre ?

— Quel livre ?

— Oh ! allez ! Ton roman, ton chef-d'œuvre.

— Pas tout à fait.

— Tu avances, Hemingway ?

— Génial, tu me compares à un type qui s'est suicidé. Merci, merci beaucoup.

— Je comparais ton talent au sien, monsieur le spécialiste des bons mots.

— Spécialiste des bons mots ?

— Tu sais très bien ce que je veux dire. » Les dents de Rain brillaient dans l'obscurité.

« Rain, tu es gentille, mais ce n'est pas juste pour ce vieil Ernest. C'était lui le maître. » Rain pencha la tête d'un côté, et quelques mèches de cheveux tombèrent de leur emplacement habituel, derrière l'oreille. « Est-ce que tu me feras lire un jour ce que tu as écrit ?

— Peut-être si tu viens me rendre visite en prison.

— Malcolm !

— Oh ! je plaisante. Tu n'es pas obligée de me rendre visite.

— Tu ne changeras donc jamais. » Rain jeta un coup d'œil à sa montre, mais son sourire encouragea Malcolm à poursuivre la conversation.

« C'est la bonne vieille histoire classique : un garçon rencontre une fille, tombe amoureux d'elle quand il est gamin, lui court après pendant des années.

— Des années ? » Rain haussa les sourcils.

« Des décennies en fait. Il la poursuit jusqu'au Brésil où elle travaille comme bénévole dans une association caritative religieuse. Elle construit des maisons, enseigne l'anglais et initie les autres au jeu Pac-Man où elle est imbattable.

— S'il te plaît, dis-moi que tu as inventé la dernière partie.

— Achète le livre, dit Malcolm en faisant un clin d'œil.

— Dois-je en déduire que le beau garçon parvient à séduire la fille ? »

Malcolm pointa ses deux index vers elle. « Ah ! Qui a dit qu'il était beau ? »

Rain rougit très légèrement, et personne à part Malcolm ne la connaissait suffisamment bien pour remarquer. Rain mit sa ceinture de sécurité et fit mine de régler ses rétroviseurs. « Arrange-toi pour qu'ils soient heureux tous les deux à la fin, peu importe comment.

— Les fins heureuses, ce n'est pas vraiment mon truc, tu sais ?

— Eh bien, peut-être que ça devrait le devenir.

— Qui sait, j'aurais peut-être moi-même une fin heureuse ? », dit Malcolm en haussant les épaules.

Rain tendit le bras par la vitre ouverte et prit la main de Malcolm. « Les fins heureuses se présentent sous différentes formes, n'oublie pas. » Rain remonta sa vitre et lui fit signe de la main.

Malcolm la regarda descendre l'allée et s'engager sur la route 11.

Rain le regarda dans le rétroviseur arrière.

« Alors ? demanda Samantha à Malcolm lorsqu'il entra dans la salle de séjour.

— Alors quoi ? Remettons-nous à lire. »
Ils reprirent leurs places autour de la table.

30 mars 1988

Laurel,
C'est un sentiment troublant. Ça pourrait
être la dernière lettre que je t'écris. J'ai
l'impression d'avoir largement dépassé ma
date de péremption, comme du lait tourné
dans le frigo au retour des vacances. Quelle
comparaison ! Maintenant, tu sauras quoi
inscrire sur ma pierre tombale.
Je ne peux pas m'empêcher de me demander
ce que j'ai encore à faire ici. Dans combien de
temps est-ce que tu me rejoindras ? Dans dix
ans ? Dans vingt ans ? Ta mère est morte à
cent un ans. Peu m'importe que le paradis soit
merveilleux, je n'aimerais pas avoir à t'attendre
trente ans. Tu devrais peut-être commencer à
fumer pour te consoler de ma disparition (mais
pas dans la maison, s'il te plaît).
D'autres questions me traversent l'esprit :
Quand est-ce que je vais être jugé ?
Uniquement lorsqu'IL reviendra ? Qu'est-ce
que je vais faire ?

Comment est-ce que je vais trouver mes parents ?
Vas-tu rencontrer quelqu'un d'autre une fois que je serai parti ? Quelqu'un de plus gentil ? Quelqu'un de plus beau ? Quelqu'un de plus patient ? Quelqu'un qui embrasse mieux ?
Où vais-je t'attendre ?
Laurel, combien de temps vas-tu mettre à me rejoindre ?
À jamais,

Ton mari

P.-S. - Y a-t-il un coin pour les VIP au ciel ? Un endroit où je pourrais rencontrer le Cub de Chicago Gabby Hartnett ? Ou mieux encore, Thomas Jefferson ?
P.-P.-S. - Sérieusement, dans combien de temps vas-tu me rejoindre ?

4 juillet 1956

Laurel,
C'est peut-être à cause du feu d'artifice. Je me suis réveillé en plein milieu de la nuit et

*j'écris cette lettre sur la table de la cuisine.
Ça faisait un moment que je n'avais pas
fait de tels cauchemars. Cette nuit, j'ai de
nouveau vu Joe dans un gourbi. Il lisait l'une
de mes lettres et était assis avec son pistolet
à ses côtés. Un soldat japonais a sauté dans
le trou et a commencé à crier quelque chose,
en français, je crois.*

*Ça paraissait tellement réel comme toujours,
et je ne pouvais pas aider Joe parce que je
n'avais pas d'arme. Je regardais la scène
depuis le gourbi juste à côté. Le meurtrier a
essuyé son couteau sur la jambe de pantalon
de Joe, puis il m'a fait signe avant de partir
comme si de rien n'était.*

*Je me console en me disant que ces cauche-
mars ne viennent plus toutes les nuits, même
plus toutes les semaines. Mais quand je fais
de tels rêves, j'ai l'impression d'être là-bas.
Même si je n'y ai jamais été.*

*Je suis sûr que c'est à cause du feu d'artifice.
Je crois que je vais appeler Joe, demain.
Je t'aime,*

Jack

15 février 1956

Laurel,
C'est le genre de conversation que nous devrions avoir face à face, mais ce n'est pas si simple. Certains sujets sont plus faciles à aborder sur le papier. La soirée d'hier était agréable. Le dîner. La musique. Tu aimes les roses rouges, n'est-ce pas ?
Je dois reconnaître que j'avais espéré que la soirée se terminerait différemment. Ça fait trois mois que Malcolm est né et tu n'es toujours pas toi-même. Tu me manques. Nos ébats amoureux, dans lesquels nous commencions à exceller, me manquent (j'espère que ça te fait sourire).
Je serai prêt quand toi tu le seras. Mais pas de précipitation. Avoir un enfant engendre des transformations physiques et émotionnelles qu'aucun homme ne pourra jamais comprendre. Espérons quand même que tu te sentiras bientôt suffisamment bien pour une soirée romantique. Un week-end en amoureux ? Il te suffit de dire un mot et j'organiserai quelque chose et je trouverai quelqu'un pour s'occuper des garçons.
Je t'aime,

Jack

16 juillet 1980

Laurel,
La semaine n'a pas été des plus excitantes.
Je ne m'en plains pas cependant ; la lettre
de la semaine dernière était un véritable
roman. Un roman inintéressant, tu me diras,
mais un roman quand même.
Malcolm et Samantha sont allés dîner
ensemble hier soir, rien que tous les deux.
Depuis quand n'était-ce pas arrivé ? Je suis
prêt à parier ma chemise que Malcolm a
besoin de conseils en matière de relations
amoureuses. Il ne parle jamais à son vieux
de ce genre de choses. Dommage !
En parlant de pari, nous parions encore sur
les élections cette année ? Reagan a l'air
fort.
Ce Bush ne me donne pas l'impression
d'avoir la carrure d'un président. En plus,
je crois qu'il n'est pas franchement opposé
à l'avortement, et l'aile droite du parti ne
pourra pas soutenir une telle position.
Reagan va le réduire en bouillie avant la
fin des primaires. Et il est difficile d'ima-
giner que ton Carter parvienne à renverser

la situation. Il se consacrera de nouveau à la culture de l'arachide, l'été prochain. Souviens-toi bien de ce que je te dis.

Si tu veux, je te laisse tranquille pour le moment, mais, en octobre, il faudra que tu mettes la barre plus haut. Un dollar, comme d'habitude.

Je t'aime,

Jack

18 décembre 1985

LC,
Plus qu'une semaine avant Noël. Il reste tellement de choses à faire. J'aime quand Noël tombe un mercredi, comme c'est le cas cette année. Tu auras donc une longue lettre la semaine prochaine.

Bon, comme je suis en train de m'endormir sur mon bureau, la lettre de ce soir sera courte. Je suis épuisé.
Je t'aime profondément,

Jack

P.-S. - Le centre d'accueil pour enfants à Washington, D.C. a appelé afin de nous remercier pour le chèque. Ils vont acheter un sapin de Noël et des cadeaux avec. Dieu bénisse A & P.

16 juin 1971

Chère Laurel,
Bon anniversaire ! J'aime les années où notre anniversaire de mariage tombe un mercredi.

Ça veut dire que tu n'auras pas seulement une carte à quatre-vingt-dix-neuf pence achetée au drugstore. (Tu peux bien me dire que tu aimes tout ce que je te donne, l'expression de ton visage me dit autre chose quand les mercredis approchent !)
Ça fait un moment que je travaille sur cette liste. Aujourd'hui me paraît un jour tout à fait approprié pour y ajouter quelques éléments.

Ce que j'aime chez toi :

1. *Tes cheveux. Ils n'ont pas changé depuis notre mariage. Comment est-ce possible ? Je crois que je me débats avec mes cheveux gris depuis le lycée.*

2. *Ton rire. Le fort – pas les gloussements de politesse – mais le gros rire qui retentit dans toute la maison et qui pousse les clients à sortir de leur chambre pour voir ce qu'ils ont raté. Ils n'en ont aucune idée.*

3. *Ton sens de l'équité.*

4. *Ta patience.*

5. *La façon dont tu laisses aller la couverture la nuit quand tu te retournes pour éviter de me découvrir. Je devine toujours quand tu la reprends de l'autre côté et que tu tires dessus par petites saccades. J'aime ces saccades.*

6. *Ton imagination.*

7. *Ta capacité à pardonner.*

8. *Ton amour pour Dieu.*

9. *La façon dont tu conduis comme si tu devais te rendre à un endroit de toute urgence.*

10. *L'expression de ton visage à la lumière du soleil en fin d'après-midi quand tu soignes un de tes rosiers.*

11. *La façon dont tu aimes nos enfants.*

12. *Tes pains perdus.*

13. *La façon dont tu m'écoutes tandis que je radote dans le lit même quand je sais que tu veux dormir.*

14. *Ton ronronnement.*

15. *Tes pieds.*

16. *Ton sens de la politique. Nous ne sommes pas toujours d'accord, mais j'apprécie que tu t'intéresses plus à la politique que la plupart des gens.*

17. *La façon dont tu te lies d'amitié avec les gens, et les efforts que tu fais pour entretenir cette amitié. C'est un don.*

18. *Tes discours aux réunions de parents d'élèves.*

19. *Tes yeux juste avant que je ne me penche pour t'embrasser, juste avant qu'ils ne se ferment.*

20. *Toi.*

Je t'aime,
Jack

1er novembre 1956

Laurel,
C'est peut-être la dernière lettre que je t'écris. Je ne sais même pas pourquoi je prends la peine de le faire. C'est sans doute parce que j'essaie toujours de tenir mes promesses.
J'espère que tu as gardé la première lettre que je t'ai écrite. Retrouve-la. Lis-la.
Je viens de réaliser que nous ne sommes pas mercredi. C'est peut-être mieux ainsi.
Malcolm a un an aujourd'hui.
Il a beaucoup plu cet après-midi, il a plus plu en deux heures qu'en un mois.
Malcolm a fait ses premiers pas hier soir. C'est peut-être ce qui t'a poussée à parler ? Un sentiment de culpabilité en me voyant rayonner face à ses exploits ?
J'écris uniquement ces lignes pour que, quand tu reliras cette lettre, dans des années, ce jour – cette journée particulière – te revienne très précisément à l'esprit.
Que peux-tu dire quand tu découvres que ta femme t'a menti ? Que peux-tu dire quand tu as l'impression qu'on t'a ôté la vie, même si je respire encore miraculeusement ?
Suis-je le dernier à être au courant ?

Que suis-je supposé dire ? Qu'espérais-tu que je dise ? Comment as-tu pu vivre avec ça ? Comment as-tu pu vivre avec moi ?
Je ne sais pas où je serai dans les prochains jours. Quand je serai prêt, si un jour je le suis, je parlerai.
S'il te plaît, n'essaie pas de me chercher. C'est le moins que tu puisses faire.

Jack Cooper

17

Silence. Matthew et Samantha se dévisagèrent. Malcolm tenait la lettre dans sa main et luttait contre son envie de jurer et de crier et de renverser la table de la salle à manger. Il résista surtout à son envie de pleurer. Il posa avec précaution la lettre sur la pile la plus proche de lui et s'excusa poliment avant de se rendre à la salle de bains.

« Qu'est-ce que c'est que ça ? demanda Samantha à voix basse.

— Je n'en ai pas la moindre idée.

— Matt, tu es l'aîné, qu'est-ce qui s'est passé, bon sang ?

— S'il te plaît, j'avais cinq ans en 1956. Je me souviens à peine de la maison où nous vivions. »

Samantha se cala dans son fauteuil et tendit le cou pour voir si la porte de la salle de bains était toujours fermée. « Tu crois que maman

a *trompé* papa ? C'est de *ça* dont il est question ? » Elle n'attendit même pas la réponse
et se mit à fouiller désespérément dans les
piles de lettres. « Novembre 56. Novembre 56,
murmura-t-elle.

— Sam, dit Matthew. Nous ne devrions peut-
être pas…

— Pas quoi ? », demanda Malcolm qui venait
d'entrer dans la pièce. Il avait aspergé son visage
d'eau. Quelques gouttes têtues restaient accro-
chées à son front.

« Malcolm, dit Matthew en inspirant et en
posant ses mains à plat sur la table. Ne tirons pas
de conclusions trop hâtives.

— Maman a trompé papa.

— Nous n'en savons rien. Nous ne le savons
pas. Gardons notre calme.

— Maman a trompé papa, Matt. Relis la lettre.

— Nous ne savons pas, Matt, nous…

— Elle l'a trompé.

— Mal…

— Elle a *trompé* papa ! cria Malcolm. Et il est
resté. » Il poussa un soupir et semblait frissonner.
« Il est resté. Je ne suis pas…

— Malcolm… » Samantha se leva et posa
doucement sa main sur les muscles tendus de ses
bras.

« Je n'en reviens pas.

— Mal, remettons-nous à lire. Nous allons certainement en apprendre plus. De toute évidence, les choses se sont arrangées, peu importe ce qui est arrivé. Tout a été pardonné. » Elle plongea son regard dans le sien. « D'accord ? Continuons à lire, il le faut. »

Matthew regardait la scène se dérouler sous ses yeux, comme le dernier rêve un peu flou de la nuit, lorsque le soleil réveille la maison et les gens qui y dorment. Il rêva que Monica était assise sur le fauteuil à côté de lui.

Malcolm s'assit et poussa sa pile de lettres au milieu de la table ; il posa sa tête sur ses mains et fut pris d'une violente migraine. Il détestait sa mère.

Samantha ouvrit une enveloppe portant le cachet de LIBERTYVILLE, ILLINOIS et datée de1956. Elle sortit la lettre.

7 novembre 1956

Laurel,
Je suis à Chicago. J'ai pris le train pour aller chez ma mère. Je suis passé en me prome-nant devant le stade Wrigley Field hier, mais tout était sombre et vide. Comme moi.

Maman et moi avons passé la nuit à parler. Elle est furieuse que je sois là, mais elle préfère que je sois ici plutôt qu'ailleurs. Elle pense que j'aurais dû rester avec toi, que j'aurais dû me battre, exiger des réponses. Elle pense aussi que j'aurais dû mieux t'écouter. Mais elle a toujours pensé ça. Papa ne l'a jamais écoutée.

Il y avait une voix dans ma tête (ou peut-être dans mon ventre) qui me disait que quelque chose n'était plus pareil entre nous depuis un ou deux ans. Je n'ai peut-être pas suffisamment écouté cette voix non plus.
Tu sanglotais le jour où Malcolm est né. Tu te souviens comme tu as pleuré ? Les infirmières étaient tellement inquiètes qu'elles voulaient te donner des sédatifs. Je les ai convaincues que ça allait passer.
Nous avons tous pensé que tu avais une sorte de dépression post-natale, comme ça arrive parfois chez les femmes qui viennent d'accoucher. Les pleurs. Les sautes d'humeur. Tu n'étais plus la Laurel que je connaissais depuis que nous avions découvert que tu étais enceinte.
Au moins, je sais pourquoi maintenant. La dépression et la culpabilité doivent produire

des effets similaires. Souffrais-tu à cause de la vérité ?

Ally est-elle au courant ? Tes parents savent-ils ? Les pasteurs que nous avons fréquentés au cours de ces années savent-ils ou au moins l'un d'entre eux ?

Quelqu'un d'autre est-il au courant ?

Et la question que j'aurais dû poser avant de casser ce cadre et de sortir comme un fou.

Sais-tu qui est le père de Malcolm ?

Jack

18

« Elle a trompé papa », dit de nouveau Malcolm, calmement cette fois. Matthew et Samantha échangèrent un regard à travers la pile de lettres. Samantha gémit.

« Malcolm, dit Matthew, puis il attendit que son frère se tourne vers lui. Ça ne change rien.

— Pardon ?

— Ça ne change rien. Ça ne te change pas.

— Ça ne me change pas ? Ça ne me change pas ?

— Tu es un Cooper. Papa t'aimait. Lui et maman ont survécu à tout ça.

— Mais tu trouves que ça ne change rien ? Ça ne change rien de découvrir que notre mère a été infidèle ? » Malcolm haussait la voix à chaque question. « Ça ne change rien de découvrir que je suis un bâtard ?

— Je pense que Matthew veut dire que tu es *toujours* notre frère, ajouta Samantha. Nous t'aimons toujours. Papa et maman t'aimaient. Tu le sais.

— Toutes ces années, dit Malcolm en se levant. Toutes ces années pendant lesquelles j'ai aimé maman et toutes les fois où je me suis opposé à papa. Je n'arrêtais pas de lui dire qu'il était trop strict, trop exigeant, je l'accusais de ne penser qu'à l'honneur de sa famille, et il savait pendant tout ce temps que je n'étais pas son fils.

— C'est juste, Malcolm, dit Samantha d'un ton brusque. Papa savait et pourtant il t'a aimé et il t'a élevé. Il savait. Tu l'as dit toi-même : il est *resté.* »

Malcolm poussa rageusement les lettres posées sur la table, les envoyant aux quatre coins de la pièce. « *Ce n'est pas mon père.* »

Il se dirigea vers la porte d'entrée. « Et maman était une menteuse », dit-il en claquant la porte derrière lui.

« Malcolm ? Où est-ce que tu vas ? », s'écria Samantha, prise soudain d'une douleur au ventre.

« Laisse-le partir, dit Matthew en s'agenouillant pour rassembler l'histoire de ses parents éparpillée sur le sol de la salle à manger. Laisse-le tranquille. »

Cinq minutes plus tard, deux touristes qui roulaient sur la route 11 prirent Malcolm. Ils le laissèrent au Woody's. Matthew et Samantha remirent tant bien que mal de l'ordre dans les lettres, et leur entreprise ne tarda pas à s'étendre de la table au dressoir en passant par les appuis de fenêtre et les huit autres sièges de la salle à manger. Ils n'échangèrent que quelques mots. Et même si elle ne les avait pas encore lues, Samantha prit bien garde de sauvegarder les lettres de 1956 et 1957.

« Regarde, Sammie. » Matthew rompit le silence qui enveloppait la pièce. « Des poèmes. » Il lui tendit quatre lettres. « Tu t'en souviens ? Noël 1958. Maman en avait mis des copies dans nos cahiers de souvenirs. »

24 décembre 1958
<u>*Sammie et son manteau de toutes les couleurs*</u>
À ma fille, SAMANTHA
pour notre premier Noël ensemble, 1958

J'ai acheté un manteau pour toi,
Mais aucun vêtement n'est assez beau
Pour te parer comme tu le mérites
Même avec tout l'argent du monde

J'ai acheté un manteau pour toi
Mais il n'y a pas assez de couleurs
dans ce monde

pour égaler ton esprit
ni d'arc-en-ciel assez lumineux

J'achèterai un manteau pour toi
au ciel.

24 décembre 1958
La cinquième saison
À ma femme, LAUREL
Pour notre dixième Noël ensemble, 1958
Chaque printemps amène la vie,
l'énergie, la verdure
En été, le soleil est là, chaud,
agréable et résistant
L'automne apporte sa palette de couleurs,
ses changements en douceur
L'hiver arrive avec toute sa force
beauté blanche immaculée

Et ensuite, il y a toi

Tu es ce que la nature
a de plus beau à offrir
Un présent, un don de Dieu.

Tu es la cinquième saison.

✉

24 décembre 1958
La réponse
À mon fils, MATTHEW
Pour notre huitième Noël ensemble, 1958

« Qu'est-ce que tu feras quand tu seras grand ? »
Derrière son sourire tellement précieux,
l'ordre des mots change parfois
Mais jamais la réponse.
« Je serai docteur, policier, Cub de Chicago,
animateur à la télé et je serai un homme.
Est-ce que je peux ? »
Derrière le sourire ridé de papa,
la formulation change parfois
Mais jamais la réponse.
« Tu peux. »

✉

24 décembre 1958
Le rêve
À mon fils, MALCOLM
Pour notre quatrième Noël ensemble, 1958

Chaque nuit dans un rêve
Un vieil homme sage et ridé

Murmure à mon oreille
« Dieu rappelle vite à lui les âmes
parfaites. »

Chaque matin, l'aube naissante
Ouvre mes yeux endormis et fatigués
Et m'emmène à travers un long couloir
jusqu'à un petit lit
Il y a un garçon dedans.

C'est mon fils.

Et même si je ne fais que veiller sur lui
Je prie pour qu'Il nous permette de garder
le garçon encore un jour auprès de nous.

19

L a sonnette de la porte les fit tous deux sursauter.

« Quelle heure est-il ? demanda Samantha

— Quatre heures et demie. » Matthew consulta sa Rolex. « Tu veux que j'aille ouvrir ?

— Oui, merci. »

La sonnette retentit à nouveau. « J'arrive ! », cria Matthew tandis qu'il se dirigeait vers la porte d'entrée. « J'arrive. Les gens ne savent donc pas entrer dans un B & B sans sonner ? » Il ouvrit la porte et sourit. Allyson Huston.

« Y a-t-il une chambre de libre dans votre maison d'hôtes ?

— Tante Ally ! Tu as pu venir !

— Oui, jeune homme ! Et tu peux commencer à faire la fête.

— Sacrée Allyson ! Toujours la même. » Il baissa les yeux et regarda ses bottes en cuir rouge, puis examina son accoutrement jusqu'à son chapeau rose à larges bords, entièrement recouvert de taffetas plissé et surmonté d'un nœud blanc brillant orné de diamants fantaisie.

Matthew se dit que ça ressemblait à une mascotte automobile et hésita à le lui dire, mais il savait que Malcolm allait faire la même plaisanterie plus tard. Matthew admira les cheveux gris argenté d'Allyson qui dépassaient des bords de son chapeau.

La sœur cadette de Laurel, âgée de soixante et un ans, était vêtue d'un jean blanc, d'une chemise en denim Caesar's Palace et portait un manteau en fourrure synthétique sous son bras droit.

Allyson Huston avait été élevée avec sa sœur à Hampton Roads, en Virginie, à quelques kilomètres de la côte.

Leurs parents ne l'auraient jamais reconnu, mais chacun savait qu'Allyson était le résultat d'un merveilleux accident. Ils divorcèrent alors que les filles allaient encore à l'école. Laurel était en classe de première au lycée, et Allyson, au cours élémentaire.

Après le divorce, leur mère sombra dans une grave dépression, plus lourde encore à supporter que l'air marin humide de Hampton Roads. Elle encouragea ses filles à garder la ligne, à se maquiller, à apprendre à cuisiner mieux qu'elle et à se faire une place dans le monde. Dans les années qui suivirent la séparation, Allyson décida que sa place dans le monde était partout sauf en Virginie.

Elle suppliait sa mère de la laisser aller vivre avec son père et complotait sans cesse pour parvenir à ses fins. Mais ni sa mère ni Laurel ne la laissèrent rester plus d'un jour ou deux dans l'appartement du père qui se trouvait à soixante-dix kilomètres de là, à Williamsburg. Laurel ne rendait visite à son père qu'en compagnie de sa sœur et refusait catégoriquement de passer la nuit chez lui. « Ma maison sera toujours là où se trouve ma mère », disait-elle à son père.

Et malgré son désir de quitter Hampton Roads et de poursuivre ses études ailleurs, Laurel décida, après avoir obtenu son baccalauréat, de rester auprès de sa mère et de sa sœur et de les aider. Elle travaillait dans un magasin militaire à l'intérieur d'une base navale, où elle pouvait se rendre à pied depuis chez elle, dans un quartier habité par des familles blanches issue de la classe moyenne.

Quand Laurel ne travaillait pas, elle découvrait la Bible dont elle lisait des passages à sa mère parfois pendant plusieurs heures d'affilée. Ensemble, elles trouvèrent la foi qui n'avait pas sa place dans leur maison avant le divorce.

Allyson avait une mission différente. Chaque soir, avant d'aller se coucher, elle distrayait sa mère en faisant des numéros de danse ridicules et en lui racontant des histoires. Laurel dit une fois à Allyson que chaque blague qu'elle racontait rallongeait la vie de leur mère d'une semaine. Leur mère mourut, un sourire sur les lèvres, à l'âge de cent un ans, près de vingt-deux ans après son alcoolique d'ex-mari.

Allyson perfectionna ses talents d'artiste sur les trottoirs près de leur maison. Sa mère et sa sœur découvrirent des mois plus tard qu'Allyson passait des après-midi entiers à rôder devant la base navale et à raconter des blagues aux soldats qui allaient et venaient.

À quinze ans, Allyson se produisait le week-end dans des clubs locaux, et on disait d'elle pour attirer les clients qu'elle était la plus jeune comédienne de la Côte Est.

Ce n'était certainement pas vrai, mais Allyson se gardait bien de contredire qui que ce soit. Après avoir quitté le lycée en 1944, une décision qui la hanta et qui brisa le cœur de sa sœur, Allyson partit tenter sa chance sur la Côte Ouest.

Très vite, Allyson se retrouva en Europe en train de chanter pour les soldats dans le cadre d'une tournée avec l'USO, une organisation d'aide aux soldats américains.

Elle était sur scène le 7 mai 1947 et interprétait la chanson de Doris Day « My Dreams Are Getting Better All the Time » lorsqu'un journaliste américain fit irruption dans le club, monta d'un bond sur la scène et annonça que les Allemands avaient capitulé. Puis, il embrassa Allyson sur la bouche. Six semaines plus tard, ils se marièrent à Los Angeles.

Allyson se retrouva de nouveau célibataire en 1949. Elle épousa un acteur de Série B en 1952. Elle divorça en 1954.

Elle épousa un chanteur de charme en 1958, divorça de nouveau en 1963 et épousa pour finir, en 1969, l'amour de sa vie, un entrepreneur spécialisé dans la construction de casinos.

Ce mariage de conte de fées prit fin en 1979 à Las Vegas lorsqu'un boulet de démolition incontrôlable s'écrasa sur son bungalow de chantier.

La même année, Allyson découvrit Dieu à son tour.

Matthew ne put s'empêcher de sourire. « Waouh ! tu es… vraiment superbe. » Il remarqua son manteau de fourrure.

« Ne t'inquiète pas, dit Allyson. Ce n'est pas de la vraie. C'est du faux vison.

— Dans ce cas, tu peux entrer, dit Matthew en tendant le bras pour prendre sa valise.

— Pose ça », ordonna-t-elle. Il obéit. « Embrasse ta tante. » Il obéit à nouveau. « Tu es bien le fils de Jack Cooper. Il n'était pas du genre à m'embrasser lui non plus.

— Désolé, dit-il, mais son esprit était toujours préoccupé par Malcolm.

— Bon, lâche-moi maintenant, tu es un homme marié… et prends cette valise. »

Le temps qu'il prenne le sac d'Allyson pour la deuxième fois et qu'il se retourne pour entrer dans la maison, Allyson avait déjà parcouru la moitié du couloir.

« Samantha, Malcolm, je suis là.

— Salle à manger, lui indiqua Samantha.

— Voilà ma petite actrice, dit Allyson en entrant dans la pièce. Embrasse-moi. »

Samantha se leva et obéit à son tour.

« J'ai tellement de peine pour vous, mes enfants.

— Oh ! tante Ally. Ça va. Nous allons tous bien.

— Euh, dit-elle d'un ton hésitant. Vous n'allez pas bien. Personne ne perd son père et sa mère en même temps et ne se sent bien. Vous n'allez pas bien, mais je suis là pour vous aider. » Elle serra Samantha encore plus fort dans ses bras même si c'était à peine possible.

« Tu es la meilleure ! Et je suis désolée pour toi aussi. Tu as perdu une sacrée sœur.

— Oui, mais je la retrouverai. Ça fait cinq ans que je ne suis pas revenue, mais, à mon âge, j'ai plus de chance de la voir bientôt que si nous marchions encore toutes les deux à quatre pattes. »

Samantha se mit à rire, mais les larmes ne tardèrent pas à revenir. « Tu m'as vraiment manqué. » Elle s'essuya le nez avec sa main.

« Prends ma chemise. C'est pour ça que je l'ai mise. Tu as déjà goûté le buffet Caesar ? »

Samantha rit et enleva une pile de lettres sur le fauteuil le plus proche. Allyson s'assit et ôta son immense chapeau, qu'elle accrocha sur le fauteuil à côté d'elle. « Alors, où en sommes-nous ?

— Où en sommes-nous ? demanda Samantha.

— Le programme, ma chérie. Qu'est-ce qu'il y a de prévu ?

— Ah ! Nous allons bientôt partir pour la mise en bière. Il faut que nous soyons à Edinburg à dix-huit heures. Ce n'est qu'à quelques minutes en voiture. Demain, il y a un concert à l'église, le matin, puis un brunch où tu es la bienvenue, bien sûr, et l'enterrement aura lieu demain soir dans la même église.

— J'ai posé ton sac en haut, dans la grande chambre, ça va ? », dit Matthew en entrant dans la salle à manger et en reprenant sa place autour de la table. Allyson semblait perplexe. « Tu n'avais pas prévu de dormir ici ?

— Non. Si, corrigea-t-elle. Bien sûr que si. Je pensais juste que vous m'auriez mise dans une autre chambre.

— C'est la plus belle chambre de la maison, Ally. Papa et maman auraient voulu que tu y dormes. »

Elle baissa la voix. « Eh bien, merci, Matt. Merci beaucoup. » Elle essuya une larme qui coulait sur sa joue et prit une lettre sur l'un des tas qui se trouvaient sur la table. « Qu'est-ce que c'est que tout ça ? »

Matthew regarda Samantha. Elle hocha la tête. « Tu savais que papa écrivait des lettres d'amour ? » Il montra la table avec ses deux mains.

« Oh ! tu veux parler des Lettres du mercredi ?

— Tu savais ?

— Je n'étais pas seulement la sœur de votre mère, mais aussi sa meilleure amie. Bien sûr que je savais. Elle m'avait appelée pendant son voyage de noces et m'avait lu la toute première. J'aurais aimé que mon premier mari soit comme ça. Quelqu'un qui s'épanche sans qu'on le lui demande ? C'est plutôt rare. » Elle examina le nom de Laurel sur une enveloppe vert pâle. « Eh bien, il m'a fallu plusieurs essais, mais j'ai fini par trouver cet homme et je porterai son nom jusqu'à la tombe. » Elle admira sa quatrième alliance et le premier vrai diamant qu'elle ait porté.

« Votre mère ne m'a pas lu beaucoup de lettres, elles étaient très personnelles, mais de temps en temps elle m'appelait et me lisait un passage qu'elle avait trouvé particulièrement intelligent. Elle adorait ces lettres et elle était fière de votre père. J'imagine qu'il y a des pyramides de trésor dans ces lettres, des secrets murmurés, des récits d'aventures dont, vous, les enfants, n'avez jamais rien su, et même des ragots croustillants. »

Allyson prit l'enveloppe la plus proche d'elle et en sortit une lettre écrite sur un papier à lettres de Trans World Airlines. « *23 juillet 1969*, lut-elle à haute voix. *Salut, Laurel, tu te rends compte qu'un homme a marché sur la lune cette semaine ? Quel miracle ! Nos enfants verront-ils le jour où un homme vivra sur la lune ? J'en suis certain. Si nous sommes capables d'envoyer Neil Armstrong sur la lune, que pouvons-nous faire d'autre ?* » Allyson parcourut rapidement et en silence le reste de la lettre avant de la remettre dans son enveloppe.

« Ces deux-là ont mené une sacrée vie, dit-elle d'un air songeur. Ces morceaux de papier, dit-elle en tapotant avec son doigt sur une des lettres, ont sauvé leur mariage plus d'une fois. »

Allyson regarda Samantha, puis posa son regard sur Matthew de l'autre côté de la table. Il était justement en train de la fixer avec ses yeux vert olive. Elle tourna de nouveau son regard vers Samantha.

« Je me demande si de telles lettres auraient sauvé mon premier mariage. Les enfants, est-ce que je vous ai déjà parlé de mon premier mari, Darwin ? » Elle n'attendit pas la réponse. « C'était un homme bien, mais, pour je ne sais quelle raison, il a cessé de m'aimer. Je ne sais pas exactement pourquoi. J'ai toujours pensé que je n'étais pas assez intelligente pour lui. Mais je vais vous dire une chose, je ne regrette *vraiment pas* les années que j'ai passées avec lui. Il m'a beaucoup appris. C'était un écrivain, vous savez, il travaillait pour le *New York Times*, et il avait même eu plusieurs récompenses pour ses écrits. Nous nous sommes rencontrés en Europe à la fin de la Seconde Guerre mondiale. C'est Darwin qui m'a expliqué pourquoi nous nous battions dans cette guerre. J'ai beaucoup appris sur la littérature et sur des endroits du monde dont j'ignorais jusqu'à l'existence. Avant Darwin, je n'aurais pas su faire la différence entre William Shakespeare et Charles Schulz. Je suis allée au lycée, bien sûr, votre mère a veillé à ce que j'y aille, mais j'avais la tête ailleurs. » Le regard d'Allyson se perdit dans le tas de lettres et d'enveloppes blanches ou jaunies par le temps.

« Est-ce que je vous ai déjà dit que j'ai rencontré Charles Schulz une fois ? Votre mère aussi d'ailleurs. Charles était allé combattre en Europe pendant la guerre, comme pratiquement tout le monde à cette époque. À part votre père. Je crois qu'il a mené un autre combat. En tout cas, Darwin et moi vivions à New York. C'était en 1948 ou en 1949, peu de temps avant mon divorce. Votre père et votre mère s'étaient mariés quelque temps auparavant. Votre mère détestait cette situation embarrassante : elle était jeune mariée alors que j'étais sur le point de divorcer.

En tout cas, Darwin écrivit un article pour le *New York Times* sur les auteurs de bandes dessinées pleins d'avenir et il avait entendu parler de ce type dans le Minnesota qui travaillait pour le journal à Saint Paul, je crois, et qui était l'auteur d'une bande dessinée appelée *Li'l Folks*. Dans cette bande dessinée, il y avait un chien et un garçon appelé Charlie Brown. Ça vous dit quelque chose ? Et vous savez quoi ? dit-elle en se tournant vers Matthew. Cet homme, Schulz, il conservait tous les dessins datés du six juin. Les planches qui dataient du six juin recevaient un traitement spécial. Il les gardait en l'honneur de ses camarades.

— Le débarquement en Normandie, dit Matthew.

— C'est ça, Matthew, dit-elle en hochant la tête. Le débarquement. Vous savez, votre père a regretté de ne pas y avoir participé. Il a toujours regretté.

— Il a regretté de ne pas être allé en Normandie ? demanda Samantha.

— Il était affecté au chantier naval de Portsmouth. Ils l'appellent le Norfolk Navy Yard maintenant, je crois. Il était très habile de ses mains. Il avait l'esprit d'un ingénieur, il voyait les choses, il voyait comment elles fonctionnaient. Il voyait des choses que personne d'autre ne pouvait voir. Mais votre père s'est tellement senti coupable, une fois la guerre terminée. Vraiment, ça le hantait. Ça effrayait même votre mère parfois. Jack connaissait beaucoup de jeunes hommes qui sont morts à la guerre, qui sont morts sur cette plage, ce jour-là. »

Le regard d'Allyson se perdit de nouveau dans les piles de lettres. « Je sais que votre oncle Joe a vu quelques combats, mais il n'est pas resté longtemps. Il était ivre lorsqu'il a de nouveau atterri sur le sol américain et il n'a pas cessé de boire depuis. » Elle posa soudain son regard sur Matthew.

« Jack a toujours pensé que les gens portaient sur lui un regard différent parce qu'il n'avait pas combattu. Il n'a jamais compris que son travail sur les bateaux était aussi important que de porter un fusil au combat. Il a travaillé sur les bateaux qui ont emmené ces gars jusqu'à la plage. Je me souviens d'un coup de téléphone de votre mère quelques mois après leur mariage. C'était en 1948, c'est ça ? Votre père faisait des cauchemars même s'il n'avait jamais quitté le sol américain, même s'il n'avait jamais vu un homme se faire tuer pendant son service. Tout ce qu'il avait vu, c'étaient les actualités filmées. Il les regardait toujours, même bien après la fin de la guerre. Il avait quelques amis qui étaient rentrés vivants, mais ils étaient différents. Ils étaient partis avec des visages de jeunes hommes de dix-neuf ans et ils ressemblaient à leur retour à des hommes de quarante ans. Et Jack ne savait pas quoi dire en leur présence. Il était resté en contact avec un ou deux néanmoins. Je m'en souviens d'un en particulier parce qu'il avait perdu un bras. Votre père et votre mère l'avaient invité une année pour Thanksgiving. Je crois que tu étais encore tout bébé, Matthew.

« Certaines personnes, quelques cousins de votre père à Chicago, pensaient que votre père… avait eu de la chance. Il jouait au baseball au lycée. Je suppose que vous le savez : il jouait toujours au baseball. Son équipe de baseball avait remporté le championnat national, l'année de sa terminale. C'était probablement en 36 ou en 37, peut-être même en 38. J'entends encore votre mère dire que votre père était un receveur et qu'il pouvait frapper de la gauche comme de la droite, ça ne faisait aucune différence.

« Vous savez que Jack a gardé une photo de son équipe ? Je parie qu'elle est quelque part en haut dans sa chambre. Votre mère m'avait dit qu'il avait écrit le nom de chacun au dos de la photo ainsi que la date de leur mort, s'il la connaissait.

« Oui, les gens disaient que Jack Cooper avait eu de la chance, que c'était un enfant chéri, qu'il avait eu de la veine de n'avoir jamais eu à ouvrir un parachute, à traverser la plage en courant, à enjamber les corps de ses camarades comme eux avaient dû le faire. Quand ils se retrouvaient et qu'ils parlaient de la guerre, de n'importe quelle guerre, de Corée, du Vietnam, peu importe, ils se regardaient comme s'ils faisaient partie d'un club spécial auquel n'appartenait pas votre père parce qu'il n'avait jamais combattu.

« Votre père n'a jamais participé à la guerre, non pas parce qu'il ne voulait pas, mais parce qu'il avait ces mains en or et ces yeux qui voyaient ce que les autres ne pouvaient pas voir. Mais il a souffert toute sa vie de la guerre en tout cas. Il a enduré beaucoup de choses, dit Allyson, la voix tremblante. Vraiment. » Elle se frotta les yeux.

Samantha et Matthew se levèrent et vinrent aux côtés d'Allyson. Ils s'agenouillèrent sur le sol à sa droite et à sa gauche, et chacun passa un bras autour de ses épaules. Allyson posa les mains sur les joues de Matthew et embrassa son front. Il passa ses deux bras autour de son cou pour la serrer une dernière fois contre lui avant de la laisser et de disparaître à l'étage.

Samantha et Allyson restèrent dans la même position jusqu'à ce que Matthew revienne avec une photo en noir et blanc de dix-huit jeunes joueurs de baseball en maillots blancs avec un gros « C » sur la poitrine et des casquettes assorties. Ils étaient rassemblés autour d'un grand trophée en argent représentant un joueur de baseball de trente centimètres qui portait avec décontraction une batte sur son épaule. Matthew et Samantha reconnurent et admirèrent leur père, assis fièrement au milieu de la première rangée et pointant des deux mains en direction de l'objectif.

Matthew retourna la photo. Il y avait dix-huit noms. À côté de neuf d'entre eux figurait la date du 6 juin 1944. Elle avait été inscrite avec soin au stylo à bille noir. Trois autres étaient morts avant la fin de l'année 1945. Deux étaient décédés à la fin des années soixante, et deux autres au milieu des années soixante-dix. Seuls Jack et son frère jumeau Joe, un lanceur hors pair dans cette équipe de championnat, n'avaient aucune date inscrite à côté de leurs noms.

Matthew sortit un stylo de la poche de sa chemise et passa la main sur le dos de la photo. Puis, à côté du nom de son père, il écrivit, en petits caractères soignés : 13 avril 1988.

20

Samedi soir

Samantha, Matthew et Allyson auraient pu rester toute la soirée assis à la table de la salle à manger si la sonnerie du téléphone ne les avait pas fait sursauter. C'était Rain.

« Sam, tout va bien ? Il est presque six heures. Les gens commencent à se faire du souci.

— Tout va bien, dit Samantha. Nous avons juste perdu la notion du temps. Tante Ally est arrivée.

— C'est super, Sam. Alors est-ce que je peux dire aux autres que vous êtes en route ?

— Oui, nous sortons tout juste de la maison. À tout à l'heure. » Samantha et Allyson allèrent se changer et se mirent en robe. Samantha opta pour une jupe grise en laine avec un haut noir en mailles, et Allyson renonça à mettre les vêtements froissés de sa valise et choisit de porter une robe simple de sa sœur qu'elle avait trouvée dans le placard à l'étage. Matthew enfila son costume préféré, un complet noir Armani que Monica lui avait offert pour Noël quelques années auparavant.

« C'est moi qui conduis, dit Samantha tandis qu'ils descendaient l'escalier du porche. Elle montra sa voiture de patrouille. Au moment où les trois portières se refermèrent, Matthew et Samantha crièrent à l'unisson : « Malcolm !

— Où est-il ? », demanda Allyson.

Samantha fronça les sourcils. « Bonne question.

— Au Woody's ? suggéra Matthew depuis la banquette arrière.

— Bonne réponse. » Samantha démarra en trombe et s'engagea sur la route 11 en direction du centre-ville de Woodstock et non de la ville toute proche d'Edinburg où se trouvait la chambre mortuaire des Guthrie.

Elle mit son gyrophare et sa sirène en route.

« Est-ce que quelqu'un a vu mon frère ? demanda Samantha en parlant bien fort pour couvrir le brouhaha du samedi soir. Malcolm Cooper ? »

Laurie Loveless, l'une des deux barmaids de service ce soir-là, se fraya un chemin à travers la foule pour rejoindre Samantha. « Salut, Sam. »

Sa voix puissante détonnait avec son petit visage charmant et son sourire fin.

« Salut, Deux L. Tu as vu Mal ?

— Il était là, il y a une heure, il n'est pas resté longtemps.

— Il était ivre ?

— Non et franchement je ne suis même pas certaine qu'il ait bu de l'alcool. Alice lui a servi une boisson gazeuse quelconque. Il a dit qu'il avait besoin d'avoir les idées claires. Mais il se comportait vraiment bizarrement. Il radotait et disait qu'il était perdu. Il a parlé de ta mère aussi. Mais comme j'ai dit, il n'est pas resté longtemps. Une demi-heure, peut-être.

— Merci en tout cas. » Samantha posa sa main sur le bras de Laurie, puis se tourna pour partir.

« Attends, dit Laurie, il m'a demandé si je savais.

— Si tu savais ? » Samantha fit volte-face.

« Bien sûr que je savais, ma chère. Toute la ville est au courant, toute la Vallée même. » Laurie baissa tellement la voix que Samantha dut presque lire sur ses lèvres fines et rouges pour comprendre ses paroles. « Nous sommes tous vraiment désolés pour vos parents. C'étaient vraiment des gens bien. »

Samantha soupira, puis répondit par un sourire reconnaissant et gracieux avant de quitter le bar.

« Alors ? », demanda Matthew tandis que Samantha s'installait de nouveau au volant de sa voiture de patrouille et attachait sa ceinture.

« Il était bien au Woody's. Mais plus maintenant. Et je suis plus qu'un peu énervée. »

Allyson tapa doucement sur le tableau de bord noir et dit, en plaisantant : « Maintenant, c'est tout à fait mon genre d'aven…

— Brigadier Cooper, quelle est ta position ?

— Je suis devant le Woody's dans la rue principale. Qu'est-ce qui se passe, Barry ?

— J'ai quelque chose que tu aimerais peut-être voir.

— Est-ce que ça a quelque chose à voir avec mon fugitif de frère.

— Oui et avec la Woodstock Tower. »

Samantha poussa un grognement. « Qu'on est bêtes, dit-elle en regardant Matthew par-dessus son épaule. C'est là qu'on aurait dû aller en premier. » Elle appuya de nouveau sur le bouton pour parler. « Crescimanno dans les parages ?

— Non et je ne vais pas l'appeler, mais les nouvelles vont vite.

— J'arrive. » Samantha mit de nouveau sa sirène et ses gyrophares en route.

« J'ai parlé trop vite, dit Allyson en tapant sur le tableau de bord. « *Ça*, c'est vraiment mon genre d'aventures. »

Samantha descendit la rue principale à toute vitesse en direction du sud, puis s'engagea sur la route sinueuse qui menait à la Woodstock Tower.

« Eh, frangine, tu ne crois pas que tu roules un peu trop vite sur ces graviers.

— Matthew, ferme-la.

— D'accord, d'accord. »

Samantha s'arrêta derrière l'autre voiture de patrouille et laissa Matthew et Allyson gravir le sentier étroit qui menait à la tour.

Les policiers Keith et Barry se tenaient sur le côté, au pied de la tour, au milieu du feuillage qui poussait autour, et ils étaient en train de parler à voix basse.

« Désolée, les gars, dit Samantha. Comment est-ce que vous l'avez trouvé ?

— Des touristes ont appelé le 911. Ils ont dit qu'ils étaient montés à la tour et qu'ils avaient vu un homme parler tout seul et se comporter bizarrement. Ils étaient inquiets.

— Malcolm, appela Samantha. Tu as bientôt fini ?

— Presque ! cria-t-il du haut de la tour.

— On peut savoir ce que tu fais exactement ? demanda-t-elle.

— Je réfléchis.

— À quoi ?

— Je ne sais pas exactement. »

Allyson s'approcha de la tour et posa sa main sur le bras de Samantha. « Laisse-moi essayer. Salut, Mal ! dit-elle d'une voix un peu trop forte.

— Allyson ? répondit Malcolm en se penchant pour regarder en bas.

— La seule et unique. Descends, tu veux bien ? »

Malcolm détourna le regard. « Tu savais ? demanda-t-il, les yeux fixés sur l'horizon.

— Je savais quoi ? », demanda Allyson.

Malcolm hurla cette fois. « *Tu savais ? Tu savais que ta sœur était infidèle* ?

— Malcolm, descends. Viens me voir.

— *Tu vas me dire ? Tu vas me dire qui je suis* ?

— On va parler. »

Malcolm s'arrêta un instant avant de descendre les trois volées de marches en métal gris.

« Il est ivre ? murmura Allyson à Samantha.

— Non, juste anéanti.

— Eh bien, sois gentille avec lui, Sammie, et toi aussi, dit-elle en regardant Matthew qui se tenait derrière elles. Essayez de vous mettre un peu à sa place aujourd'hui. » Le frère et la sœur hochèrent tous deux la tête en direction de leur tante, puis ils échangèrent un regard en inclinant de nouveau la tête.

Malcolm descendit la dernière marche et passa devant les deux policiers. « Fred. Barney », dit-il poliment en les saluant d'un signe de tête.

Allyson vint à la rencontre de Malcolm et le serra très fort dans ses bras. « Tu m'as manqué. »

Malcolm n'eut pas le temps de répondre. Il se mit à trembler et ses mains s'agrippèrent au dos de la robe qu'Allyson avait empruntée à sa sœur. Il reconnut à la fois la robe et son odeur. Il pleura.

« Ça va aller, mon garçon. Chut, ça va aller. »

Malcolm leva la tête de son épaule et crut presque voir le visage de sa mère. « Tu savais ? »

Allyson surprit le regard de Samantha et de Matthew qui se tenaient à côté de la voiture. « Oui, dit-elle en l'embrassant sur le front. Je savais. »

21

Samantha se gara sur la première rangée de places devant le funérarium des Guthrie à l'emplacement doté d'un écriteau en métal noir et blanc qui disait : *Réservé aux familles défuntes uniquement.* Elle leva un doigt en l'air et regarda Malcolm dans le rétroviseur arrière. « Non, Malcolm, pas de plaisanterie. »

Tous les quatre sortirent de la voiture.

« Dire que vous m'avez traîné ici en short et en t-shirt.

— Désolée Malcolm, dit Samantha. Nous avons déjà une demi-heure de retard pour t'avoir pourchassé dans toute la ville. » Elle tira doucement sur son t-shirt. « Ne t'inquiète pas, mon frère, murmura-t-elle. Les gens comprendront. »

Ariek Guthrie, qui montait la garde dehors, les vit debout sur le trottoir et passa rapidement la tête par une porte, sans doute pour annoncer leur arrivée, avant de faire signe au groupe de s'avancer sur le chemin pavé qui menait à une entrée privée près de la chapelle. « Entrez par là, je vous prie, la famille Cooper. Nous sommes tellement heureux que vous soyez arrivés. »

Allyson marchait en tenant maladroitement Malcolm par la taille. Elle lui donna une petite tape pour qu'il avance plus doucement. « Passez devant, tous les deux. Nous sommes juste derrière vous. »

Samantha prit la main de Matthew et franchit le seuil tandis qu'Ariek Guthrie tenait la porte avec la distinction qu'il avait toujours quand il faisait ce geste répété des centaines de fois. Ariek se glissa derrière eux et s'apprêtait à fermer la porte lorsqu'il remarqua que Malcolm et Allyson s'étaient arrêtés au début du chemin.

« Malcolm, dit Allyson en lui tirant doucement l'oreille. Ça ne va être facile pour personne, surtout pour toi. Je le sais. Ton frère et ta petite sœur le savent aussi. Mais, Malcolm – elle releva son menton avec ses doigts pour pouvoir le regarder dans les yeux – la cérémonie de ce soir n'est pas en option. Nous devons le faire, nous devons rester ensemble et nous devons tout faire pour que tu tiennes le coup ce soir. » Elle remarqua de nouveau des larmes qui se bousculaient aux coins de ses yeux. « Je te promets que nous parlerons lorsque nous serons de retour à la maison d'hôtes. D'accord ? Nous parlerons. »

Malcolm baissa les yeux et parla à ses pieds. « Je ne sais même pas qui je suis. »

Malgré ses efforts, Allyson ne put s'empêcher de penser que ce jeune homme de trente-deux ans, autrefois fier et courageux, ressemblait désormais à un petit garçon confus de douze ans.

« Qu'est-ce qu'il y a, mon cœur ?

— Je ne sais pas qui je suis, dit-il en secouant la tête. Comment est-ce possible ? demanda-t-il en essuyant avec son t-shirt son nez qui coulait. Comment est-ce qu'on peut apprendre un beau jour, entre le déjeuner et le dîner, qu'on n'est pas celui qu'on pensait être ? »

Allyson réfléchit à sa réponse.

« Mon père est en vie. » Malcolm enfonça les poings dans les poches de son short. « Mon père est en vie quelque part. Il n'est pas dans cette chapelle.

— Si, monsieur, il y est, répondit-elle énergiquement. Ton père est couché dans son cercueil ici. Il repose à côté de ta mère. » Elle le serra de nouveau dans ses bras. « Rien n'a changé, mon chéri. Jack Cooper est toujours ton père, ma sœur est toujours ta mère, et ils t'aimaient tous deux à un point que tu ne peux même pas imaginer.

— Alors dis-moi. Pourquoi ? Pourquoi est-ce qu'il est resté ? Toutes ces lettres... Il a continué à les écrire comme si rien ne s'était passé.

— Non pas comme ça. Quelque chose *s'était* bel et bien passé. Et ne t'y trompe pas, jeune homme, ton père en a souffert. Ta mère aussi. Peut-être plus encore.

— Ce ne sont pas des réponses ! dit-il en haussant le ton, mais sa voix se brisa.

— Plus tard.

— Ce soir ?

— Ce soir. »

Elle l'étreignit une dernière fois. « Allons, entrons maintenant. Et rentre ton t-shirt dans ton short, tu veux bien, mon cher ? C'est un moment de recueillement, pas le carnaval de Rio. »

Malgré sa migraine et ses aigreurs d'estomac, Malcolm trouva l'énergie de sourire.

Les uns après les autres, les visiteurs vinrent rendre un dernier hommage à Jack et Laurel Cooper. Ils étaient venus du sud, de Harrisonburg, Staunton et de toutes les petites villes qui bordaient l'historique route 11 : New Market, Mount Jackson, Edinburg, Woodstock, Tom's Brook et Strasburg. Plusieurs venaient de l'est et avaient fait du covoiturage depuis Washington, D.C., Arlington, et Rossly ; toutes ces villes se trouvaient à près de 160 kilomètres de là, dans la périphérie de la fameuse capitale Washington.

Tous les amis et parents des défunts se recueillirent devant les cercueils en pin assortis, bordés de soie blanc crème cousue à la main. Jack portait un costume blanc, et toute trace de douleur avait disparu de son visage apaisé.

Laurel portait une robe blanche et avait le visage légèrement maquillé, mais c'était presque imperceptible. Tous deux avaient les mains croisées sur le ventre, la main gauche posée sur la main droite. Leurs alliances brillaient dans la lumière douce.

Les cercueils se trouvaient de part et d'autre de la chaire dans la chapelle quelconque garnie de boiseries sombres que les Guthrie avaient ajoutée à leur funérarium à la fin des années soixante-dix.

Le pasteur Doug se tenait comme un garde d'honneur dans un coin, les bras plaqués le long du corps, cérémonieusement. Parfois, lorsqu'il apercevait un membre de l'assistance particulièrement aimable ou ému, il le serrait dans ses bras.

À droite de la chaire, et à droite du cercueil de Jack, se tenaient Matthew, Allyson, Samantha, sa fille Angela, Malcolm et, à la demande de Samantha, Rain.

Le pasteur Braithwaite de l'église de Mount Jackson était également présent. Il était devant la porte près des Guthrie, souriant aux visages aussi bien familiers qu'étrangers et remerciant tout le monde d'être venu. Nathan avait trouvé un endroit peu discret, juste derrière la rangée des proches, pour observer avec attention le déroulement de la soirée.

Au cours d'une brève interruption dans le défilé des gens qui venaient rendre hommage à Jack et Laurel, Rain se pencha et posa sa main en bas du dos de Malcolm. « Tu es en short ?

— Ne me demande pas pourquoi.

— Je m'en garderai bien, dit-elle en souriant, sachant que Samantha lui raconterait toute l'histoire un peu plus tard.

— Merci.

— Je suis vraiment contente que tu sois là. » Cette fois, elle chuchota si près de son oreille qu'il put sentir son souffle sur sa nuque. Là où son souffle avait effleuré son cou, quelques poils s'étaient dressés.

Malcolm mourait d'envie de la prendre par la main, de l'emmener sur le parking et dans la nouvelle réalité de sa vie : il n'était pas le fils de Jack Cooper. Il se contenta cependant de dire : « Merci.

— Ne me remercie pas. Continue juste à bien te comporter.

— C'est la torpeur qui doit me faire cet effet. »

Une douzaine de personnes s'arrêtèrent pour serrer la main aux proches, dont Maria Lewia, la directrice du musée de Woodstock. Elle embrassa Malcolm et l'interrogea sur l'évolution de son roman. Elle lui fit également promettre de venir lui rendre visite avant qu'il ne quitte la ville.

À l'autre bout de la rangée, Matthew avait peaufiné la réponse qu'il donnerait aux personnes curieuses de savoir pourquoi Monica n'avait pas fait le déplacement. « Elle est à Newark. Elle aurait vraiment aimé être là, mais c'est peut-être notre meilleure chance d'adopter un enfant. Papa et maman l'auraient voulu ainsi. » Il se demandait s'il y avait une once de vérité dans cette phrase, mais en présentant les choses ainsi il parvenait à calmer les gens, il le voyait dans leurs yeux. « Je lui transmettrai vos condoléances. »

Malcolm scrutait chaque visage à la recherche d'un signe, d'un indice lui montrant que la personne en savait plus que lui. Il en conclut que l'assemblée en savait encore moins que lui ou que toutes les personnes présentes pratiquaient l'art de la feinte comme les plus grands champions de poker. Personne ne fit la moindre allusion, ne lui donna un petit coup de coude compatissant, ne lui serra le bras avec un regard entendu pour lui faire comprendre qu'il savait que sa douleur était différente de celle des autres, de tous les autres présents dans cette chapelle.

Pourtant, il serra chaque main et soutint chaque regard un peu plus longtemps que ce qu'il était convenable de faire. Il posa ses yeux sur des personnes qu'il n'aurait jamais pris la peine de remarquer auparavant.

Il espérait que quelqu'un savait la vérité.

Il se demandait qui pourrait parler.

Il se demandait qui pouvait bien lui avoir menti chaque fois qu'il l'avait croisé dans la rue et salué.

Il se demandait si son vrai père allait venir lui présenter ses condoléances et lui glisser un morceau de papier avec le numéro de téléphone de son hôtel écrit au crayon.

Tandis que les minutes passaient lentement, Malcolm finit par trouver la situation cocasse : il faisait de vrais efforts pour montrer que son chagrin allait au-delà de la perte de ses parents. Même Rain, la personne qui le connaissait peut-être le mieux, se tenait à ses côtés sans se douter de la bataille entre la déception, le chagrin et l'envie de connaître la vérité qui se livrait à l'intérieur de lui-même. Une ou deux fois, alors qu'elle avait remarqué qu'il luttait pour maîtriser ses émotions, elle serra discrètement sa main dans ses doigts délicats, juste assez longtemps pour envoyer une décharge d'adrénaline dans les veines de Malcolm.

Il levait sans cesse la tête vers la pendule ronde en bois sur le mur opposé et s'apercevait que seulement dix minutes s'étaient écoulées depuis la dernière fois qu'il avait regardé. « Combien de temps est-ce que nous devons rester ? demanda-t-il à Samantha pendant une courte interruption dans le défilé.

— Aussi longtemps qu'il le faudra, Mal, jusqu'à ce que tout le monde ait eu la possibilité de se recueillir devant les cercueils et de nous présenter ses condoléances. »

Malcolm haussa les sourcils, la suppliant de lui donner une meilleure réponse.

« Encore une heure peut-être.

— C'est mieux. » Il se retourna pour murmurer quelque chose à l'oreille de Rain, puis regarda de nouveau sa sœur. « Je reviens tout de suite.

— Mal ?

— Ne t'inquiète pas, je vais juste aux toilettes. Rappelle-toi, tu disais que j'avais la vessie de la taille d'une cacahuète. »

Tandis qu'il se dirigeait vers le hall, Malcolm passa devant Nathan qui était en train de discuter avec Gail Andrus, le trésorier du comté de Shenandoah. Sans ralentir le pas, Malcolm dit, un peu plus fort qu'il n'en avait l'intention : « Rain est de nouveau tout à toi. »

Gail trouva ça drôle.

Nathan, pas du tout.

Malcolm se tenait devant un des deux urinoirs et regardait le plafond lorsque le pasteur Doug entra doucement dans les toilettes, se mit à côté de lui et utilisa l'autre.

« Oh, vous êtes donc là.

— Bonsoir, Malcolm.

— On se croirait à un congrès de pasteurs, ici. »

L'homme sourit. « Vous avez le même sens de l'humour que Jack. »

Malcolm fixait le mur. « Et vous venez souvent ici ?

— Plus souvent que je ne l'aimerais, dit le pasteur Doug en hochant la tête et en souriant. Je vieillis sans doute.

— Vous et moi », dit Malcolm en se retournant pour aller se laver les mains.

« Vous arrivez à tenir le coup ? », demanda le pasteur Doug, en actionnant le levier du distributeur de savon et en faisant mousser le savon de sorte qu'il aurait pu laver les mains de toutes les personnes présentes au funérarium.

« Je suis encore là. Ça compte sûrement pour quelque chose.

— J'en suis certain.

— Vous connaissiez plutôt bien mes parents, n'est-ce pas ? demanda Malcolm en frottant ses mains sous le sèche-mains.

— Je connaissais surtout votre père. Pourquoi ?

— Comme ça, juste par curiosité. Beaucoup de gens ce soir ne sont pas d'ici, de vieux amis comme vous qui ne les avaient certainement pas vus depuis un moment.

— Et ?

— Je ne sais pas. Je me demande s'ils les *connaissaient* vraiment bien, s'ils connaissaient bien ma mère en particulier, ou s'ils sont juste là parce qu'ils se sentaient obligés de venir.

— Vous pensez que c'est pour ça que je suis ici ?

— Pas vous, je veux dire les autres.

— Vous risqueriez d'être surpris. » Le pasteur Doug se sécha les mains à son tour. « Jack et Laurel étaient appréciés et respectés par de nombreuses personnes d'horizons très différents.

— Peut-être, mais ce n'est pas la même chose que de *connaître* vraiment quelqu'un.

— Vous savez mieux que quiconque que votre famille a toujours été discrète. »

Malcolm allait à la pêche aux informations. « Qu'est-ce que vous savez de leur passé ?

— Eh bien, je suppose que vos parents n'étaient

pas parfaits – personne n'est parfait après tout –, dit le pasteur Doug en souriant, mais ils ont fait de leur mieux. C'étaient des gens bien. Ils étaient gentils et indulgents. C'est votre père et le pasteur Braithwaite, mon guide spirituel, qui m'ont permis d'obtenir mon premier poste de pasteur à Winchester. Je n'aurais jamais connu la beauté de cette vallée ou des gens qui y habitent sans les efforts de votre père. »

Malcolm hocha la tête.

« Honnêtement, je n'avais pas vu votre père depuis un certain temps, mais je sais qu'il a fait beaucoup de bonnes choses pour le comté. Votre mère aussi.

— En effet, ma mère a fait… »

La porte s'ouvrit brusquement, et Nathan Crescimanno entra dans les toilettes.

« Malcolm, pasteur. » Il fit un signe de tête tout en prononçant posément leurs noms.

« Pasteur Doug, avez-vous déjà rencontré le procureur du comté et le futur gouverneur de l'État de Virginie ?

— Du *Commonwealth* de Virginie », rectifia Nathan.

Malcolm sourit.

« Nous nous sommes vus dehors, répondit le pasteur Doug. Ravi de vous revoir, monsieur Crescimanno. »

Les trois hommes se tenaient sur le seuil.

« Eh bien, c'est un peu gênant, dit Malcolm.

— En effet », marmonna Nathan en délaissant l'urinoir pour s'enfermer dans des toilettes.

Le pasteur Doug et Malcolm retournèrent dans le hall ensemble.

Les deux s'arrêtèrent à une table sur laquelle étaient posées quatre photos du couple et quelques objets souvenirs qui allaient avec, dont la bible de Jack.

Après avoir regardé un instant la table, le pasteur Doug dit : « Je crois que vous avez quelques antécédents, tous les deux. » Il prit une photo de Jack et Laurel posant sur les escaliers de Monticello et fit semblant de la regarder pour la troisième fois. « Mais comme je vois ça de l'extérieur, est-ce que je peux vous demander pourquoi vous rendez les choses encore plus difficiles qu'elles ne le sont ?

— Comment ça ?

— Vous faites tout pour lui taper sur les nerfs. Vous aimez bien le provoquer.

— Nathan est une cible facile.

— Peut-être, concéda le pasteur Doug. Mais il a votre avenir entre les mains, n'est-ce pas ? »

Malcolm était perplexe, surpris par l'intérêt que le pasteur Doug lui montrait. Sa confusion était visible.

« Je ne voulais pas me mêler de ce qui ne me regarde pas. Je suis désolé.

— Ce n'est rien, dit Malcolm. Vous vouliez bien faire.

— Oui, dit le pasteur Doug en hésitant. Vous savez, Malcolm, personne n'est parfait.

— Je suis bien placé pour le savoir. »

Le pasteur Doug posa la main sur l'épaule de Malcolm. « Je pense le plus grand bien de votre famille, de vous. Nous aimerions que vous restiez parmi nous. Je suppose que votre frère et votre sœur auront bien besoin de vous. »

Malcolm savait qu'il avait raison.

« Quand vous serez prêt, venez me voir. »

Malcolm donna un petit coup dans l'épaule du pasteur. « Je viendrai. »

22

La foule finit par se disperser vers vingt-deux heures et, à vingt-deux heures vingt, il ne restait plus que quelques personnes. A & P et tante Allyson se rendirent avec M. et Mme Guthrie dans le bureau adjacent au funérarium et évoquèrent avec eux les derniers détails concernant le transport des dépouilles de Jack et Laurel jusqu'à l'église le lendemain soir.

Angela fit une bise à sa mère et à ses oncles avant de partir passer la nuit chez les Godfrey.

Rain et Nathan étaient assis tout près l'un de l'autre dans une causeuse dans la pièce où les Cooper prirent congé des derniers importuns.

Matthew ferma et scella avec soin chaque cercueil. Puis, il prit son mouchoir portant son monogramme et il entreprit d'effacer minutieusement la pellicule brillante d'empreintes sur les poignées en argent et les cache-vis jusqu'à ce qu'il puisse voir son reflet dedans. Malcolm et Samantha se tenaient bras dessus, bras dessous derrière la chaire et sous le tableau représentant un christ en croix, suspendu en haut du mur et surplombant les cercueils. Samantha posa sa tête sur l'épaule de Malcolm.

La porte de derrière était entrouverte et on pouvait voir par la fente le pasteur Doug. Il se tenait dans le hall près de la table où étaient disposés les souvenirs de la famille et il feuilletait pensivement le Nouveau Testament dans la bible de Jack à laquelle ce dernier tenait tant.

« Vous êtes prêts à partir ? demanda Matthew en glissant la tête entre Samantha et Malcolm.

— Ça fait au moins deux heures que je suis prêt, répondit Malcolm.

— Moi aussi, reconnut Samantha. Partons d'ici. »

Les trois prirent rapidement congé de Rain, de Nathan et des deux pasteurs Doug et Braithwaite non sans les avoir remerciés.

« Bonne chance », dit Rain en serrant chacun des Cooper dans ses bras tandis qu'ils se tenaient sur le pas de la porte.

— Bonne chance ? » demanda Nathan après que la porte se fut refermée et que les Cooper eurent descendu le chemin pavé pour rejoindre la voiture de police de Samantha.

— Ça va être une soirée difficile pour eux parce qu'ils vont être confrontés à beaucoup de choses. C'est tout. Ils ont vraiment besoin de temps tout seuls, juste tous les trois. Je suis contente qu'ils aient enfin trouvé un moment pour eux. »

Nathan les regardait à travers la fenêtre.

« Ça va ? demanda Rain.

— Ouais. » Nathan agitait nerveusement les pieds. « C'est juste un peu difficile. Je me sens égoïste parce que j'ai hâte que ce week-end se termine et que nous puissions de nouveau penser à nous. C'est fou, non ?

— Non, Nate. Tu es dans une position difficile, je le sais. Mais tu t'en sors très bien.

— Tu crois ?

— Oui.

— Je suis impatient d'entendre ce « oui » dans un autre contexte, tu sais. » Il l'embrassa.

« Patience, monsieur Crescimanno, laissons d'abord passer le week-end », dit Rain en le serrant dans ses bras.

Nathan fit de même, l'étreignant à son tour, puis il laissa glisser ses mains sur sa fine taille puis sur ses hanches. « Tu sais que je t'aime, n'est-ce pas ?

— Je le sais.

— Je veux juste passer ma vie avec toi. Je veux que nous avancions, que nous ayons des enfants et que nous fondions une famille ensemble, que nous trouvions ensemble une certaine stabilité, que nous connaissions ensemble le succès.

— Je sais, Nate. C'est exactement ce que je veux aussi.

— Tu en es sûre ?

— J'en suis sûre.

— Je n'ai pas de souci à me faire ?

— Tu n'as pas de souci à te faire.

— Tu es *sûre* que tout va bien ?

— Aussi sûre que je m'appelle Rain. » Mais à travers la vitre, dans la lumière orange d'un réverbère qui éclairait le parking, elle vit les Cooper, debout en cercle étroit, en train de discuter de problèmes de vie et de mort. Elle aurait aimé être avec eux, au moins pour la nuit.

Samantha et Matthew finirent par tomber d'accord avec Malcolm pour quitter Edinburg en direction du nord jusqu'à la petite ville de Tom's Brook afin d'aller chercher des milk-shakes au routier près de la route 81. Ils réalisèrent que leur premier choix, le drugstore Walton & Smoot dans la rue principale de Woodstock, serait fermé à cette heure-ci.

« Eh ! les frangins, dit Matthew qui était assis sur la banquette arrière. Ça vous dit de lire quelques lettres ? » Il souleva une petite pile de lettres et agita les feuilles entre Samantha et Malcolm devant.

« Eh ! » La voix de Samantha résonna dans la voiture. « Je croyais que les lettres ne devaient pas quitter la maison. »

Matthew haussa les épaules. « Je me suis dit que nous pourrions tout aussi bien profiter du trajet pour en lire quelques-unes.

— Alors, pourquoi est-ce que tu as l'air de te sentir coupable ? »

Matthew haussa de nouveau les épaules.

« Tu es un mauvais frère, ajouta Samantha.

— Alors non ? demanda Matthew

— Alors si », répondit Malcolm pour tout le monde.

22 février 1961

Chère Laurel,
Je suis sûr que tu en as assez que je le répète sans cesse, mais le week-end dernier était une pause bien méritée. Dire que nous avons tous deux passé toute notre vie en Virginie et que nous n'avions jamais vu le site de Natural Bridge. C'est déplorable. Retournons-y. La semaine prochaine. Tu

crois qu'Amanda voudra encore garder les enfants ? Je ne plaisante qu'à moitié.

En parlant de « Natural » Bridge, et j'écris ces mots en sachant parfaitement qu'un jour nos enfants les liront, tu m'as vraiment déclaré la guerre en prenant mon maillot de bain pendant que je me baignais dans les sources chaudes et en t'enfermant dans la voiture. Tu as vu l'expression du garde forestier ? J'aurais pu me faire verbaliser. Souviens-toi bien de ce que je vais te dire. C'est une bataille que je ne vais pas perdre. J'attendrai. Tu ne connaîtras ni le lieu ni la date, mais sois assurée, Laurel Cooper, qu'avant que nous quittions cette terre, tu seras obligée de montrer ta lune.

Jack le Strip-teaseur[1]

1er mars 1961

Madame Cooper,
C'est toujours un peu bizarre d'écrire ces lettres quand tu te trouves dans la même

---

1   Signature dans le texte anglais : *Jack the stRipper* : *stripper* pour « strip-teaseur », *Ripper* pour « Éventreur ». Double lecture possible en anglais.

pièce que moi. En ce moment même, tu es en train de lire le livre que Matthew t'a offert pour ton anniversaire. Tu en connais d'autres, toi, des enfants de dix ans qui achètent des livres sur l'investissement à leur mère ?

Ce Matthew me surprendra toujours. Si notre petit champion ne devient pas un grand sportif, j'ai comme l'impression qu'il dirigera Wall Street avant ses trente ans. Zut ! Peut-être même avant ses vingt ans.

Je ris intérieurement parce que tu viens de me demander ce que je faisais. Lorsque j'ai dit que j'étais en train d'écrire une chanson, tu as levé les yeux au ciel en m'adressant ce sourire qui me rend fou de toi. Eh bien, devine quoi ? JE SUIS EN TRAIN d'écrire une chanson. Je l'enverrai peut-être à ton petit ami, M. Presley.

J'ai une mélodie dans la tête, mais je ne connais pas du tout le solfège, il faut donc que tu me croies sur parole si je te dis qu'elle est jolie. C'est une ballade, je pense.

Demander à Dieu
Jack Cooper
1961

Parfois, le mieux n'est encore pas assez bien,
Parfois j'ai besoin d'un peu plus,
C'est pourquoi mon Père m'a envoyé ici,
Pour apprendre à demander à Dieu.

Lorsqu'il pleut dans ma tête,
Et que les gouttes mouillent mes yeux,
Je pense à l'amour qu'il m'a donné,
Sur la croix, sur le Calvaire.

REFRAIN
Je dois apprendre à demander à Dieu
Pour tout ce que je fais.
Oui, je vais apprendre à demander à Dieu
Et tous mes rêves deviendront réalité.

C'est un peu bidon, je sais. Il faudrait un autre couplet et, comme dirait Sammie, il faudrait un interlude. Un jour, peut-être. Et peut-être qu'un jour, je la chanterai pour toi. La mélodie lui donne vraiment vie (n'y compte pas trop quand même. Les Cubs ont plus de chances de gagner les World Series avant ma mort).
En fait, ça fait un moment que j'écris cette chanson dans ma tête. Je la finirai sans doute, mais je suis déjà satisfait de

la première partie et je voulais que tu la lises. Ça fait une semaine ou deux que je la fredonne.

L'idée m'est venue une nuit juste après que tu m'as dit la vérité à propos de Malcolm. Je dormais sur un lit de camp dans l'un des locaux d'entretien, celui au sud du campus. Je pleurais et je pleurais – bien sûr, tu le sais déjà – et les mots me sont venus. Presque comme une prière, je pense. Je les écris et réécris dans ma tête depuis. J'ai pensé à les écrire dans une lettre avant, mais, pour l'une ou l'autre raison, j'étais toujours occupé par autre chose et j'ai oublié. Pas aujourd'hui cependant.

Je crois que je me suis beaucoup amélioré dans l'art de demander à Dieu. C'est toi qui me l'as appris. Parmi 3 572 988 autres choses.

Je t'aime,

Jack Lennon

23

Lorsque Matthew eut lu toutes les lettres qu'il avait ramassées en toute hâte sur la table de la salle à manger, les trois continuèrent leur route en direction du routier à Tom's Brook tout en bavardant.

Ils n'étaient pas pressés. Samantha et Matthew n'arrivaient pas à penser à grand-chose d'autre qu'à l'incroyable infidélité de leur mère. Malcolm n'avait qu'une idée en tête : lire d'autres lettres de Jack et découvrir qui était son vrai père.

« Comment s'appelait ton premier petit ami, Sam ? Ce gamin vraiment bizarre et poilu qui sentait un peu mauvais et qui voulait écrire des romans de *fantasy* ?

— Robert Smith. Il a écrit un best-seller.

— Cool.

— Et il *n'était pas* poilu. »

« Depuis quand est-ce qu'ils ont augmenté les limites de vitesse ?

— Ils ne les ont pas augmentées. Depuis quand est-ce que tu es devenu un pauvre mec ? »

« Tu ferais mieux de baisser ta vitre.

— Pourquoi ?

— Fais-moi confiance », répondit Malcolm.

« Est-ce que l'homme de confiance de papa sera à l'enterrement ?

— Quel homme de confiance ? demanda Matthew.

— Le notaire.

— Alex Palmer.

— C'est ça.

— Oui, il va venir. Il faudra qu'on signe quelques papiers, avant ou après, je ne sais pas. »

« Qu'est-ce qui est arrivé au concessionnaire Chevy qui était au coin de la rue, là-bas.

— Un incendie, il y a un an environ. Ils l'ont reconstruit à Strasburg. »

« Est-ce que le grand type dégingandé et à moitié fou tient toujours la superette et la boutique d'articles de pêche à New Market ?

— Il s'appelait Gordon Craw.

— C'est çaaa ; nous l'appelions Gordo.

— Gordon est mort.

— Oh.

— Ouais.

— J'aimais vraiment bien ce type.

— On l'aimait tous. »

« Je suis sûr que tout le monde s'en fout, mais on dirait qu'on roule à cent quatre-vingts kilo-mètres-heure. C'est peut-être juste une impression que j'ai parce que je suis assis sur la banquette arrière.

— Ferme-la.

— Je disais juste ça comme ça. »

« Malcolm ?

— Ouais ?

— Ne bombarde pas trop, dit Samantha en posant la main sur la nuque de Malcolm et en grattant doucement ses cheveux.

— Bombarder ?

— Ne bombarde pas trop les autres de ques-tions. » Elle quitta un instant la route des yeux pour regarder son frère. « Tout le monde a du chagrin, pas uniquement toi. »

Malcolm regarda par la vitre.

« Ne pose pas trop de questions, mon frère, tu auras bientôt les réponses. »

« Waouh ! les gars, dit Samantha en montrant quelque chose par la vitre de Malcolm. Je vous jure qu'il y avait un restaurant chinois ici, il y a encore une semaine. L'enseigne a disparu. Il n'a même pas tenu trois mois. Ce bâtiment porte la poisse. Il est fatal à tous les restaurants qui s'y installent.

— Tu as raison. Et tu sais qu'il y avait un super restaurant mexicain, ici, Guadaloquelque chose. Papa et maman m'y avaient emmené pour mon anniversaire, moi tout seul, peu de temps après que nous avions emménagé ici. J'ai eu des gaz pendant une semaine.

— Pendant une semaine ? Tu n'as pas arrêté d'en avoir depuis. »

« Tu sais quoi, frangine. Si ça t'intéresse, j'ai calculé que nous pourrions être à Washington, D.C. dans vingt minutes. Tu veux…

— Tu veux marcher, Matt ? »

« Sammie, tu te souviens de la fois où tu nous avais préparé le dîner, à Rain et moi, et que tu t'étais habillée très élégamment. Je ne te l'ai sûrement jamais dit, mais entre la salade que tu avais faite et la truite, qui était excellente contre toute attente, nous nous sommes embrassés pour la première fois.

— Sam et toi, vous vous êtes embrassés ? Ooooooooh.

— Espèce de taré », répondit Malcolm. Il fut pris d'un rire salvateur qui soulagea un instant son estomac contracté et barbouillé.

« Mal, tu n'as pas embrassé Rain pour la première fois après la fête annuelle de l'université ? C'était lorsque nous avions descendu une partie du fleuve Shenandoah sur des chambres à air. C'était une sortie organisée par la paroisse. Je l'ai vu de mes yeux vu.

— Je crois qu'elle a raison, Mal, confirma Matthew.

— Vous vous imaginez, bande de crétins, que je sais où et quand j'ai donné mon premier baiser ?

— Ton premier baiser tout court ? demanda Matthew. Ou ton premier baiser à Rain ?

— Mon premier baiser.

— Ton premier baiser, mes fesses.

— Non, merci, railla Malcolm. Je n'ai pas le temps pour ce genre de choses. »

Matthew ne put s'empêcher de rire. Il se demanda depuis combien de temps il ne s'était pas senti aussi à l'aise avec son frère.

Malcolm ne put s'empêcher de penser que c'était pitoyable de savoir qui il avait embrassé quand il n'était qu'un adolescent idiot, mais d'ignorer désormais qui était son vrai père.

« Bon, fermez-la maintenant, les gars, laissez-moi commander.

— Qu'est-ce qui vous faudra ? », demanda une voix de femme râpeuse au guichet du drive-in. Samantha ne prit pas la peine de demander ce que ses frères voulaient.

« Trois Snickers milk-shakes géants, s'il vous plaît. » Elle se tourna vers Malcolm assis sur le siège passager. « Ce soir, nous sommes ensemble envers et contre tout. »

Malcolm se dit que c'était un peu sentimental, mais en même temps bizarrement réconfortant.

Elle ajouta : « Et maintenant, allons chercher des réponses. » Il ébouriffa les cheveux de sa sœur. « Je t'aime, ma petite.

— Ne touche pas mes cheveux. »

Cette fois, ils se mirent tous à rire.

« Arrête-toi », ordonna Malcolm tandis qu'ils s'approchaient de l'intersection pour prendre l'allée qui menait à *Domus Jefferson*.

— Tu ne peux pas te retenir ? Nous sommes à trente secondes de la maison.

— Arrête-toi », supplia-t-il. Samantha s'exécuta et, avant même que la voiture ne s'immobilise complètement, Malcolm ouvrit sa portière et vomit sur le trottoir.

« Qu'est-ce qui t'arrive ?

— Le milk-shake… balbutia-t-il avant de se remettre à vomir. Un milk-shake dans un ventre vide… plus les nerfs… Mauvais mélange. »

Samantha lui tendit une serviette.

« Désolé.

— Tu n'as pas à t'excuser. » Samantha connaissait cet état. Elle avait elle-même lutté avec ses nerfs et son chagrin toute la nuit. « Ferme la porte. Allons à la maison. »

Samantha quitta la route 11 et parcourut les trois cents derniers mètres qui les séparaient de la maison. Dans la lumière des phares de la voiture de patrouille, ils virent un homme vêtu d'un pantalon sombre et d'un col en V bleu assis sur les marches du porche.

« Il est venu, dit Samantha.

— Qui ? » Malcolm avait les yeux fermés et la tête appuyée contre la vitre.

« Oncle Joe. »

24

Samantha, Matthew et Malcolm saluèrent chacun à leur tour le frère jumeau de leur père sur le porche de la maison d'hôtes, des retrouvailles un peu embarrassantes pour tout le monde. Même si personne n'en fit la remarque, aucun des enfants Cooper ne se souvenait de la dernière fois qu'ils avaient vu leur oncle Joe en pantalon et en pull. Samantha se dit que le tricot avait probablement une taille L. Joe faisait plutôt une taille M. Matthew regarda le tatouage d'une plaque d'immatriculation sur la main de Joe. Malcolm l'admira.

Même si Joe et Jack étaient de vrais jumeaux, Joe n'avait pas la même carrure que Jack. Il semblait peser au moins vingt kilos de moins, et Samantha se dit qu'elle devait être plus musclée que son oncle. Matthew dirait plus tard à son frère et à sa sœur que les yeux d'oncle Joe ressemblaient tellement à ceux de Jack, tant par la couleur que par la forme, qu'ils auraient pu être interchangeables.

Ça lui donnait des frissons. Tous les trois remarquèrent que Joe avait moins de cheveux gris que son frère même si Joe était vraiment plus dégarni. Tout comme Jack, Joe avait le visage buriné, mais sa maladie était plus dangereuse que le cancer. La bouteille avait fait des dégâts.

Joe expliqua avec son phrasé gauche et bizarre et d'un ton nerveux qu'il avait appris la nouvelle de la mort de Jack et Laurel par son contrôleur judiciaire qui lui avait laissé trois messages sur son répondeur.

Joe avait été absent toute la journée, car il avait aidé un « vieil ami » à retaper un petit appartement après un séjour prolongé dans la prison centrale du Missouri et deux semaines dans un centre de réadaptation aux abords de Saint Louis.

« Je suis désolé que tu n'aies pas appris la nouvelle par l'un de nous trois, dit Matthew plus sincèrement qu'il ne le pensait.

— Ne t'en fais pas. Ça fait un moment que je ne fais plus vraiment partie de la famille.

— Tu es un Cooper, dit Samantha en ouvrant la porte de la maison et en faisant entrer les trois hommes dans le hall.

— Merci beaucoup, dit Joe en regardant ses pieds tandis qu'il passait devant elle.

— Oncle Joe, dit-elle en tirant sur sa main. Un Cooper sera toujours un Cooper. Peu importe le temps que tu as passé loin de la famille. Tu le sais.

— Merci, Samantha. » Il se tut et la regarda dans les yeux comme s'il y avait quelque chose de plus à dire. « Merci.

— Tu as mangé ? »

Joe secoua la tête.

« Eh bien, entre. Il y a suffisamment de restes du déjeuner en hommage à nos parents pour nourrir toute la vallée.

— Merci. » Joe suivit Samantha dans la cuisine où il insista pour préparer lui-même son assiette.

Samantha rejoignit Matthew à la table de la salle à manger. « Où est Mal ? demanda-t-elle.

— Il est parti changer de maillot, répondit Matthew en regardant vers la cuisine. Je n'en reviens pas qu'il soit venu, dit-il dans un murmure.

— Moi non plus, répondit Samantha. Mais il est là. » Elle se leva et passa la tête par la porte entrouverte de la cuisine.

Joe se tenait debout devant le bar et piochait des tranches de dinde froide.

« Tu n'es pas obligé de manger ici tout seul, dit-elle.

— Ça va, je t'assure. Votre table est encombrée. Je me sens très bien ici.

— Dans ce cas, viens nous rejoindre quand tu auras fini. » Elle retourna s'asseoir à sa place et sourit à Matthew.

Il leva les yeux au ciel.

À l'étage, Malcolm se brossa les dents. Puis il enfila un maillot de foot jaune vif aux couleurs de l'équipe brésilienne. Tandis qu'il descendait l'escalier, il examina attentivement les photos de famille suspendues au mur à sa droite : des réunions de famille, les visages de dizaines de clients de la maison d'hôtes, Jack et Laurel sur une jetée à Virginia Beach sans doute.

Son grand-père, le père de Jack, posant avec un ballon, agenouillé sur un terrain de football américain bien piétiné. Il portait un casque en cuir.

Une autre photo montrait Jack et Joe en train de faire des grimaces devant l'objectif, assis sur le hayon arrière rouillé d'un pick-up.

« Joli maillot, Pelé, dit Samantha lorsque Malcolm apparut dans l'embrasure de la porte.

— Tu sais qui est Pelé ?

— Je lis.

— Tu lis quoi ?

— Des livres.

— Des livres sur le foot ?

— Peut-être.

— Quel est le dernier livre que tu as lu ? dit Malcolm en s'asseyant à sa place autour de la table.

— *Les Tommyknockers*.

— *Les Tommyknockers* ?

— J'aime Stephen King. C'est Angela qui m'a donné envie de lire ses livres.

— Quoi ? Tu laisses Angela lire des livres d'horreur ? Pourquoi diable ?

— Elle lit. Ça me suffit…

— Mais…

— Et elle aime Tom Clancy aussi. Elle lit bien mieux que les autres enfants de son âge. Pourquoi est-ce que tu ne finis pas ton livre ? Comme ça tu pourrais lui donner quelque chose de mieux à lire.

— Eh, excusez-moi de vous interrompre », dit Matthew en murmurant suffisamment fort pour être entendu. Il espérait toutefois que Joe ne pouvait pas l'entendre de la cuisine. « Est-ce qu'on pourrait remettre ce petit cercle de lecture à plus tard ? Qu'est-ce qu'on va faire avec Joe ?

— Qu'est-ce que tu veux dire par là ? dit Samantha en imitant le chuchotement exagéré de Matthew.

— Il va dormir ici ?

— Bien sûr, il y a de la place.

— On ne sait même pas d'où il vient », dit Matthew en tendant le cou vers l'embrasure de la porte. Il se tourna de nouveau vers Samantha. « On ne sait même pas comment il est arrivé jusqu'ici.

— Probablement à bord d'un vaisseau spatial, Matt. Ou peut-être à bord d'une voiture cellulaire. Décompresse un peu. Ce n'est pas un criminel. C'est quoi, ton problème ? »

Malcolm n'entendait rien de cette conversation. Il fouillait déjà dans le tas de lettres.

« Tu ne trouves pas qu'il en fait un peu trop ? Il se comporte bizarrement, tu ne trouves pas ?

— Depuis quand est-ce que tu te prends pour un juge, Matt ? Il est sans doute bouleversé, probablement en état de choc même. Il a perdu son frère.

— Je le sais, Sammie. Mais il y a quelque chose de bizarre, de différent. Je ne sais pas.

— C'est peut-être ce qu'on appelle la sobriété.

— Tu peux plaisanter si ça te chante. Je suis…

— Eh ! oncle Joe, dit-elle en inclinant la tête vers la cuisine. Matt veut savoir depuis combien de temps tu ne bois plus et comment tu es venu jusqu'ici. Il n'a pas vu de voiture dans l'allée. »

Matthew se tapa trois fois la tête contre la table.

Joe apparut dans l'embrasure de la porte, s'essuyant la bouche avec une serviette en papier et tenant un grand verre d'eau à la main. « Je ne bois plus depuis le cinq janvier, il y a trois ans. Et j'ai pris le bus Greyhound depuis l'Aéroport national de Washington jusqu'à l'arrêt de Harrisonburg. Puis j'ai pris un taxi jusqu'à la maison d'hôtes.

— Ça fait trois ans que tu ne bois plus ? Félicitations, Joe.

— Merci. Je me sens bien. Je me sens en bonne santé. Je m'acclimate.

— Tu t'acclimates ? demanda Matthew.

— Je m'acclimate à la vie hors de prison. Je m'acclimate à la vie sans la bouteille.

— Nous trouvons que tu as bonne mine, oncle Joe. Nous sommes fiers de toi, vraiment, dit Samantha en souriant malicieusement. Mais un taxi depuis Harrisonburg ? Tu aurais dû nous appeler. Nous serions venus te chercher.

— J'ai pensé que c'était mieux comme ça. Avec l'enterrement et tout ce que vous devez faire en plus.

— Alors quand est-ce que tu es arrivé ?

— Je suis arrivé il y a une heure, peut-être une heure et demie.

— Encore un peu et tu aurais pu venir te recueillir devant les dépouilles de papa et maman.

L'enterrement a lieu demain, mais nous veillerons à ce que tu puisses te recueillir seul avant le début des funérailles. Ils étaient si beaux, tous les deux, si paisibles.

— J'aimerais bien, en effet. J'ai des choses à dire.

— Bien sûr. Et nous aimerions que tu viennes avec nous à l'enterrement, que tu t'assoies à nos côtés. » Elle donna un coup dans le tibia de Matthew sous la table.

« Oui, dit Matthew en poussant un petit cri. Nous aimerions vraiment que tu viennes avec nous.

— Nous irons à l'église dans la limousine des Guthrie, ajouta Samantha. Tu te souviens d'eux ?

— Oh oui, je me souviens des Guthrie. » Il but une dernière gorgée d'eau. « Excusez-moi, s'il vous plaît. » Il disparut de nouveau dans la cuisine.

« Essaie de faire un effort, Matt, dit Samantha en regardant Malcolm. Tu pourrais dire quelque chose, toi aussi, tu sais. »

Malcolm continua à lire.

« Je crois qu'il a des problèmes plus urgents que Joe », dit Matthew.

Malcolm poursuivit sa lecture.

Samantha et Matthew se mirent à farfouiller dans leurs tas, se souvenant où ils s'étaient arrêtés dans leurs tentatives de les classer par ordre chronologique.

« Je vois que vous avez trouvé les lettres de votre père, dit Joe en les rejoignant quelques minutes plus tard. Combien est-ce que vous en avez lu ?

— Tu étais au courant de l'existence de ces lettres ? », demanda Matthew.

Malcolm leva les yeux.

« Oh oui, dit Joe en tirant un fauteuil en bout de table et en s'asseyant. J'étais au courant. »

25

Pendant une heure, Joe raconta des anecdotes, de plus en plus à l'aise au fur et
à mesure qu'il relatait ses histoires. Plus d'une
fois, il prit le temps de se ressaisir après avoir été
submergé par l'émotion, mais, avant que Samantha
et Matthew ne puissent se replonger dans les
lettres, Joe se lançait dans un nouveau récit
concernant son frère et leurs aventures ensemble.
Malcolm, de son côté, écoutait de temps en temps,
puis débranchait à nouveau, continuant à brasser
des douzaines de lettres, cherchant des détails sur
la liaison de sa mère et sur les circonstances qui
avaient conduit Jack à pardonner.

Après la révélation que Laurel avait faite à
Jack et le départ soudain de Jack pour Chicago,
Malcolm eut l'impression que Jack avait
commencé intentionnellement à écrire des lettres
plus vagues et au langage plus codé.

Il n'était pas d'accord et il était certain qu'il n'aurait pas pu faire la même chose, mais il supposa que Jack avait voulu protéger l'honneur de sa mère. Il pensa, espéra peut-être, que Jack avait voulu protéger son propre honneur aussi.

Les lettres écrites les mois qui suivirent la révélation de Laurel étaient moins sentimentales et plus factuelles. Certaines lettres ne contenaient que le détail des repas que Jack avait pris dans la semaine. Malcolm se dit qu'il écrivait par obligation, parce qu'il avait fait une promesse.

« Jack tenait ses promesses », murmura-t-il à voix haute après avoir lu un mot particulièrement inintéressant écrit sur une fiche pliée en deux et rangé dans une enveloppe minuscule que les caissiers à la banque utilisaient pour mettre l'argent liquide demandé par les clients.

Malcolm ne trouva pas la moindre allusion à quelqu'un qui aurait pu être son père dans les lettres qu'il lut.

« Je crois que je ferais mieux d'aller dormir, dit enfin Joe après avoir raconté une troisième anecdote liée au baseball. Est-ce qu'il y a une place pour moi ici ?

— Bien sûr, répondit Samantha. Il y a plein de place même. L'une des chambres de l'étage est vide. En haut de l'escalier à droite, juste après la suite de papa et maman. Je t'aurais bien proposé leur chambre, mais Allyson l'occupe déjà. Ça te va ?

— Allyson est là ?

— Pas maintenant, mais elle ne va pas tarder à rentrer, j'en suis sûre. Elle discutait avec A & P. Elles se sont peut-être arrêtées chez elle. Tu les connais, toutes les deux. Maman a bien fait de les encourager à correspondre par lettres. »

Joe hocha la tête. « Alors, je la verrai peut-être demain matin. À demain.

— Tu trouveras des serviettes dans le placard du couloir, sur le rayon du haut. Tu as besoin d'autre chose ?

— Non, mais merci quand même. » Joe fit un signe de tête à chacun d'eux puis se dirigea vers la porte d'entrée pour récupérer son sac sur le porche.

« Laisse-moi t'aider. » Matthew le suivit et tint la porte ouverte pendant que Joe se penchait pour ramasser sa lourde valise.

« Écoute, Joe. Excuse-moi si je n'ai pas été très accueillant.

— Ne t'excuse pas, jeune homme. Je ne méritais pas mieux.

— Tu te trompes. Tu as changé de toute évidence. Je suis surpris, je pense, c'est tout. »

Joe sourit. « Pas plus surpris que moi, Matthew. C'est moi qui aurais dû partir, pas ton père. »

Matthew sortit sur le porche, ferma la porte derrière lui et laissa la porte grillagée suivre. « Et pourquoi ? »

Joe reposa la valise par terre et s'appuya contre la rampe à gauche de l'escalier. Matthew l'imita.

« Tu sais pourquoi je suis allé en prison la dernière fois ?

— Conduite en état d'ivresse ?

— Pire. » Joe baissa les yeux. « Le dernier verre que j'ai bu, en ce cinq janvier, il y a trois ans, était mon dernier verre parce que j'ai passé les deux années suivantes en prison.

— Pour avoir conduit en état d'ivresse ? demanda Matthew en haussant la voix.

— Pire que ça. J'ai renversé une petite fille, ce soir-là. » Il inspira. « J'ai failli la tuer.

— Mais elle n'est pas morte.

— Elle a survécu parce que Dieu l'a sauvée.

— C'est merveilleux alors, Joe. »

Joe tendit l'oreille au vrombissement de deux voitures qui passaient sur la route en bas de la longue allée. « Il m'a sauvé aussi. Dieu a dit à cette petite fille de me rendre visite. Elle est venue me voir tous les mois quand j'étais en prison. Elle m'envoyait des lettres aussi. Elle m'écrivait des lettres presque toutes les semaines. Elle m'a même fait des dessins.

— Elle t'a pardonné.

— Elle a pardonné.

— C'est surprenant, Joe. Vraiment.

— Pas surprenant. C'était un miracle. »

Matthew gratta la tête d'un clou apparent sur la rampe. « Je regrette que nous n'ayons rien su.

— J'ai choisi de ne pas en parler à beaucoup de gens. Ton père savait, et ta mère savait aussi, je pense, mais je voulais sortir de prison et être mis à l'épreuve avant que le monde ne s'attende à ce que j'échoue à nouveau.

— On dirait plutôt que tu as réussi. Tu es là, dit Matthew en posant la main sur l'épaule de Joe.

— Je crois que tu as raison, Matthew. » Il leva les yeux. « J'ai réussi parce que cette petite fille a pardonné. »

Les deux hommes restèrent plusieurs minutes à regarder l'allée qui menait à la route 11.

« Joe ?

— Oui ?

— Qu'est-ce que tu sais de ma mère ? »

Joe hésita, puis regarda autour de lui dans la nuit.

« Je connaissais bien ta mère, bien sûr. » Il hésita à nouveau. « Elle était merveilleuse. »

Matthew examina attentivement la silhouette de Joe avant de finir par demander : « Tu étais au courant à propos de sa liaison ? »

Joe n'eut pas le temps de répondre : la Lincoln d'A & P remonta l'allée, et les deux hommes furent baignés dans la lumière des phares. Allyson remercia deux fois A & P de l'avoir ramenée et lui fit signe tandis que la voiture s'engageait à nouveau sur l'allée en gravier.

« C'est Joseph Cooper ? demanda Allyson en gravissant lentement les marches du porche.

— En personne, répondit Matthew.

— Bonsoir, Allyson », dit Joe.

Avant de répondre, Allyson monta la dernière marche et serra très fort dans ses bras cet homme si mince. « Ton frère était tellement fier de toi. »

Pour la première fois de la soirée, Joe sentit des larmes couler sur ses joues.

« Merci, dit-il en pleurant.

— Tu as fait tellement de chemin.

— Merci.

— Tu m'as manqué.

— Toi aussi, tu m'as manqué. »

Elle posa ses lèvres près de son oreille droite. « Je suis fière de toi, parce que tu es venu et pour tout. » Elle desserra son étreinte et examina sa tenue. « Il est superbe, n'est-ce pas, Matthew ?

— Oui, vraiment.

— Mon pauvre », dit-elle en regardant Joe dans les yeux. Ils étaient humides, rouges et fatigués. « Tu as l'air épuisé. Nous parlerons demain matin. Tu dors ici ? »

Matthew porta la valise de Joe à l'étage, lui souhaita bonne nuit et le serra dans ses bras pour la première fois depuis qu'il avait atteint l'âge adulte. Lorsqu'il revint au rez-de-chaussée, Allyson s'était installée auprès de Samantha et Malcolm autour de la table de la salle à manger.

Samantha mit *Kind of Blue*, l'album de Miles Davis, le préféré de son père, sur le tourne-disque. Lorsque les dernières mesures de « So What » envahirent le premier étage de *Domus Jefferson*, Allyson tendit une lettre à Malcolm par-dessus la table.

« Lis ça », dit-elle.

29 mai 1957

Laurel,
J'ai dû aller à la gare aujourd'hui pour chercher Scott Keebler de Richmond (il travaille à l'Université de Richmond ; tu l'as rencontré l'année dernière).
Je ne peux pas aller à la gare sans penser au jour où je suis parti au repas de classe de Chicago.

Je te revois sur le quai. Je te revois en train de sourire et de me faire signe avec Matthew à tes côtés. Il me fait signe aussi. Mais il ne sourit pas. Je le vois lever les yeux vers toi, tandis que le train s'éloigne et que le quai disparaît. Bien sûr, je ne peux pas l'entendre, mais je crois qu'il te demande pourquoi je pars sans lui et quand je serai de retour.

Ce n'étaient que quatre jours. Pourquoi était-ce si important ? Pourquoi t'ai-je laissée toute seule ? Pourquoi ai-je accordé une telle importance à des hommes avec qui j'avais pratiqué un sport il y a tellement d'années tandis que nous nous soucions alors que du baseball et des filles.

POURQUOI T'AI-JE LAISSÉE TOUTE SEULE ?

De mes années de catéchisme, je ne me souviens que d'une leçon. Il était question de choix. T'ai-je déjà raconté l'histoire du train ? Franchement, je n'aimais pas le catéchisme. Les chaises étaient dures et j'avais un derrière peu rembourré. Il faisait toujours trop chaud dans la pièce, mais nous n'avions jamais la permission d'ouvrir les fenêtres. Ils disaient que le diable pourrait nous entendre par la fenêtre ouverte. Je crois que c'était parce qu'il y avait trop de brouillard.

*Je n'aimais donc pas trop le catéchisme. Pas
à cette époque. Je devais écouter des vieux
qui me racontaient des choses dont je n'avais
pas encore besoin. Pourtant, un dimanche,
le catéchiste – il s'appelait Robert Snow, il
était marrant, très intelligent aussi – nous a
fait une leçon sur les choix.*

*Quand j'y pense aujourd'hui, je me dis que
c'est grâce à lui que j'ai continué à aller au
catéchisme.*

*Il nous a parlé d'un train qui traversait le
pays en direction de l'ouest en passant par
Oklahoma City. Il devait transporter son
chargement de je ne sais quoi, j'ai oublié
depuis, jusqu'à San Diego. Mais, suite à une
erreur d'aiguillage, le train se retrouva dans
l'Oregon. Tout ça à cause d'un petit morceau
de rail et de la négligence de quelqu'un.*

*Un choix a priori insignifiant pouvait nous
emmener dans une direction à des kilomètres de l'endroit où nous voulions être. Je
ne sais pas pourquoi je me souviens de cette
histoire, je m'en souviens, c'est tout. Peut-
être que ce n'est pas vrai.*

*Je suppose que Robert Snow me manque et
peut-être aussi le catéchisme. Juste un peu.*

*Aujourd'hui, je pense à notre vie et au jour
où je t'ai laissée toute seule. Qu'y avait-il de*

si important ? Je suis allé à Chicago pour voir une bande d'anciens camarades de classe et les quelques joueurs de baseball qui n'étaient pas revenus de la guerre dans un cercueil. Et tu es restée avec Matthew. Tu es allée au travail. Pendant que moi, j'allais à des retrouvailles.

Un jour. Un choix. Un choix insignifiant, mais regarde comme tout a changé pour nous depuis.

Je suis désolé d'être parti. J'étais égoïste. Je suis désolé que tu sois restée. Je suis désolé de ne pas avoir été là. Je suis désolé pour toute la souffrance que nous avons tous endurée.

Au moins, tandis que mon choix nous a fait vivre l'enfer, ton choix nous a donné Malcolm.

Je crois que j'enverrai quelqu'un d'autre la prochaine fois qu'il faudra aller chercher un visiteur à la gare.

Je t'aime, Laurel. Vraiment.

Jack

✉

26

Malcolm replia soigneusement la lettre en suivant les plis existants et la rangea dans son enveloppe. Il observa le visage de la sœur de sa mère, assise de l'autre côté de la table. Si Allyson était plus petite, plus ronde et plus blonde que Laurel, ses yeux, son nez et sa bouche étaient d'une ressemblance saisissante avec ceux de sa sœur.

Allyson se leva et fit le tour de la table. Elle serra tendrement l'épaule de Samantha en passant devant elle. Elle s'arrêta devant le fauteuil vide à côté de Malcolm. Elle déposa un baiser sur sa tête et s'assit.

« Allyson ? », dit Malcolm.

Ses yeux répondirent *Oui, mon chéri ?*, mais ses lèvres ne dirent rien.

Malcolm remplit ses poumons, puis expira bruyamment. Il recula son fauteuil. Il se frotta les yeux. Il croisa les bras et gratta ses biceps sous les manches de son maillot.

Allyson demanda ce que tout le monde voulait savoir. « Que s'est-il passé pendant que Jack était à Chicago ? »

Samantha hocha la tête. Elle se leva et se dirigea vers le fauteuil vide le plus proche de Matthew.

Les deux étaient assis exactement l'un en face de l'autre. Seule la largeur de la table les séparait. Matthew prit les deux mains de sa sœur dans les siennes.

Malcolm regarda Allyson. « Oui. »

« Ce n'était pas du tout prévu comme ça, les enfants. » Elle hésita. « Il n'y avait peut-être rien de prévu. Je suppose que vos parents vous l'auraient dit un jour au crépuscule de leur vie. Je sais qu'ils en parlaient souvent entre eux, surtout depuis que votre père était malade. Je le reconnais, je me suis souvent interrogée sur cet instant. J'ai essayé d'imaginer ce qui se passerait. Mais, dans mon esprit, je ne me suis jamais vue participer à cette scène. J'imaginais toujours ma sœur et votre père assis à cette place. »

Elle tripota une pile de lettres. « C'est plus dur que je ne le pensais. » Elle tapota le coin des enveloppes, les disposa en cercle, puis les remit en ligne comme s'il s'agissait de cartes à jouer. « Ce n'était pas du tout prévu comme ça. La vie ne se préoccupe sans doute pas de ce qui est prévu. Votre père et votre mère n'essayaient pas d'avoir un autre enfant lorsque tu es arrivé, Malcolm. Ils faisaient même très attention. Ils voulaient attendre un an de plus. Votre père était surpris, mais *agréablement* surpris, bien sûr, lorsque Laurel lui a annoncé que tu étais en route. »

Les coins de la bouche d'Allyson se relevèrent légèrement. « Jack pensais que tu étais un accident. »

Elle regarda Samantha. « Ta mère t'aimait, Samantha, et toi aussi, Matt. » Allyson posa de nouveau ses yeux sur Malcolm. « Elle vous aimait tous tellement. Votre père voulait plus que tout que vous réussissiez dans la vie. Il était tellement fier de vous, de vous tous… Il y a une raison si vous avez vécu jusqu'ici sans savoir que ce moment arriverait un jour. Vous devez le savoir. Surtout toi, Malcolm. Tu dois savoir que rien de tout ça n'était important parce que tes parents t'aimaient et t'acceptaient exactement de la même façon qu'ils aimaient Matt et Sammie. Leur amour n'était pas différent, leur…

— Ally. » Malcolm posa la main sur l'avant-bras de sa tante.

« Ton père n'était pas obligé d'aller à Chicago. À vrai dire, il ne voulait même pas y aller, mais votre mère l'a convaincu que, s'il manquait ses retrouvailles, il le regretterait. Ce week-end lui permettrait de revoir quelques camarades de classe pour la première fois depuis le lycée. Il pourrait enfin savoir lesquels d'entre eux étaient encore en vie. Il avait eu le cœur brisé en apprenant le nombre de victimes de la guerre. Ça ne faisait que lui rappeler ce qu'il considérait comme son plus gros manquement… »

Elle regarda Matthew. « Tu étais chez la baby-sitter ce soir-là. Tu te souviens de madame Hatch ?

— Oui, dit-il en souriant. Maman parlait souvent d'elle.

— Madame Hatch s'occupait de toi un ou deux jours par semaine, je ne me souviens plus, trois peut-être. Elle habitait près de la Old Lynchburg Road, au sud de la ville. Elle s'occupait de toi pendant que ta mère travaillait à la pharmacie de l'hôpital. Madame Hatch avait une chienne toute chétive, un terrier, je crois. J'ai oublié le nom de la chienne, mais elle jappait après tout le monde comme si elle gardait la maison. Je doute que tu te souviennes de tout ça, mais madame Hatch était très gentille avec ta mère. C'était une vraie amie. Laurel et elle sont restées en contact après la naissance de Malcolm, lorsque ta mère a finalement arrêté de travailler. C'était vraiment une femme bien.

« Cet après-midi-là, le jour même où vous aviez accompagné tous les deux ton père à la gare, ta mère t'a emmené chez les Hatch, puis est partie travailler. Elle était d'équipe d'après-midi et de nuit, ce jour-là, et n'avait qu'une heure de pause entre les deux. Elle travaillait souvent ainsi parce qu'elle était mieux payée et que vos parents économisaient tout ce qu'ils pouvaient pour ce B & B.

« Parfois, votre mère restait à l'hôpital pendant cette heure de pause. Parfois, elle rentrait en vitesse à la maison pour manger et économiser un dollar. Ce soir-là, elle est rentrée à la maison pour manger des spaghettis. Elle les avait préparés pour le déjeuner et le dîner de votre père dans le train. Elle est allée dans la cuisine et a mangé rapidement. Votre mère ne savait pas s'arrêter, elle ne savait pas ce que c'était que de traîner, n'est-ce pas ? » Si c'était une question, personne n'y répondit.

« Lorsqu'elle a eu terminé, elle s'est allongée sur le canapé pour se reposer les yeux. Il était minuit. Votre père et elle, et bien sûr toi aussi Matthew, vous viviez tout près de l'hôpital. À quatre pâtés de maisons, peut-être cinq. Mais il y avait aussi, au coin de votre rue, le centre d'accueil de la ville pour les sans-abri. Ça inquiétait votre père. Mais Laurel disait qu'il était ridicule de se faire du souci. Les hommes étaient toujours si polis dans la rue, et votre mère leur apportait du pain quand elle le pouvait. Elle faisait un si bon pain.

« Cette nuit-là, votre mère s'est endormie, en toute quiétude… Elle s'est endormie sur le canapé dans la première pièce de cet appartement minuscule.

« Laurel avait enlevé son manteau et l'avait mis sur elle comme une couverture. Vous saviez que votre mère n'était même pas pharmacienne ? Bien sûr que vous le saviez. Mais saviez-vous qu'ils demandaient à tout le monde, même aux aides et aux caissières, de porter ces longs manteaux blancs ? Comme ça, tout le monde avait l'air propre, pur. »

Allyson regarda Malcolm et secoua la tête, les épaules tremblantes. « Quelques minutes après s'être endormie… »

La respiration et le rythme d'Allyson s'accélérèrent. « … personne ne sait exactement combien de temps ça a duré… elle s'est réveillée avec un homme sur elle. Ses yeux étaient injectés de sang, et comme fous. Il l'a plaquée contre le canapé. Il a arraché son chemisier. Il l'a touchée. » Elle regarda Samantha, qui avait la bouche grande ouverte, les yeux remplis de larmes. « Il l'a pénétrée de force, dit calmement Allyson.

— Non, murmura Malcolm.

— Oui, votre mère a été violée. »

27

Violée, pensa Malcolm. Il imagina sa mère en train de se débattre seule dans un appartement mal éclairé. Une lutte qui s'était peut-être poursuivie par terre juste avant qu'elle ne se termine par l'horrible soupir de plaisir de l'intrus.

Malcolm se leva précipitamment de son fauteuil et se précipita dans la salle de bains du rez-de-chaussée. Matthew fit le tour de la table pour rejoindre sa sœur qu'il prit dans ses bras. Elle sanglotait et tremblait comme si, elle aussi, avait été abusée. Elle essaya de parler, de poser des questions, mais ses mots étaient étouffés par le chagrin et les sanglots. Samantha n'avait jamais pleuré aussi profondément, avec des sanglots qui prenaient naissance dans son ventre et qui faisaient vibrer sa tête, pas même lorsqu'elle avait appris la mort de ses parents.

Allyson pleura aussi, mais plus doucement et pas uniquement pour sa sœur. Elle pleura pour Malcolm. Quelques minutes plus tard, ils entendirent la chasse d'eau puis la porte de derrière qui claquait.

« J'y vais, dit Matthew.

— Non, dit Allyson en se levant. C'est moi. » Elle quitta la pièce et trouva Malcolm en train de se balancer dans l'obscurité de la cour derrière la maison.

« Je suis stupéfait, dit Matthew à sa sœur. Je suis… stupéfait. Maman a été violée et on n'en a jamais rien su. Je suis tout simplement stupéfait. » Il alla se chercher un verre d'eau dans la cuisine. Lorsqu'il revint, Samantha était absorbée dans une lettre. « Nous devrions attendre.

— Attendre ?

— Malcolm, Allyson.

— Maman a été violée. Par qui ? Pourquoi ? Devons-nous en déduire qu'elle a gardé l'enfant ? Et que *Malcolm* est cet enfant ?

— Attendons. » Matthew retourna à la cuisine. Cette fois, il remplit deux petites tasses de lait.

Samantha le suivit et le regarda faire depuis l'embrasure de la porte.

« Comment est-ce que tu as pu ne jamais savoir ?

— Pour maman ?

— Oui.

— J'étais petit, Sam. Je me souviens à peine de cet appartement. Je me souviens à peine de la nourrice.

— Mais maman a été violée. *Violée !* Il a dû y avoir une arrestation, une déposition, un procès. Tu n'as jamais entendu parler de tout ça ? Ça paraît…

— Ça paraît *quoi*, Samantha ? Tu crois que j'étais au courant et que je n'ai rien dit ? Papa ne s'est douté de rien jusqu'à ce que Malcolm ait quoi – un an ? »

Samantha se laissa tomber contre le montant de la porte. « Pourquoi est-ce que maman ne lui a rien dit ? Pourquoi est-ce qu'elle a surmonté cette épreuve toute seule ? Comment est-ce qu'on peut cacher quelque chose comme ça ? Comment ?

— Papa devait lui-même avoir des soucis. Maman pensait sûrement qu'elle le protégeait.

— Alors, elle a gardé tout ça pour elle ?

— Elle avait Allyson, je pense.

— Je pense aussi. »

Vingt minutes plus tard, Malcolm et Allyson entrèrent par la porte de la cuisine et reprirent leur place autour de la table de la salle à manger. Samantha était au téléphone, elle parlait tranquillement dans la cuisine. Matthew était dans la salle de bains du haut.

Malcolm regarda Allyson parcourir rapidement les lettres jusqu'à ce qu'elle en trouve une datée de mars 1959.

« Comment est-ce que j'ai su où regarder ? » lui demanda-t-elle. Il hocha la tête. « Nous devrions peut-être attendre les autres ? » Il hocha de nouveau la tête.

Lorsque les autres revinrent s'installer autour de la table, Allyson demanda : « Vous voulez que je lise ? »

Malcolm hocha encore une fois la tête.

4 mars 1959

Chère Laurel,
Je ne sais pas comment l'expliquer, mais je suis vraiment désolé d'y être allé cet après-midi. Quand vais-je enfin apprendre à écouter tes conseils ?
La salle d'audience était presque vide. Il y avait trois personnes de la prison, dont Warden Brandenburg, le conseiller juridique de la ville et la commission. Il y avait aussi son avocate désignée par le tribunal. Elle m'a adressé un sourire, un demi-sourire, qui m'invitait à venir lui serrer la main, si je

voulais, mais seulement si je voulais. Je ne l'ai pas fait.

Ils m'ont fait parler en premier, je m'y suis opposé, mais ça n'a pas d'importance. Je leur ai dit mot pour mot ce que je te dis depuis trois ans. Que trois ans, ce n'est tout simplement pas assez long. Comment être sûr qu'il nous laissera tranquille, qu'il ne boira plus, qu'il sera différent du jour où il s'est introduit chez nous. C'est impossible.

Les autres témoins ont parlé de sa rédemption, des progrès qu'il avait accomplis, mais je ne veux rien croire de tout cela. Je ne veux pas pardonner. Je veux qu'il boive ce soir, qu'il commette une erreur, je veux qu'il quitte l'État, qu'il soit arrêté et envoyé au loin pour trouble à l'ordre public. Je ne veux pas qu'il fasse de mal à quelqu'un d'autre, je veux juste qu'il se fasse du mal à lui-même.

Je veux qu'il retourne en prison jusqu'à ce que toi et moi ayons quitté cette terre.

Son avocate a dit qu'il méritait une deuxième chance. Elle a parlé de ses visites au parloir et de son journal. Il apprend des textes sacrés par cœur et elle a dit qu'il méritait d'avoir une chance de trouver Dieu. D'aider les autres. D'être de nouveau un homme.

Je regrette d'avoir parlé en premier.

Je ne peux pas nier ni devant toi ni devant Dieu ce que j'ai vu. Ce n'était pas un homme différent, mais il est très certainement en train de changer. Lorsqu'ils lui ont demandé s'il pensait qu'il devait être relâché, il a répondu qu'il savait qu'il n'était pas parfait, qu'il ne le serait jamais et qu'il ferait de nouveau des erreurs. Mais il a dit qu'il accepterait leur décision et qu'il vivrait avec. Il a pleuré quand il a dit qu'il était certain qu'aussi bien en prison qu'en liberté il passerait chaque heure de ses journées à payer et à se repentir pour cet acte impardonnable.

Puis, il a dit quelque chose qui m'a surpris. Il a dit que plus jamais il ne commettrait une faute susceptible de blesser quelqu'un d'autre. Sa sincérité semblait incontestable. Ça venait du fond du cœur, c'est du moins l'impression que j'ai eue.

Laurel, je veux le haïr, pour toi. Ça paraît naturel, juste et justifié. Je veux le voir souffrir, recroquevillé sur le sol, pleurer et crier à l'aide. Je veux que personne ne vienne à son secours. Je veux qu'il reste là pour toujours.

Mais à cet instant précis, dans la salle, j'ai vu les yeux d'un homme qui n'avait plus touché depuis longtemps ni à la drogue ni à l'alcool. Tout ce que j'ai ressenti lorsqu'ils l'ont placé en liberté conditionnelle, c'est de la pitié et des remords. Il fait des efforts. Toi aussi. Moi non.
Que Dieu me pardonne.

Jack

28

« J'ai honte, Malcolm. J'ai supplié ta mère de ne pas garder l'enfant. De ne pas *te* garder. » Allyson tourna son fauteuil vers Malcolm et posa ses mains sur ses genoux. « Je lui ai dit que c'était une erreur de garder l'enfant et que tout le monde comprendrait si elle interrompait sa grossesse.

— Ally...

— Non, Sam, il en a besoin. » Elle plongea son regard dans les yeux fatigués de Malcolm. « Personne, je dis bien personne, ne l'aurait condamnée si elle avait interrompu cette grossesse. Elle n'avait pas choisi de tomber enceinte et même la plupart des pasteurs l'auraient soutenue si elle avait fait le choix de ne pas garder l'enfant.

— Et papa ? demanda Matthew. Comment est-ce qu'elle a pu lui mentir. Elle ne l'a pas trahi en refusant de lui dire la vérité ? »

Malcolm observait son frère tandis qu'il parlait.

« Votre mère avait peur. Elle avait peur que, si elle disait ce qui s'était passé à votre père, il ne se sente coupable, en colère. Elle redoutait qu'il ne puisse plus jamais se défaire de ces sentiments, dit Allyson.

— C'est pourtant ce qu'il a ressenti, de toute façon, dit Matthew. Lis ces lettres. Il se sentait lourd, il se sentait mort.

— Sans doute, mon chéri. Mais ta mère tenait absolument à garder l'enfant. Elle n'a jamais pensé sérieusement à une alternative. » Elle se retourna vers Malcolm. « Elle croyait que c'était Dieu qui t'avait envoyé, dit Allyson. Qu'il t'avait envoyé, *toi*, Malcolm, sur la terre. Tu étais une vie. Tu étais une âme. Elle n'allait pas mettre fin à tout ça. Elle n'allait pas… Elle n'allait tout simplement pas interrompre sa grossesse. Elle pensait que ce n'était pas à elle de faire ce choix. Une fois conçu, tu étais un être vivant. Point. »

De l'autre côté de la table, Samantha perdit son regard dans la vitre du dressoir où elle voyait son reflet. Elle voyait son père réprimander son ex-mari, Will, dans la salle de séjour de leur ancien appartement.

Elle entendait son père l'admonester à grand bruit après la première des deux liaisons de Will. La deuxième avait eu raison de leur mariage.

Samantha se leva. « Vous savez quoi ? S'il avait su, papa aurait tué cet homme. » Elle fit quelques pas et vint se mettre derrière Malcolm.

Elle posa les mains sur ses épaules et caressa doucement sa nuque. « Papa aurait tué cet homme et, après, il serait allé en prison. Et maman… maman aurait pu perdre l'enfant. Elle aurait pu *te* perdre.

— Bien dit, Sam. » Allyson regarda Malcolm. « Et elle a raison. Laurel connaissait votre père. Vous le connaissiez tous. Il avait cet instinct de protéger sa famille, même moi. Si Laurel gardait l'enfant, elle allait pardonner à l'homme qui lui avait pris sa dignité. Et si *elle* le pouvait, votre *père* le pouvait. Lorsqu'elle a dit la vérité à Jack, Malcolm était déjà un Cooper. Et croyez-moi, les enfants, crois-moi, Malcolm, elle a essayé de le dire plus tôt à Jack. Elle se débattait avec son secret. Elle aurait voulu lui dire tant de fois avant le soir où elle y est finalement parvenue. Et c'était bel et bien le soir où tu as fait tes premiers pas, Malcolm, comme ton père l'a écrit. Elle attendait un signal, quelque chose. Ce sont tes premiers petits pas qui l'ont encouragée à se débarrasser du fardeau qui pesait sur ses épaules. Je suppose qu'elle allait dans l'inconnu, tout comme toi. » Allyson observa l'expression de Malcolm. « Il était temps que Jack sache.

— Jack Cooper était ton père, dit Samantha en passant ses bras autour du cou de Malcolm. Exactement de la même façon qu'il était mon père ou celui de Matt. Il a travaillé toute sa vie pour toi. Il s'est sacrifié pour toi. Il est dans ton sang.

— Malcolm ? » Allyson tendit la main pour prendre les siennes. « Ça va ? »

Malcolm n'avait pas quitté son frère des yeux. Il repensait à toutes les fois où Matthew était parti camper avec son père, toutes les virées en voiture qu'il avait faites avec lui, tous les week-ends où il était retourné à Charlottesville ; il revoyait son frère dans le rôle d'aîné qu'il affectionnait tant.

« Mal, ça va, frangin ?

— Tu étais au courant.

— De quoi ? » Matthew eut un mouvement de recul tant il était choqué.

« *De tout.*

— Malcolm, tu te trompes, j'avais…

— *Tu savais* ! » Malcolm se leva brusquement, renversant son siège et repoussant Samantha et Allyson. Il fit le tour de la table et s'approcha de son frère. « Lève-toi, espèce de menteur !

— Malcolm, calme-toi…

— Tu *savais* que ce n'était pas pareil ! » Il tira sur la chemise de son frère jusqu'à ce qu'il se lève de son fauteuil et le secoua. « Tu *savais* que Maman avait été violée ! Tu *savais* que c'était différent ! »

Allyson et Samantha traversèrent la pièce pour rejoindre Malcolm.

« Non, mon chéri, dit Allyson. Il ne savait pas. Je le savais. Ta mère le savait. La police le savait. C'est tout.

— Non ! » Il poussa son frère encore plus violemment, puis lâcha sa chemise, et Matthew tomba par terre. « Tu étais l'aîné. Vous étiez toujours ensemble. Tu faisais tous ces sports et il t'emmenait toujours avec lui parce que tu savais.

— Je…

— *Tu ne m'en as rien dit parce que ça faisait de toi quelqu'un de spécial* ! » Les cris de Malcolm retentirent dans toute la maison.

« Malcolm… »

Malcolm balaya la table avec son bras dans un grand demi-cercle et envoya des piles de lettres dans les airs. Elles s'éparpillèrent dans la pièce.

« S'il te plaît, Malcolm, dit Matthew en se levant et en tendant les bras. « Je l'ai appris en même temps que toi, il faut que tu me croies. »

Malcolm attrapa les bras tendus de Matthew et frappa les poignets de son frère avec ses poings.

Une minute ou presque s'écoula avant que Malcolm ne reprenne son souffle. Il scruta le visage de son frère. « Tu as menti.

— Non.

— Tu m'as menti. »

Malcolm tourna les talons pour quitter la pièce et vit Joe dans l'embrasure de la porte.

« Vous avez *tous* menti », dit-il. Il poussa Joe pour passer.

Quelques instants plus tard, ils entendirent le moteur du pick-up Chevy de Jack. Les pneus crissèrent dans l'allée, en direction de la route 11, et le bruit s'estompa dans la nuit en direction du nord.

Samantha et Allyson étaient serrées l'une contre l'autre. Samantha pleurait sur l'épaule de sa tante.

Joe resta silencieux un moment, puis il quitta la pièce sans faire de bruit et retourna dans sa chambre.

Matthew s'agenouilla et commença à rassembler, les mains tremblantes, les lettres ouvertes et les enveloppes éparpillées sous la table et les chaises.

29

Malcolm roulait. Il roula en direction du nord devant Woody's dans la rue principale. Il passa devant le musée, le cinéma, les banques, Ben Franklin, et devant toutes les institutions importantes de Woodstock qui l'avaient salué un jour plus tôt.

Au dernier carrefour de la ville, il fit demi-tour et prit la direction du sud. Il se gara dans la rue devant la maison de Rain.

Les stores étaient baissés et il l'imagina en train de dormir paisiblement, seule, sans inquiétude et confortablement installée.

Elle était peut-être même allongée sur le divan où elle s'assoupissait souvent, un livre ouvert sur sa poitrine. Il pensa à sa mère. Il envisagea de dire au revoir.

Vingt-cinq minutes plus tard, Malcolm démarrait de nouveau. Il regarda les fenêtres de la maison de Rain dans le rétroviseur arrière. Aucune lumière n'était apparue.

Malcolm s'arrêta à la station-service à l'angle de la route 11 et de Reservoir Road. Il fit le plein et traversa de nouveau la ville en direction de Woodstock Tower. Il arrêta sa voiture sur le bord du chemin en gravier et sortit une lampe torche Maglite de la boîte à gants, ainsi qu'une couverture en laine d'une boîte en carton coincée sous le siège passager.

Malcolm gravit le petit sentier. Seul le bruit de ses chaussures sur le chemin non goudronné, maintes fois emprunté, venait rompre le silence. Il monta les escaliers de la tour et s'assit dans l'obscurité. Il gratta la peinture sur la rampe inférieure, arracha des écailles et les envoya dans l'air de la nuit. Il les suivit des yeux avec sa lampe torche tandis qu'elles tombaient sur le sol comme des flocons de neige. Au bout d'un moment, il s'allongea sur le dos et regarda le ciel à l'ouest jusqu'à ce que les étoiles fusionnent et ne forment plus qu'une lumière brillante.

Il revit les fêtes d'anniversaire, année après année, jusqu'à l'enfance. Il ne se souvenait alors que d'une table en plastique pour les enfants.

Il était installé à cette table et mangeait du gâteau tandis que Matthew jouait à chat perché avec les petits voisins.

Jack regardait depuis le porche.
Sa mère dansait.

« Malcolm ? Réveille-toi, Malcolm ».
Quelqu'un secouait son épaule.
« Rain ?

— Allez, assieds-toi. » Il se redressa et Rain s'assit à côté de lui, glissant vers lui jusqu'à ce que leurs jambes se touchent. Elle tira sur la couverture et la tendit sur leurs dos, tirant sur les bords pour se couvrir le plus possible.

« Comment est-ce que tu as su que j'étais ici.

— Samantha.

— Comment est-ce qu'elle a su ?

— C'est ta sœur. »

Malcolm hocha la tête. « Elle t'a appelée.

— Elle a attendu, je crois qu'ils ont tous attendu que tu rentres. Mais comme tu ne revenais pas, elle m'a appelée. Elle a pensé que je serais la seule personne que tu accepterais de voir. »

Malcolm prit sa lampe torche et regarda les écailles de peinture tomber au sol. « Pourquoi est-ce que tu es là ? finit-il par demander.

— C'est une question ? »

Malcolm fit signe que oui.

« Je suis venue pour te sauver.

— De quoi ?

— De toi-même.

— Comment ?

— Tu es un type émotif, dit-elle en le poussant du coude. Je ne voulais pas que tu fasses de bêtises.

— Comme quoi ? Me jeter du haut d'une tour de guet dans l'espoir de trouver la mort ? Je pourrais m'estimer heureux si je me cassais une jambe de cette hauteur. »

Elle sourit. « Non, je n'ai jamais cru que c'était ton genre de te jeter du haut d'une tour ou d'un pont. Je te vois plutôt disparaître d'une autre façon. »

Elle le regarda pensivement et dit : « Peut-être dans l'incendie d'un bateau.

— L'incendie d'un bateau ? »

Rain se mit à rire. « C'est tout ce que j'ai pu trouver. »

Malcolm fit une petite moue, puis il souffla avec force sur un tas d'écailles de peinture dans la paume de sa main.

« Ta sœur m'a dit que tu avais quelque chose à me dire. »

Malcolm continua à enlever la peinture sans la regarder.

« Elle ne t'a rien dit.

— Une question ?

— Elle ne t'a rien dit ?

— Non. »

Malcolm lui raconta toute l'histoire, d'un ton calme, ce qui laissait à penser que la fin n'avait plus d'importance. Il répéta presque mot pour mot ce qu'Allyson avait dit, mais plus tard, lorsque Rain tenta de se rappeler cet instant, elle n'entendit que les bribes qui faisaient le plus mal.

« J'ai cru qu'elle l'avait trompé... Jack est resté... Les lettres... Le canapé... Maman a été violée... Papa est resté... Le sentiment de culpabilité... Je ne veux pas savoir qui... J'ai maudit Matthew... Elle était seule... Elle était seule avec ce secret pendant tout ce temps... Papa est resté... A pardonné... Maman était courageuse... Décisions... Victimes... »

Rain serra Malcolm dans ses bras. Elle pleura sur son épaule, ses larmes tombaient sur la couverture et formaient de petits cercles gris. « Je suis tellement désolée, murmura-t-elle. Tellement désolée. »

Le temps passa et le soleil se leva sur la vallée.

« Tu te souviens du jour où nous avions tous séché les cours à la fin de notre année de terminale ? demanda soudain Rain.

— Bien sûr, je n'étais pas censé être là.

— J'avais été convaincante.

— Oui, oui, en effet. » Elle sourit.

« Combien est-ce que nous étions ? Une

douzaine ? Nous avions grimpé le Humpback Rock et nous avions regardé le soleil se lever.

— Ouais.

— Tu avais porté Marge Graves sur le sentier parce qu'elle avait la cheville enflée. Tu te souviens ? Tu l'avais portée pendant au moins trois kilomètres !

— Non, pas sur une telle distance.

— *Au moins* sur une telle distance.

— Peut-être.

— Tu sais ce qu'il y a de plus drôle dans l'histoire. Elle m'a dit qu'elle pensait que je l'avais détestée pour le restant de l'année.

— Pourquoi ?

— Parce que tu l'avais portée, parce que tu avais pris soin d'elle.

— C'est ridicule.

— Elle était mignonne. Intelligente. Je crois que je ne lui ai plus parlé après ça… » Rain souffla dans ses mains. « Il faut que tu saches », dit-elle calmement. Elle n'eut pas besoin de le regarder : Malcolm secoua la tête. « Oui, il faut que tu saches. Cet homme vit peut-être ici. C'est peut-être quelqu'un qui connaissait ta mère ou ton père.

— Pourquoi est-ce qu'il vivrait ici ? Non. C'était un sans-abri ivre et stupide. Il est sûrement mort à présent. Espérons-le. »

Rain frotta ses mains l'une contre l'autre. « Ça se rafraîchit toujours à l'aube. Pourquoi ? »

Malcolm ne répondit pas.

« Nathan pourra peut-être t'aider ou ta sœur. Sam pourrait sûrement retrouver son casier judiciaire. Découvrir ce qu'il est devenu.

— Non. »

Ils s'assirent de nouveau dans l'aube tranquille. La brume qui enveloppait la vallée se leva doucement, laissant les arbres baigner dans la lumière du matin.

« Tu te souviens de la première fois que nous sommes sortis ensemble ? demanda Rain tout en connaissant déjà la réponse.

— Bien sûr.

— Un film au cinéma et un pique-nique à la tour. Mon héros. »

Malcolm revit la scène.

« Tu avais mis une lanterne là-haut et je m'étais dit que c'était dangereux, tu te souviens ? »

Il fit signe que oui.

« Tu avais aussi une couverture. »

Malcolm sourit.

« Tu étais gentille avec moi. »

Malcolm la regarda dans les yeux pour la première fois de toute la nuit. Il approcha son visage du sien. Rain laissa rapidement tomber le bord de la couverture et se leva en étirant les bras dans l'air du matin. Elle frissonna. « On ferait mieux d'y aller. » Rain descendit les escaliers prudemment.

Malcolm plia la couverture, mit la lampe torche dans sa poche et la suivit dans les escaliers de la tour et sur le sentier qui menait à la piste et à leurs voitures.

« Tu devrais au moins y réfléchir, dit Rain tandis qu'elle ouvrait la portière de sa voiture.

— À quoi ?

— Il a peut-être changé, comme ton père a dit. » Rain baissa légèrement la tête. « Les hommes changent, Mal.

— Pas tous. »

Rain s'assit sur le siège conducteur et mit le contact. « Est-ce que j'ai une chance de te voir, ce matin à l'église ? demanda-t-elle avec un sourire.

— Je ne crois pas, non, répondit Malcolm en jetant la couverture sur la banquette du camion.

— J'ai compris, dit-elle. Mais tu seras là ce soir ?

— C'est une question ?

— Pas vraiment. » Elle sortit de la voiture et le serra dans ses bras. « Tu vas y arriver, Mal. »

Il prit une profonde inspiration. « Tu crois ? » Son parfum était magique même après qu'elle avait passé la moitié de la nuit en haut de la tour.

« Oui.

— Peut-être. Mais sans toi, ça va être beaucoup plus dur.

— Mais je suis avec toi.

— Non, tu es avec *Nathan*. »

Rain laissa retomber ses bras. « J'ai fait une promesse, Malcolm. Je lui ai fait une promesse.

— Je sais. » Malcolm ouvrit la portière du pick-up et se glissa à l'intérieur. « Je sais.

— Mais que ça te plaise ou non, dit Rain en faisant un clin d'œil, je suis toujours là pour toi, et je suis là pour te donner ce dont tu as le plus besoin.

— Je sais », dit Malcolm en fermant la portière. Il fit semblant de sourire, lui fit signe avec la main droite et mit le contact. Il admirait, mais n'arrivait pas à accepter le sens de l'honneur de Rain.

30

Samantha et Matthew étaient en train de prendre le petit-déjeuner lorsque Malcolm arriva à *Domus Jefferson*.

« Te revoilà, dit Samantha tandis qu'il entrait dans la maison. Bienvenue.

— Merci.

— Tu te sens mieux ? demanda Matthew.

— Un peu.

— Tu as faim ?

— Je meurs de faim. J'ai l'impression de ne pas avoir mangé depuis des jours.

— Mais ça fait vraiment plusieurs jours que tu n'as rien mangé », dit sa sœur en le conduisant vers un fauteuil. Elle posa une assiette devant lui et un verre de jus d'orange bien plein. « Je suppose que tu ne viens pas ce matin.

— Non, je suis vraiment…

— Ne t'inquiète pas. On a bien pensé que tu

ne viendrais pas. On dira aux gens que tu avais vraiment besoin de dormir. Le décalage horaire, un truc dans le genre.

— D'ailleurs, c'est vrai. Tu as vraiment besoin de dormir, ajouta Matthew. Je suis moi-même impatient de faire une petite sieste cet après-midi avant l'enterrement. Une heure ou deux. »

Samantha posa des œufs brouillés chauds et une tranche de jambon de Virginie sur l'assiette de Malcolm.

« Euh… je suis désolé pour hier soir. Je ne sais vraiment pas quoi dire d'autre.

— Désolé, ça suffit. »

Samantha se pencha et embrassa son frère sur la joue. « Ne t'en fais pas. Tu as fait ce que nous aurions tous fait à ta place. Ce que *n'importe qui d'autre* aurait fait. »

Malcolm regarda son frère d'un air hésitant par-dessus la table de la cuisine.

Matthew lui sourit à son tour. « Écoute ta sœur, dit-il en se levant et en poussant sa chaise sous la table. Ne t'en fais pas.

— J'avais juste besoin de…

— Tu avais besoin de le faire, d'exploser, de perdre la tête. On l'a vu venir, mon vieux. Laisse tomber. » Matthew prit sa veste de costume sur le dossier de la chaise. « Je vais me laver les dents. On se retrouve dans cinq minutes, Sam ?

— D'accord, dans cinq minutes. » Matthew monta l'escalier en courant, et Samantha prit un petit flacon de pilules sur l'étagère supérieure du buffet de la cuisine. « Tiens. » Elle posa deux pilules blanches à côté de l'assiette de Malcolm. « Prends ça quand tu auras fini.

— Qu'est-ce que c'est ?

— Des somnifères.

— Ceux de maman ?

— Non, de papa. Il en avait besoin parfois. En particulier vers la fin.

— Merci. »

Samantha l'embrassa de nouveau et mit le flacon dans son sac. « Dors. Ally est déjà partie à l'église avec A & P. Joe a appelé le pasteur Braithwaite pour qu'il vienne le chercher et l'emmène à Mount Jackson. La maison va être tranquille. Dors aussi longtemps que tu peux et on parlera cet après-midi avant l'enterrement.

— Merci, Sam, c'est ce que je vais faire.

— Tu me le promets ?

— Je te le promets.

— Et, Mal… pas de lettres. Dors.

— Comme si j'avais encore de l'énergie pour autre chose. » Il lui adressa un sourire las, même épuisé, et entreprit de verser de la sauce Tabasco sur ses œufs.

Quelques minutes plus tard, Matthew et Samantha lui dirent au revoir depuis la porte d'entrée et partirent pour l'office et le brunch.

Trois minutes plus tard, une voiture s'arrêta dans l'allée, et Malcolm entendit des pas sur le chemin en graviers menant à la porte latérale qui s'ouvrait directement sur la grande cuisine.

Les pieds gravirent lourdement les marches devant la porte.

« Entrez », dit Malcolm en réponse aux trois coups saccadés contre la porte. Elle s'ouvrit doucement.

« Salut, Malcolm.

— Nathan.

— Tu n'es pas à l'église, fit remarquer Nathan.

— Je me suis dit la même chose pour toi », répondit Malcolm.

Nathan l'ignora et jeta un petit sac sur la table près de l'assiette de Malcolm avant de s'asseoir. « Tu vas te tuer l'estomac avec ce machin, dit Nathan en lisant l'étiquette sur la bouteille de Tabasco.

— Ça m'étonnerait. » Malcolm lui prit la bouteille des mains et versa une bonne portion de sauce sur les derniers bouts d'œufs qui restaient dans son assiette.

« J'ai appris que tu visitais les sites historiques de la ville en souvenir du bon vieux temps, dit Nathan en se servant un verre de jus d'orange.

— Pardon ?

— La tour. »

Malcolm mangea un bout de jambon.

« Ce n'est pas exactement ce qui était prévu. Nous avions conclu un accord avec ton frère et ta sœur. Il n'était pas du tout question que tu t'échappes et que tu te promènes n'importe où.

— La tour n'est qu'à six kilomètres.

— Ça ne fait rien, tu ne t'es pas bien comporté. Le marché, c'était que tu restes toujours avec Sam et Matt et que tu ne quittes pas la maison à part lorsque c'est *absolument* nécessaire.

— Tu as oublié de dire qu'il ne fallait pas que je m'approche de ta petite amie.

— Ma fiancée. Et je n'ai pas oublié. J'allais y venir.

— Ta fiancée ? J'ai entendu dire que c'était prévu, puis non, et je crois qu'en ce moment ce n'est plus à l'ordre du jour.

— Tu es mal informé, Malcolm Cooper, le fugitif, le fuyard, le criminel… Et en tout cas, ça ne te regarde pas, que je sache.

— Si, ça me regarde parce que tu m'as menti cette nuit-là.

— Vraiment ? » demanda Nathan en faisant tourner la salière.

— Vous n'étiez pas fiancés. Rain ne t'avait pas encore dit oui. »

Nathan fit de nouveau tourner la salière. « Tu sais que je l'aime.

— Ça se voit, dit Malcolm en levant les yeux au ciel.

— Nous ne sommes pas si différents que ça, toi et moi, Malcolm. Nous sommes tous deux des hommes forts, nous avons l'esprit de compétition et nous excellons dans l'art de décevoir nos pères. Nous menons une vie différente, nous avons des projets différents, mais nous avons le même caractère, n'est-ce pas ? » Il fit tourner la salière encore un peu plus vite. « Je ne t'ai pas forcé à battre cet homme jusqu'au sang ni à me donner un coup de poing.

— *Deux.*

— C'est ça, dit-il d'une voix traînante. Je ne t'ai pas forcé non plus à prendre ce billet d'avion. »

Malcolm noya le reste de son jambon sous la sauce piquante. Une fois la bouteille vide, il la lança dans la poubelle.

« Je n'avais aucune raison de rester.

— C'était vrai à l'époque, c'est encore plus vrai aujourd'hui. »

Malcolm mordit dans son morceau de jambon. « Pourquoi est-ce que tu es venu ?

— Pour négocier.

— Je ne suis pas intéressé. Et je croyais que nous étions censés parler lundi ? Je veux que Matt et Sammie soient là. C'était *ça* le marché.

— C'est gentil de ta part de penser à eux, mais nous n'avons pas besoin d'eux pour ça. » Nathan fit glisser le sac noir en nylon sur la table jusqu'au coude de Malcolm.

Malcolm le regarda.

« Vas-y, jette un œil !

— Je sais déjà ce qu'il y a dedans.

— Je n'ai eu que deux ans de tranquillité avec ce billet d'avion.

— Il faut voir ça avec mes parents.

— Non, non, je ne me plains pas. Crois-moi si tu veux, mais j'appréciais tes parents. C'étaient des gens bien. » Nathan tendit le bras et ouvrit la fermeture éclair du sac. Il renversa d'épaisses liasses de billets de vingt dollars en tas sur la table.

« Combien de temps est-ce que je serai tranquille avec vingt-cinq mille dollars ?

— *Vingt-cinq mille dollars* ?

— C'est ça, tu as bien compris.

— Tu as vraiment l'intention de me payer vingt-cinq mille dollars pour que je m'en aille ? »

Nathan avait déjà surpris Malcolm plus d'une fois, mais la somme était colossale et lui donnait le vertige.

Nathan sourit et s'éventa avec une liasse de billets tout neufs.

« Alors comment ça se passe exactement ? Je retourne au Brésil ou dans n'importe quel pays et je te promets de rester en dehors de ta vie ?

— Cinq ans minimum. À ce stade, Rain et moi aurons un enfant, peut-être deux, et je serai à Richmond, peut-être membre du sénat de l'État, certainement délégué. Et alors, tu pourras faire ce que tu veux de ta vie. Tu ne seras plus qu'un tout petit problème pour moi, tu n'en seras peut-être plus un du tout. »

Malcolm se vit retourner en Amazonie, apporter des cartons de livres pour les enfants, des médicaments, des filtres à eau. Il vit la couverture de son livre inachevé.

« Alors, comme ça, je peux garder l'argent, m'enfuir et vivre sans avoir à supporter ton souffle de lèche-bottes sur ma nuque. » Il leva la tête. « À moins que je n'explique à ton supérieur, à ma sœur, à la coiffeuse de ma mère, comment tu as comploté et comment tu as essayé de me corrompre plusieurs fois. Comme ça, Rain pourra épouser celui qui sortira de prison en premier.

— Ça n'arrivera pas.

— Et pourquoi ?

— Parce que tu ne veux surtout pas lui faire du mal.

— J'y réfléchirai, répondit Malcolm tout en sachant pertinemment que Nathan avait raison.

— Réfléchis vite. L'enterrement a lieu ce soir.

— Je sais très bien quand l'enterrement a lieu. »

Nathan commença à ranger les liasses de billets dans le sac.

« Non, laisse-les.

— Les laisser ?

— Ça m'aidera peut-être à prendre une décision, répondit Malcolm.

— Très bien. Mais si tu ne montes pas dans ta voiture de location pour te rendre à l'aéroport à la seconde même où l'enterrement est terminé, je te ferai jeter en prison pour un mois pendant lequel nous aurons tout le temps de décider le nombre de charges que nous pourrons réunir contre toi. » Nathan sourit froidement. « Violation du sursis avec mise à l'épreuve, violation de la mise en liberté sous caution, accusation pendante d'atteinte à la propriété, accusation pendante d'agression physique. » Chaque fois qu'il citait une charge, Nathan poussait une liasse de billets vers Malcolm.

« Au revoir, Nathan », dit Malcolm en tendant la main.

Nathan la prit et la serra. « Bon dimanche. »

Malcolm avala les somnifères et rangea son assiette et ses couverts dans le lave-vaisselle. Il traversa la salle à manger et vit les lettres, de nouveau rangées en tas sur la table.

Samantha, dont il reconnut l'écriture, avait collé un post-it sur chaque pile et y avait inscrit l'année correspondante. Samantha et Matthew avaient réussi à classer le tiers des lettres, peut-être un peu plus.

Il y avait encore des boîtes entières remplies de lettres et d'enveloppes, ainsi que des classeurs empilés sur le sol contre le mur.

Malcolm se demanda quelle lettre, s'il y en avait une, contenait le nom de l'agresseur de sa mère. Sans prêter attention ni aux mois ni aux années, il prit plusieurs enveloppes et monta l'escalier. Il regarda un long moment la chambre de ses parents avant de descendre le couloir et de se jeter sur son lit.

Il lut jusqu'à ce que les somnifères lui disent *stop*.

✉

21 octobre 1987

Laurel,
J'ai entendu une chanson à la radio, il y a quelques jours, et elle m'a fait penser à toi.

Ou plutôt à nous, à notre vie, au sens de notre vie plus exactement.

Elle m'a tellement plu que j'ai réussi à convaincre Rain d'écrire les paroles pour moi (je lui ai promis un jour de congé en plus le mois prochain au fait).

La mélodie est un peu folk et country, mais elle est jolie et douce. Le chanteur est un type appelé Jason Steadman. Je crois que c'est lui qui est l'auteur des paroles aussi.

« *Rien d'extraordinaire* »
de Jason Steadman

Nous l'avons écrit sur un papier
Une carte au trésor
Et nous l'avons caché sous le sable.

Nous avons croisé nos pas tandis
que nous marchions
Nous avons donné des coups
de pied dans l'eau
Tu as déclenché une guerre.

J'ai écrit ton nom sur le sable
Un cœur tordu en guise de point sur le « *i* »
J'ai écrit mon nom dans ta main
en regardant le ciel.

Nous avons ramassé des coquillages
jusqu'à neuf heures et quart
Nous avons fait un feu avec du bois flotté
Nous avons bu du soda au citron vert.

Rien d'extraordinaire si ce n'est
que j'étais avec toi.

Nous avons marché sur
la promenade en bord de mer.
Nous avons mangé un cornet à la framboise
J'ai failli m'étrangler avec la glace.

J'ai jeté des balles sur des pots de lait
Sans les renverser
Nous sommes partis sans gagner de lot.
Je n'avais pas remarqué que j'avais
de la moutarde sur le menton
Tu as essayé de réprimer ton envie de rire
Tu n'as pas réussi.

Tu t'es agrippée à mon bras
sur les montagnes russes
Tu n'as pas ouvert les yeux
Nous sommes rentrés à la maison, les nuages
défilaient au-dessus de nous.

Rien d'extraordinaire
si ce n'est que j'étais avec toi.

J'avais déjà vu Fidèle vagabond
Mais cette fois, j'ai pleuré quand il est mort.
Je n'avais jamais pris le temps avant,
De regarder les nuages dans le ciel.

Je n'avais pas réalisé que les mères
Donnent toujours de bons conseils
Je n'avais pas remarqué que certaines personnes
Sont blessées à l'intérieur.

Ma vie tourne, mon monde change avec toi.

Nous avons acheté une luge jaune
Tu as perdu tes moufles en laine
J'ai commencé à jurer.

J'ai chanté un couplet de « Noël blanc »
Mais j'avais oublié le refrain
Tu as inventé des paroles.

Tu as bu quelques gorgées de mon chocolat
Pendant que je regardais ailleurs
Tu es tellement mignonne quand
tu prends ton air coupable
Je n'ai pas su quoi dire.

Nous étions gelés après avoir dessiné
des anges dans la neige

Mais nous nous sommes réchauffés
devant la cheminée
Nous sommes allés au lit
à huit heures et demie
Même si nous n'étions pas si fatigués

J'avais déjà vu Fidèle vagabond
Mais cette fois, j'ai pleuré quand il est mort.
Je n'avais jamais pris le temps avant,
De regarder les nuages dans le ciel.

Je n'avais pas réalisé que les mères
Donnent toujours de bons conseils
Je n'avais pas remarqué que depuis peu
Il y avait des étoiles dans mes yeux.

La vie est extraordinaire, chaque instant
que je passe avec toi.

10 juillet 1968

Laurel,
Je ne vais même pas essayer de te décrire
cet endroit. Il faut que tu viennes le voir
et l'admirer de tes propres yeux. C'est le
paradis.

Je passe la nuit dans l'une des chambres de la maison d'hôtes ; monsieur et madame Condie tenaient absolument à ce que je dorme ici. Ils ont dit que je devais faire l'expérience de cette maison la nuit. J'ai bien peur que cette nuit ne m'incite à conclure le marché au plus vite. C'est tellement calme ici, Laurel, c'est un sentiment déférent que je ne veux pas perdre. Je crois que, quand je relèverai les stores demain matin, je verrai le brouillard se lever dans le champ derrière la maison et des soldats fantômes le traverser au pas en silence. J'ai l'impression de dormir dans un livre d'histoire ce soir.

J'ai passé l'après-midi et la soirée en centre-ville dans un petit restaurant de la rue Principale (je crois qu'on l'appelle ainsi). Il n'y a vraiment qu'une seule rue dans la ville et elle passe devant tous les édifices importants. On l'appelle aussi route 11 ou Old Valley Pike, et elle s'étend sur des kilomètres et des kilomètres du nord au sud. Elle relie toute une chaîne de petites villes à Woodstock. Je crois que Woodstock est le siège du comté.
Cet endroit a une histoire fascinante. Une femme dans le petit restaurant, elle s'appe-

lait Tiffanee (orthographe ?) m'a parlé d'un dénommé John Peter Muhlenberg (orthographe ?) que tout le monde appelait « Le pasteur combattant ». C'est désormais un surnom.

Il est arrivé à Woodstock à la fin du dix-huitième siècle pour y être pasteur. En 1776, mon année préférée comme tu le sais, il fit un sermon dans lequel il appela les volontaires à rejoindre la réserve territoriale de l'Armée continentale. À la fin de son sermon, il arracha son aube et fit voir son uniforme d'officier en dessous. Il cria : « Il y a un temps pour prier, un temps pour combattre ! » Ça devait être un sacré personnage.

La ville a accueilli des généraux et des soldats des deux camps. Et devine qui a conçu les plans du palais de justice de la ville ? Jefferson. C'est le plus beau calcaire que j'aie jamais vu.

Chérie, je me sens déjà à la maison dans cet endroit. Il y a quelques réparations ou aménagements à faire dans certaines pièces, mais rien que ton mari ne puisse faire tout seul ou avec l'aide de Matthew ou de Malcolm. Je vois de nouveaux tableaux aux murs, de nouveaux meubles dans les chambres et de nouveaux matelas pour le cottage. On dirait que trop d'enfants ont sauté dessus et fait pipi, probablement dans cet ordre.

Et c'est stupide, je sais, mais je suis impatient que tu voies la boîte aux lettres. C'est la première chose que j'ai remarquée. Elle est rouge foncé et il y a une colombe blanche qui porte une enveloppe dans son bec. C'est le genre de boîte aux lettres qui connaît tous les secrets. C'est le genre de boîte aux lettres qui gardera fièrement nos lettres du mercredi et qui te priera de les lire à haute voix. Tu vois ? Je t'avais dit que c'était stupide.

Nous pouvons probablement attendre encore une semaine avant de nous décider, mais guère plus. Les Condie aimeraient conclure la vente et être à Boulder dans un mois, grand maximum.

Je pourrais mourir dans cette maison. Elle doit être tout près de Dieu.

On se revoit dans quelques jours.

Jack

26 août 1981

Laurel,
Il est trois heures du matin, nous sommes
mercredi. Quel rêve étrange !
Nous étions en vacances, dans l'Utah,
dans l'Idaho ou dans le Montana, un
endroit comme ça – et nous étions dans ce
B & B et juste à côté il y avait une épicerie
mais vraiment le genre d'épicerie à l'an-
cienne. Elle faisait un peu vieillotte surtout
de l'extérieur.
Nous sommes entrés dans le magasin, et
le propriétaire avait un physique à vous
donner la chair de poule. Je n'avais jamais
vu un type pareil. Ensuite, tout ce que nous
demandions était soit épuisé, soit mauvais
pour nous.
Tu as demandé des œufs, il a émis un
grognement bizarre, puis a fait semblant
de cracher. Ensuite, tu as demandé du café,
alors que tu n'en bois même pas, et il a dit :
« C'est la boisson du diable ! »
Tout ce qu'il y avait dans la chambre froide,
c'était du lait, comme si c'était le seul
produit qu'ils avaient à vendre.
Je m'attendais presque à voir de petits
trolls surgir de derrière le comptoir et nous

manger. À vous donner la chair de poule, je te dis.
Je suppose que, pour un rêve, ça aurait pu être pire.

Jack

31

Près de 150 personnes assistèrent à l'hommage chanté et au brunch à Mount Jackson. La plupart des personnes présentes s'attardèrent pour bavarder ensuite, et il était quatorze heures lorsque les premiers proches rentrèrent à *Domus Jefferson*.

A & P aida Samantha et Rain à nettoyer jusqu'à quinze heures, puis retourna chez elle pour sortir Castro et pour mettre des piles dans une centaine de lampes torches Maglite. Rain, qui avait proposé son aide, l'accompagna.

Nathan travailla dans son bureau.

Le pasteur Braithwaite relut le texte qu'il avait écrit pour l'enterrement encore une douzaine de fois, puis le dit deux fois à haute voix.

Le pasteur Doug s'était assis sur le premier banc de la chapelle et, plein d'admiration, l'écoutait tout en priant.

Joe se promena dans Mount Jackson. Il s'assit dans un parc.

Il lut l'édition du dimanche du *Washington Post* et consulta les offres d'emploi.

Samantha passa voir Angela chez les Godfrey, puis rentra à la maison pour faire tourner une machine et faire une petite sieste.

La maison d'hôtes était parfaitement calme lorsque Matthew et Allyson ouvrirent la porte d'entrée.

Ils montèrent l'escalier et trouvèrent Malcolm endormi au milieu de son lit.

Allyson ferma la porte de sa chambre « Ce n'est pas la peine de le réveiller maintenant. Nous avons encore le temps. »

Matthew la serra dans ses bras, la remercia encore une fois d'être venue et alla dans sa chambre pour faire une sieste bien méritée.

Dans la maison silencieuse, Allyson lut et classa des lettres jusqu'à dix-sept heures.

C'est alors qu'elle entendit quelqu'un frapper à la porte. Elle interrompit la lecture d'une des innombrables lettres.

Celle-ci avait été écrite tandis que Jack se trouvait au cimetière d'Arlington.

Elle ouvrit la porte grillagée. « Monica !

— Bonjour, Allyson.

— Je ne pensais pas que tu allais venir.

— Moi non plus.

— Tu es venue en voiture ? demanda Allyson.

— Ce n'est pas si loin. Six ou sept heures tout au plus. J'ai profité du trajet pour réfléchir.

— Tu es un ange ! Viens te mettre à l'aise. » Allyson la conduisit à l'intérieur et la serra dans ses bras. « Je suis tellement contente que tu sois là. »

Elle repoussa Monica pour mieux la regarder, mais laissa ses mains sur ses bras. « Tu es superbe. Tout simplement superbe. »

Monica portait des jeans chers, un col roulé blanc et un pull rouge. Ses cheveux blonds soyeux tombaient jusqu'aux épaules.

Ses yeux bleus semblaient fatigués mais pétillants malgré tout. Elle portait une enveloppe officielle sous son bras.

« Ça fait un bout de temps que je ne t'avais pas vue.

— Ça fait un certain temps, ma chérie.

— Samantha m'a téléphoné hier soir. » Monica baissa les yeux et fixa ses nouvelles Adidas blanches et bleu marine. « Mes condoléances, Allyson, pour ta sœur et Jack.

— C'était ta famille aussi. Peu importe que tu les ai vus souvent ou non. » Allyson prit Monica par la main et la conduisit à travers le hall jusqu'à la porte de la salle à manger.

Monica observa la pièce et les lettres racontant des années d'histoire de la famille Cooper empilées sur la table. « Où est Matt ? »

Allyson montra l'escalier avec un petit hochement de tête.

Monica monta et passa la tête dans chacune des chambres avant d'ouvrir la porte de celle de Matthew et de se glisser à l'intérieur.

Six minutes plus tard, Matthew ouvrit la porte à grand bruit. « *Je vais être papa* ! » Il descendit en courant et en criant « *Hourra* ! »

Il fit des glissades dans le hall avec ses chaussettes noires et dut faire marche arrière pour voir Allyson assise à la table de la salle à manger. Il lui tendit une photo d'un magnifique poupon afro-américain, chauve et les yeux grands ouverts. « C'est mon fils !

— Matthew, Matthew ! » Allyson se leva et lui prit la photo des mains. Elle le regarda de nouveau et passa un bras autour de sa taille. « Tu vas être papa. Je savais que ça allait arriver. »

Monica les regardait depuis le haut de l'escalier. « Et tu seras grand-tante pour la deuxième fois.

— Qu'est-ce qui se passe ici ? cria Malcolm de son lit.

— Descends, tonton Malcolm ! »

Malcolm sortit de sa chambre en se frottant les yeux. Il vit Monica et se frotta de nouveau les yeux.

« C'est moi, dit-elle en souriant.

— Tu es là.

— Oui, en effet. Tout le monde semble le remarquer.

— Malcolm, regarde ! » Matthew était debout dans le hall et tenait la photo du petit garçon au-dessus de sa tête. « Viens voir mon fils.

— Alors ça s'est bien passé à Newark ? dit-il en regardant Monica.

— Oui, *enfin* ! C'est notre fils. Nous allons le chercher dans deux semaines.

— Comment est-ce qu'il s'appelle ? demanda Malcolm.

— Bonne question », dit Matthew en levant la tête pour regarder sa femme. Mon ?

— Jack me plaît bien, répondit-elle avec un sourire.

— À moi aussi, dit Matthew en regardant les grands yeux du bébé sur la photo.

— C'est génial, vraiment génial. » Malcolm passa ses bras autour du cou de Monica et la serra dans ses bras pour la première fois depuis des années.

« Sam m'a dit… » murmura Monica.

Malcolm leva son doigt en l'air. « Pas maintenant. Savoure ton bonheur. Descends et va contrôler ton mari. »

Elle suivit son conseil, et Malcolm se doucha et se rasa pour l'enterrement de sa mère et de Jack Cooper.

32

Dimanche soir

Matthew et Monica partirent dans la première voiture, seuls. Malcolm et Samantha montèrent dans la deuxième limousine noire avec Allyson, Angela et oncle Joe. Les deux véhicules passèrent devant Woodstock Gardens, le cimetière où Jack et Laurel seraient inhumés plus tard dans la soirée, et prirent un petit chemin le long de la route 11 entre la maison d'hôtes et Mount Jackson.

Le pasteur Braithwaite salua la famille sur le porche de l'église.

Les Guthrie et deux autres employés des pompes funèbres étaient également là pour les accueillir. « Bienvenue, dirent chacun d'eux en serrant la main des membres de la famille au fur et à mesure qu'ils entraient dans l'église. Bienvenue. »

Le chœur chanta « Amazing Grace », la chanson préférée de Jack, et Allyson récita une courte invocation. De la chaire, le pasteur Braithwaite accueillit l'assemblée, remercia ceux qui avaient parcouru une longue distance pour rendre un dernier hommage à Jack et Laurel, et les bénit pour le sacrifice qu'ils avaient fait.

Derrière lui, Jésus-Christ le Sauveur semblait regarder les fidèles, les bras ouverts depuis un vitrail scintillant.

Des fleurs et des couronnes remplissaient le premier quart de la chapelle. Jack et Laurel reposaient dans leurs cercueils de part et d'autre de la chaire.

Le pasteur regarda la famille Cooper, assise sur le premier banc, Rain et Nathan avaient pris place sur le banc juste derrière eux. Il vit une série de visages, certains étaient familiers, mais beaucoup étaient inconnus.

Il aperçut Maria Lewia, la famille Rovnyak et le notaire de Jack, Alex Palmer, dont il avait fait la connaissance la veille.

Par un simple signe de tête, le pasteur Braithwaite salua chacun des maires des villes environnantes qui étaient assis avec leurs épouses quelques bancs derrière.

Il fit un signe discret à A & P, assise à sa place habituelle au fond de la chapelle. Il aperçut plusieurs enfants remuants et sourit à leurs parents, comme pour dire : « *Ne vous inquiétez pas, ce sont des enfants de Dieu, la chapelle est aussi leur maison.* »

Il vit son vieil élève et ami, le pasteur Doug, assis dans un coin au fond de l'église, serrant sa bible et écoutant avec attention.

Finalement, il fit un clin d'œil à sa femme et à sa belle-mère qui étaient assises dans la première rangée, près de la famille Cooper.

La longue chapelle étroite était pleine. Il commença.

« Mes amis. Si nous sommes réunis ici ce soir, ce n'est pas pour pleurer, mais pour nous réjouir de la vie de ces deux serviteurs de Dieu. »

Un alléluia s'éleva du dernier banc.

« Nous ne pleurons pas, nous louons le Seigneur. Nous ne sommes pas tristes, nous rions. Nous ne jugeons pas, nous pardonnons et nous comptons les jours qui nous séparent de nos retrouvailles au ciel. » Il poursuivit en lisant plusieurs passages du Nouveau Testament avant de présenter Matthew pour l'éloge funèbre.

« Je n'ai rien écrit, commença Matthew. Je savais que j'aurais beaucoup de mal à lire mon texte. Les mots, ce n'est pas mon domaine, comme certains d'entre vous le savent, c'est plutôt celui de Malcolm. »

Allyson caressa la main de Malcolm.

« Nous avons également appris que c'était le domaine de papa », poursuivit Matthew.

Matthew regarda sa femme. Elle se tamponna les yeux et lui fit un clin d'œil. « J'avais dix-sept ans lorsque ma famille est venue s'installer dans la Vallée.

Papa voulait que je sois un enfant pendant encore un an, que j'aille en Terminale et que je devienne un Faucon de Woodstock.

Il voulait que je joue au football américain un an de plus. » Il regarda le cercueil de Jack. « Mais je voulais avancer, déménager. Je n'ai jamais eu aucun regret à quitter Charlottesville parce que je pensais que j'étais déjà un homme à cette époque. Que j'étais prêt pour autre chose. Quand j'y repense maintenant, après une semaine ou presque passée ici, après avoir rencontré beaucoup d'entre vous, je sais que je regretterai toute ma vie de ne pas avoir été un Faucon.

— Vive les Faucons ! » cria quelqu'un assis dans la rangée de gauche. Beaucoup se mirent à rire.

« Tout à fait, jeune homme, vive les Faucons. » Il sortit un mouchoir de sa poche. « Jack et Laurel Cooper n'étaient pas des gens parfaits. Papa se mettait facilement en colère, comme certains d'entre vous le savent peut-être. Et maman… Eh bien, maman était peut-être parfaite.

— Amen », dit une autre voix.

Matthew raconta ensuite plusieurs anecdotes, dont certaines venaient des lettres qu'ils avaient lues pendant des heures.

Il raconta comment sa mère avait pris les vêtements de Jack alors qu'il se baignait dans un point d'eau. L'assemblée retint son souffle, puis se mit à rire.

Il tint les parents et amis des défunts en haleine lorsqu'il raconta – non sans avoir apporté sa touche personnelle pour ajouter encore un peu de piment à cette histoire – la visite de ses parents à Graceland alors que Laurel n'avait plus que quelques jours à vivre, soi-disant.

Il sortit une lettre de sa poche et lut des extraits de la chanson que son père avait écrite en 1961. « Lorsqu'il pleut dans ma tête, et que les gouttes mouillent mes yeux, je pense à l'amour qu'il m'a donné, sur la croix, sur le Calvaire. » Matthew n'avait pas prévu de le faire, mais il se mit à entonner le refrain sur un air tout simple qu'il venait d'inventer. « Je dois apprendre à demander à Dieu pour tout ce que je fais. Oui, je vais apprendre à demander à Dieu, et tous mes rêves deviendront réalité. » Quelques applaudissements se firent entendre sur la dernière note.

« Papa et maman avaient appris à demander à Dieu. Ils demandaient souvent quelle direction ils devaient donner à leur vie. Parfois, leurs prières restaient sans réponse. C'est parce qu'ils savaient déjà au fond d'eux-mêmes quel chemin ils devaient suivre à ce stade de leur existence. D'autres fois, ils étaient guidés dans leurs décisions, très vite. Ce sont ces décisions qui font d'eux aujourd'hui des êtres exceptionnels. Les décisions faciles apportent le soulagement et la satisfaction à court terme, n'est-ce pas ? » Il regarda Malcolm. « Les décisions difficiles apportent le bonheur éternel, le pardon. Le Sien, le vôtre, le mien. Les décisions difficiles apportent la vie. » Matthew et son frère se mouchèrent en même temps.

« Je n'ai plus à me demander sans cesse si les maux de tête de papa l'empêchent de dormir. Ou si maman ne manque pas trop de sommeil. Je n'ai plus à me demander où sont mes parents aujourd'hui. Je sais qu'ils sont à Ses côtés. » Il leva le bras. « Je n'ai jamais été aussi sûr de quelque chose. » Il regarda sa femme. « Merci. Merci d'être venus… Amen.

— Amen. »

Le pasteur Braithwaite remonta sur le podium. « À la demande de la famille, nous aimerions donner la parole à tous ceux qui souhaitent dire quelque chose. Nous vous invitons à vous avancer. »

Plusieurs personnes prirent la parole, dont un représentant de Philadelphie qui avait vendu la publicité des Cooper dans une newsletter. « Je ne les ai jamais vus, reconnut-il, mais je suis venu leur rendre hommage. »

La coiffeuse de Laurel, Nancy Nightbell, prononça quelques mots également. Tout comme Angela et A & P. Cette dernière pleura sans chercher à se cacher.

Elle tremblait de tout son corps et avait du mal à respirer tandis qu'elle parlait de la gentillesse des Cooper à son égard pendant toutes ces années. « Je ne serais plus de ce monde aujourd'hui s'ils n'avaient pas été à mes côtés. » Personne ne douta de sa sincérité.

Samantha dit quelques mots. Elle remercia toutes les personnes qui avaient aidé ses parents pendant la maladie de Jack. Elle remercia également l'inspecteur Romenesko appuyé avec raideur contre le mur. Elle regarda Nathan. « Je tiens aussi à remercier Nathan Crescimanno pour son aide cette semaine. »

Malcolm remua sur le banc ; il savait exactement ce qu'elle voulait dire. Le pasteur Doug prit également la parole. Il se présenta et loua la vie de Jack et Laurel. Il avait du mal à surmonter son émotion.

Il remercia Jack pour toutes les lettres qu'il avait écrites pour lui et pour tous les appels qu'il avait passés lorsque Doug avait pris sa charge de pasteur.

Il s'émerveilla devant la solidité exceptionnelle de leur mariage et la force de leur amour. Enfin, il regarda le pasteur Braithwaite, l'appela son « frère » et le remercia de l'avoir pris sous son aile des années auparavant.

Après la fin de son discours, l'assemblée resta silencieuse, et personne ne s'avança vers la chaire. Le pasteur Braithwaite finit par se lever. « Nous sommes bénis ce soir, mes amis. Si plus personne ne souhaite prendre la parole, j'aimerais…

— Pasteur, dit Joe en se levant. Je peux ? »

Joe s'avança à son tour vers la chaire et fit face à l'assemblée.

« Je m'appelle Joe Cooper. Je suis le frère jumeau de Jack. » On entendit quelques murmures dans la chapelle. « J'ai été souvent absent pendant toutes ces années. Je suis parti, puis je suis revenu avant de repartir. Certains d'entre vous me connaissent, d'autres non. Ceux qui ne me connaissent pas ont de la chance. » Il s'agrippa aux bords de la chaire jusqu'à ce que les articulations de ses doigts deviennent blanches.

« J'ai fait des erreurs, poursuivit-il. Je ne suis pas un être aussi bon que Jack ni que ses garçons. Je ne suis pas un être aussi bon que cette chère Laurel, ni que Samantha, ni qu'aucun d'entre vous. » Les larmes lui montèrent aux yeux et coulèrent le long de ses joues.

« Je suis désolé... désolé pour tout. Je suis désolé de ne pas avoir partagé votre vie. Je suis désolé pour toutes les erreurs que j'ai faites. » Il se mit à sangloter. « Je suis désolé pour toute la gêne que j'ai occasionnée, pour la douleur que j'ai causée à notre famille. J'ai perdu tellement... tellement de temps. » Il tomba à genoux et prit sa tête entre ses mains.

Le pasteur Braithwaite s'approcha de lui et s'agenouilla à ses côtés. Il enroula ses bras autour de Joe. « Dieu vous aime, Joe, Il vous aime. Il vous aime. Il vous pardonne. »

L'estomac de Malcolm recommença à le torturer, et il sentit une boule familière se former dans sa gorge.

Joe retourna à sa place, et Angela passa un bras autour de son cou.

« C'est l'esprit des Cooper, dit le pasteur Braithwaite. C'est l'amour inconditionnel. Je l'ai senti moi-même. J'ai aussi fait l'expérience de la rédemption grâce à eux. » Il s'approcha de l'organiste et murmura quelque chose à son oreille. Elle hocha la tête.

« Je crois qu'il serait bien que nous terminions cet office en chantant "Amazing Grace" encore une fois. »

33

Après la bénédiction, offerte avec grâce et esprit par la femme de Matthew, Monica, la foule se dispersa sur le parking plongé dans l'obscurité. Chacun monta dans sa voiture et prit la direction de Woodstock Gardens. Tandis que les parents et les amis s'approchaient de la tombe, des membres du chœur leur tendirent plus d'une centaine de lampes torches. Chaque personne dirigea le faisceau de sa Maglite vers les cercueils pendant qu'ils étaient transportés des corbillards à une petite colline et suspendus l'un à côté de l'autre à des poulies vert foncé au-dessus de trous d'une profondeur de deux mètres. La lumière combinée de toutes les lampes torches produisait une lueur que personne n'avait vue auparavant.

Le pasteur Doug récita une dernière prière et demanda ensuite aux personnes présentes de diriger leur lampe vers le ciel, les faisceaux se croisaient et fusionnaient en une seule et même lumière blanche qui s'élevait vers le ciel.

Les membres de la famille posèrent chacun une rose blanche sur le cercueil de Laurel. Matthew posa un badge de Ronald Reagan datant de l'année 1984 sur celui de Jack. Les gens se donnèrent l'accolade, s'embrassèrent, promirent de rester en contact, puis partirent aussi vite qu'ils étaient venus, épuisés après un long week-end de deuil.

Et soudain, ce fut vraiment réel. Jack et Laurel étaient partis pour de bon.

La famille et quelques proches se tenaient devant les tombes côte à côte. Ils échangeaient quelques paroles en chuchotant lorsqu'une ombre solitaire se faufila à travers les pierres tombales et s'approcha du petit groupe.

La silhouette s'arrêta devant la pierre tombale voisine. « Excusez-moi », dit l'homme. Il avait mis ses mains dans les poches avant de son pantalon sombre. Il portait une veste de sport en tweed. Nathan mit un moment à le reconnaître dans l'obscurité, mais Rain se souvint immédiatement de lui.

L'homme s'approcha du pasteur Braithwaite et tendit la main. « Très belle messe, pasteur. Bel office.

— Monsieur, l'interrompit Nathan. Je ne pense pas que ce soit le bon moment pour... »

L'homme porta son attention sur Malcolm, sa bouche esquissant un petit sourire tendu. « Bonsoir, Malcolm.

— *Tweed* », marmonna Malcolm pour lui-même. Il venait de reconnaître l'individu.

« Monsieur, ce n'est pas… tenta une nouvelle fois Nathan.

— Monsieur ? C'est un peu formel pour des amis, tu ne crois pas ? dit l'homme.

— Qu'est-ce qu'il fait ici ? demanda Rain à Nathan.

— J'étais à la fac de droit avec monsieur Nathan Crescimanno, dit Tweed en regardant Rain. Je viens de Winchester. J'exerce la profession d'avocat à Leesburg.

— Nathan ? » dit Rain en tirant sur sa main. « Tu le *connais* ? »

Nathan s'efforça de sourire et murmura mollement « Je crois qu'il est ivre. »

Tweed s'approcha du cercueil de Jack et dit : « Je ne connaissais pas très bien les Cooper. Je les connaissais surtout de réputation. Mais j'ai entendu que Jack était malade. » Il passa la main sur le bois lisse. « Les nouvelles vont vite dans la Vallée. » Il se tourna ensuite vers le cercueil de Laurel : « S'ils étaient aussi bons que vous le dites, alors je les aurais sûrement appréciés si je les avais mieux connus. »

Nathan s'écarta de Rain. « Ce n'est pas le moment, Mull. Ce n'est pas le lieu…

— Laisse-le tranquille, Nathan, intervint Malcolm. Laisse cet homme parler ou va-t'en.

— Oh non, ne fais pas ça, Nathan. Ne me fais pas ton numéro de procureur général du Commonwealth. Pas avec moi. J'ai attendu tout l'office que tu te lèves et que tu prennes la parole. J'attendais que tu ressentes ce que je ressens depuis deux ans. » Il regarda Rain. « J'ai connu la honte et les remords comme jamais je ne l'aurais imaginé. J'ai envisagé de revenir ici une douzaine de fois, mais je n'ai jamais trouvé le courage.

— C'est ridicule, dit Nathan. Cet homme…

— Cet homme *quoi* ? l'interrompit Mull. Cet homme a une histoire à raconter ? Tu as raison. » Il se pencha et murmura dans l'oreille de Nathan.

« C'est le bon moment. Nous serons tous les deux libérés ce soir. Alors, toi ou moi ? Qui s'en sortira ? »

Mull reconnut la peur et le désespoir dans les yeux de Nathan. « Toi ou moi ? répéta-t-il.

— Malcolm, Matthew et tous les autres, cet homme est ivre, de toute évidence. Il ne sait plus ce qu'il raconte.

— Non », dit Mull en regardant Rain. Sa

voix s'adoucit. « Je sais parfaitement ce que je dis. » Des semaines et des mois de culpabilité semblaient prendre forme dans ses mots. « J'ai agressé cette femme, il y a deux ans. »

Mull fit un pas en direction de Rain. Elle recula. « C'était censé être un jeu. Un jeu innocent. Nathan m'avait demandé de flirter avec toi, de me conduire comme un goujat. »

Nathan se laissa tomber sur l'un des sièges pliants. « Je t'ai regardée dans le bar ce soir-là et je t'ai draguée. C'était juste censé être un pari stupide entre deux idiots, entre deux gars mal dans leur peau et bêtes. » Sa voix se brisa. Il prit une profonde inspiration, puis regarda Malcolm. « Puis, je t'ai attendu. J'ai attendu que tu te pointes, ce soir-là. C'était un vendredi. C'était un soir de match. Et tu es arrivé pile à l'heure. Nous savions que tu suivrais Rain dehors, mais nous n'imaginions pas que tu allais avoir une telle réaction. » Ses yeux semblaient s'excuser. « Nous t'avons appâté. »

Les jambes de Malcolm se contractèrent.

« Et tu as mordu à l'hameçon.

— Qu'est-ce qu'il dit, Nathan ? demanda Rain. *Nathan* ?

— Nathan m'avait demandé de m'amuser un peu, mais je suis allé trop loin, c'est évident. » Mull retourna vers les cercueils. « J'étais juste censé m'amuser un peu, faire semblant, mais je me suis comporté comme si j'allais aller jusqu'au bout, dit-il, la voix cassée. Je ne l'aurais jamais fait, croyez-moi…

— Nathan ? dit Rain calmement. C'est vrai ? *C'est vrai ?* »

Personne, pas même son propre frère, n'avait vu Nathan pleurer un jour. À cet instant, pourtant, il prit sa tête entre ses mains et se mit à sangloter sans pouvoir s'arrêter.

« Nathan, tu l'as payé pour ça ? Tu nous as piégés. Tu m'as fait ça à moi ? À *Malcolm* ? » Rain haussait le ton à chaque question qu'elle posait.

Nathan, toujours assis, regardait le sol. Il s'essuya le nez avec son mouchoir. « Je voulais savoir, dit-il trop doucement pour qu'on puisse le comprendre.

— Quoi ?

— Je voulais savoir. Je voulais savoir ce que Malcolm allait faire. »

Rain s'accroupit à côté de lui. « Pourquoi ? demanda-t-elle calmement. Quelle importance ? »

La famille, A & P, ainsi que les pasteurs Doug et Braithwaite prirent congé de Malcolm et retournèrent à leur voiture, regardant curieusement par-dessus leur épaule, tandis qu'ils s'éloignaient.

Malcolm resta à côté du cercueil de sa mère.

Mull dit une dernière fois qu'il était désolé, Rain et Malcolm hochèrent tous deux la tête et Mull se fraya de nouveau un chemin à travers les tombes pour rejoindre sa voiture garée de l'autre côté du cimetière.

Rain s'assit à côté de Nathan. « Pourquoi ?

— Parce que la vie avec Malcolm constamment sur le dos n'était pas une vie justement.

— Tu ne me faisais donc pas confiance ?

— Si, je *te* faisais confiance. » Il leva enfin les yeux pour regarder Rain. « Je t'ai *toujours* fait confiance.

— Alors qu'est-ce que tu imaginais ?

— Je ne sais pas », répondit Nathan, la tête de nouveau baissée.

Malcolm s'approcha d'eux, mais Rain lui fit signe de se tenir à l'écart. Il retourna à côté de la tombe.

« Tu espérais qu'il laisserait faire cet homme ? Qu'il trouverait ça drôle et intelligent ?

— Non.

— Malcolm m'aime. Bien sûr qu'il m'aime. Et il m'a défendue. N'importe quel homme le ferait.

— Je sais. »

Rain prit le menton de Nathan et le força à tourner la tête. Elle regarda ses yeux humides et pathétiques. « Tu as chassé Malcolm.

— Oui.

— Tu m'as menti. »

Nathan hocha la tête.

« Tu m'as menti », dit Rain calmement tout en se détournant.

Nathan rentra seul chez lui.

Les limousines prirent la direction de la maison d'hôtes et, à la demande d'Alex Palmer, qui avait insisté pour que la famille se rassemble encore pour quelques minutes ce soir-là, les Cooper ainsi que quelques amis se retrouvèrent une fois de plus dans la salle de séjour de *Domus Jefferson*.

« Je sais que cette semaine a été difficile », commença M. Palmer tandis que la famille s'installait sur les fauteuils et les divans. Il prit un fauteuil dans la salle à manger et s'assit sur le seuil de la porte.

Malcolm était assis sur le rebord de la cheminée ; il regardait la scène qui se déroulait sous ses yeux, mais, dans son esprit, il revoyait l'image de son oncle Joe anéanti faisant face à l'assemblée venue assister aux obsèques.

Rain était assise à côté de lui ; elle avait les yeux irrités et rouges. Elle tordait un mouchoir dans ses mains. A & P et Allyson étaient assises sur un des canapés.

Joe était assis dans un fauteuil à côté d'elles. Le pasteur Braithwaite se tenait dans un coin de la pièce, le dos appuyé contre le mur. Le pasteur Doug était à côté de lui.

« Ça a été un week-end difficile », reprit M. Palmer. Tout le monde hocha la tête pour l'approuver. « Je suis très honoré de connaître votre famille. Vos parents étaient irréprochables. Jack Cooper était honnête et loyal. Je l'admirais beaucoup. Et votre mère était un être unique et exemplaire. Un exemple pour nous tous. Une femme miraculeuse. Vous le savez tous. »

Il sortit un dossier de sa mallette. « J'aurais aimé pouvoir le faire une autre fois, mais il s'agit des dernières volontés de votre père. En fait, il m'a mandaté pour le faire. Il avait ses raisons. » Monsieur Palmer tendit une chemise. « Tout est là. »

Rain prit une profonde inspiration et entrelaça ses doigts avec ceux de Malcolm.

« Vous savez à présent que votre père écrivait des lettres et qu'il était très prolifique. » Monsieur Palmer ouvrit la chemise et en sortit une enveloppe. « Jack a laissé des instructions pour que nous lisions ceci ce soir. » L'enveloppe était déjà ouverte. Il sortit plusieurs feuilles de papier à lettres.

Monica s'approcha du canapé où Matthew était assis à côté de Samantha et se glissa près de lui. Angela était assise aux pieds de sa mère.

Allyson se rapprocha d'A & P et fit signe à Joe de venir s'asseoir à côté d'elles. Il vint. Elle prit ses deux mains dans les siennes.

Le pasteur Braithwaite et le pasteur Doug regardaient la scène avec déférence.

« Est-ce que quelqu'un parmi vous aimerait lire la dernière lettre de votre père à votre mère ?

— S'il vous plaît, dit Samantha en tendant la main. Je vais le faire. »

M. Palmer lui fit passer la lettre.

13 avril 1988

Ma chère Laurel,
Tu m'as toujours surpris. Et ce soir, tu m'étonnes encore.
Je suis assis seul, bien que tu sois toujours à mes côtés. Tu reposes en paix sur le lit que nous avons partagé pendant près de quarante ans. Je ne peux pas être seul.
Tu étais censée écrire la dernière lettre, n'est-ce pas, ma chérie ? Tu devais te réveiller un matin et me trouver mort à tes côtés. Tu devais écrire la dernière lettre et la ranger jusqu'à ce que tu ne puisses plus supporter d'être loin de moi et que tu

viennes me rejoindre au ciel. Et me voilà assis tout seul.

Bientôt, nos vies ne seront plus que des souvenirs pour nos trois enfants. Un livre ouvert, dans le sens littéral du terme. J'ai longtemps pensé que Malcolm serait celui qui apprécierait le plus les lettres. Il a le génie des mots. Matthew va les trouver mystérieuses. Samantha sera tellement absorbée dans leur lecture qu'il faudra au moins dix hommes pour tirer sa chaise et la forcer à arrêter. Peut-être qu'elle n'en dormira pas pendant des semaines. En tout cas, j'espère que tous les trois en retireront quelque chose.

Laurel, notre mariage n'a pas été parfait. Nous avons eu des moments difficiles. Le jour où nous avons accepté de faire tout ce chemin ensemble, nous ne nous doutions pas qu'il nous mettrait autant à l'épreuve. Mais il a été honorable. Tu m'as toujours soutenu et tu as fait bien plus encore. Tu as tenu tes promesses. Merci d'avoir cru à une vie meilleure avant moi.

J'ai écrit beaucoup de lettres et de mots tous ces mercredis. Il y a encore beaucoup à dire. Mais je vais te revoir très bientôt. C'est aux enfants que je dois penser à présent.

Je m'excuse auprès de chacun d'eux pour avoir travaillé plus que je n'aurais dû. Je suis désolé d'avoir lu un article de trop dans les journaux ou d'avoir dormi une minute de trop les matins où nous allions à la pêche. Je suis désolé qu'ils m'aient entendu élever la voix. J'ai tellement honte d'avoir élevé la voix contre chacun d'eux. Contre quiconque. J'espère qu'ils me pardonneront de ne pas avoir été le père qu'ils méritaient.

Qu'Il me pardonne pour mes faiblesses.

Qu'ils se pardonnent les uns les autres.

Qu'ils soient à des centaines d'années de nos retrouvailles là-haut.

Jack

Samantha s'essuya les yeux avec ses index. Matthew passa un bras autour de son cou et murmura quelque chose à son oreille. Samantha sourit.

« Il y a encore trois lettres, une pour chaque enfant, dit M. Palmer.

— Je ne crois pas que j'arriverai à en lire une de plus », dit Samantha.

Matthew regarda son frère assis sur le rebord de la cheminée. Malcolm secoua la tête.

« C'est donc moi qui vais les lire. » Matthew prit les lettres et commença.

À Matthew, mon aîné,

Ce n'est pas un hasard si tu es l'aîné, mon fils. Ton esprit et ton énergie sont stimulants. Est-ce que tu le sais au moins ? Est-ce que tu sais à quel point je te respecte et à quel point je suis impressionné par tes talents ? Toi qui as reçu tous ces talents, tu as choisi de les multiplier par deux. IL est fier de toi. Je suis fier de toi. Je suis impatient de te voir devenir père. Tu seras merveilleux.
Matthew, aime ta femme. Aime-la comme si elle allait être ta seule femme. Et elle le sera. Je t'aime,

Papa

À Samantha, ma star de Broadway,

Les jours interminables, lorsque j'étais fatigué de la monotonie à l'Université et des hommes qui n'aimaient pas travailler, je pensais à toi.

Ces jours-là, je rentrais à la maison en me demandant quelle scène tu avais préparée pour moi, quel rôle tu allais me demander de jouer. Ça n'avait aucune importance tant que je pouvais jouer dans la même pièce que toi. Retourne sur scène. Il est temps. Trouve la lumière.

Je te l'ai dit en personne une douzaine de fois et maintenant, au seuil de la mort, je te le redis : Sammie, laisse ma merveilleuse petite-fille connaître son père. Ce n'est pas un père parfait, mais c'est son père.

Tu es brillante, Sammie. J'aimerais monter sur scène avec toi, tous les jours.

Je t'aime,

Papa

À Malcolm, mon écrivain, mon fils,

Je me suis toujours demandé à quel point tu serais en colère aujourd'hui. Parfois, je pleurais la nuit et je rêvais de toi. Je rêvais de ta fureur. J'espère que je me trompe. Je comprendrai si ce n'est pas le cas. Je te le dis, mon fils, la découverte que tu viens de faire n'a rien à voir avec l'identité de ton père. Rien n'a changé. Depuis la première fois que je t'ai tenu sur mes genoux après la révélation de ta mère, le jour où je suis revenu de chez ta grand-mère à Chicago, depuis ce jour, j'ai vu en toi mon fils. J'ai vu un fils qui m'appartenait et qui faisait partie de moi de la même façon que Matthew. J'ai vu en toi un cadeau du ciel. Il n'y avait aucune raison que tu apprennes ce qui s'était passé la nuit où la vie de ta mère a basculé.

Ce qui était vrai hier l'est encore aujourd'hui. Je suis ton père. Ta mère a pardonné. J'ai pardonné. Ton Dieu a pardonné. Alors toi aussi, tu dois pardonner.

Malcolm, si tu ne l'as pas encore fait, s'il te plaît, finis ton livre. Puis écris-en un autre et encore un autre. Sache que j'espère te revoir un jour. Ta mère et moi sommes impatients de voir tes enfants. Nous pensons qu'ils ressembleront à Rain. Tu as bien lu, jeune homme. Nous avons toujours su ce que vous deux n'avez pas encore vu. Vous êtes faits l'un pour l'autre.

Je t'aime,

Ton père

Le silence régnait à présent dans la pièce. Malcolm prit sa tête entre ses mains et se mit à pleurer.

Rain caressa doucement son dos avec une main et essuya ses propres larmes avec l'autre.

Seul le pasteur Doug avait les yeux secs. « Est-ce que je pourrais dire quelque chose ? demanda-t-il en regardant M. Palmer.

— Bien sûr.

— Vous le savez déjà peut-être, mais je ne serais pas là sans vos parents. » Il se mit à parler plus vite. « C'est votre père qui m'a trouvé ce travail ainsi que mon frère ici, dit-il en regardant le pasteur Braithwaite. Mon arrivée à Winchester a été très controversée. Il y avait des mécontents, beaucoup même. J'avais fait de la prison après tout, et de nombreuses personnes se demandaient à quel point j'étais converti. »

Le pasteur Braithwaite passa son bras autour de l'épaule de Doug et le serra contre lui.

« Mais vous, vous saviez, n'est-ce pas ? » dit le pasteur Doug.

Le pasteur Braithwaite hocha la tête.

« J'ai rencontré cet homme, cet homme extra-ordinaire, en prison. J'ai passé des heures et des heures avec lui. Il m'a aidé à voir mon Sauveur quand je ne voyais que le désespoir et la crasse autour de moi. Cet homme, mon *frère*, m'a conduit jusqu'ici. » Pour la première fois de tout le week-end, le pasteur Doug se mit à pleurer.

« Il y a des années de ça, je vivais à Charlottesville. Je travaillais comme mécanicien. Mais en fait, je passais plus de temps à boire et à prendre de la drogue qu'à travailler. J'avais même essayé de vendre de la drogue, mais je n'étais pas assez rusé pour ça. Vous imaginez !

« J'ai fini par me retrouver dans la rue. J'ai perdu mon appartement en sous-sol quand j'ai perdu mon travail au garage. Je passais la moitié de la journée à planer, l'autre moitié allongé sur le ventre sur un banc dans le parc. J'avais rarement toute ma tête, c'est à se demander si j'en avais encore une. Croyez-moi si vous voulez, je restais toujours à proximité de l'hôpital parce que je me disais que, si je mourais dans la rue, je ne voulais pas que les gens aient à me porter trop loin. »

Malcolm leva les yeux.

« Une nuit, j'ai vu cette silhouette magnifique, tout habillée de blanc, qui rentrait chez elle. De loin, on aurait dit un ange.

« Je l'ai vue entrer dans son appartement. Je suis resté dehors un moment. Je ne me souviens pas très bien. Je planais complètement et je n'avais pas toute ma tête. J'ai dû ouvrir la porte avec un pied de biche.

« Elle dormait sur le canapé. » Le pasteur Doug

se mit à trembler, et un énorme sanglot s'échappa de ses poumons. Il mit un moment à retrouver son souffle. « Je n'ai même pas vu une femme. J'ai l'impression de n'avoir rien vu. »

Le pasteur Braithwaite le serra plus fort contre lui.

« Lorsque ça a été fini, poursuivit-il, lorsque le bruit s'est tu, elle était recroquevillée sur le sol et j'étais sur le pas de la porte en train de regarder le plafond. »

Le pasteur Braithwaite dut le tenir pour qu'il ne perde pas l'équilibre.

« Je suis sorti et j'ai descendu la rue en trébuchant. C'est la dernière nuit que j'ai passée dans le centre d'accueil pour sans-abri. J'étais en prison le lendemain matin. »

Malcolm se leva. « Vous ?

— Oui.

— C'est vous qui avez fait ça ?

— Oui.

— Vous êtes mon père ? » Les mains de Malcolm se crispèrent et les veines de son cou se tendirent.

« Non, Malcolm. C'est *Jack* votre père. »

Le pasteur Doug resta seul tandis que les autres, y compris le pasteur Braithwaite, se rassemblèrent autour de Malcolm et l'étreignirent dans un torrent de larmes.

Malcolm pleurait tellement qu'il en tremblait de tout son corps.

Oncle Joe le tenait.

Malcolm murmura : « Je suis désolé. »

Rain les rejoignit tous les deux. Ils se tenaient au milieu du petit groupe aimant, les bras serrés autour de leurs épaules.

« Je suis désolé, dit le pasteur Doug. Au-delà des simples mots, je suis vraiment désolé. Il fallait que je vous le dise moi-même, Malcolm. C'était une étape sur mon chemin vers le ciel que je ne pouvais pas rater. Sans votre pardon, le mien aurait été incomplet. »

Ils pleurèrent.

ÉPILOGUE

24 août 2007

Noah en était bouche bée. Il regarda son père. Malcolm continuait à lancer des écailles de peinture dans l'air sombre et à suivre leur trace avec sa lampe torche. Ils étaient assis à quelques centimètres l'un de l'autre en haut de la Woodstock Tower.

« Alors, papi Jack n'était pas ton *vrai* père ? Ce n'est pas mon *vrai* grand-père ?

— Bien sûr que si.

— Et le pasteur Doug ?

— C'est mon père *biologique*. »

Noah sortit une poignée de petits bretzels d'un sac et en fourra trois dans sa bouche. « Je suis stupéfait.

— Nous savions que tu allais être surpris.

— Incroyable ! » Sa voix forte fendit l'air nocturne. « Et tout le monde est au courant ? Tout le monde dans la famille ?

— Tu es sûr d'avoir bien écouté l'histoire ?

demanda Malcolm en riant. Bien sûr que tout le monde est au courant. Tous ceux qui devaient savoir savent.

— Je n'en reviens pas. Tu me dis ça comme si c'était une nouvelle insignifiante. Comme si tu venais de lire l'information sur un site web et que tu m'en fasses part. "Eh ! tu sais pas la meilleure ? Ton vrai grand-père n'est pas celui que tu croyais. En fait, c'est un pasteur qui…" » Noah fut incapable de terminer sa phrase.

« Je sais que ça fait beaucoup à digérer, mon fils, mais c'est ton histoire. Et il était temps que tu le saches. Rien n'a changé pourtant. Les faits sont les mêmes. Tu es un Cooper et tu le resteras. »

Ils regardaient les écailles de peinture voleter vers le sol.

« Pourquoi maintenant, papa ? Pourquoi est-ce que tu me le dis maintenant ?

— Parce que tu es un homme. Tu grandis et tu évolues. Tu es étudiant à l'université à présent.

— Pas avant lundi.

— Ça arrivera bien assez tôt, dit Malcolm en souriant et en lui lançant un bretzel.

— Et vous l'avez tous pardonné, dit Noah en se tournant vers son père. Comme si rien ne s'était passé ?

— Nous l'avons tous pardonné parce que Dieu l'a pardonné. Nous n'avions pas le choix.

— *Incroyable.*

— Écoute, Noah, ce n'est pas comme si rien ne s'était passé. Nous pardonnons, mais ce n'est pas facile d'oublier. Tu sais mieux que tout le monde que ta famille n'est pas parfaite. » Malcolm regarda Noah dans les yeux. « Ça n'a pas été facile, Noah. Nous avons souffert longtemps.

— Tout le monde semble s'en être bien remis.

— Le temps guérit tout. »

Noah regarda son père et, pour la première fois, Malcolm vit le visage d'un homme.

« Et toi, tu t'en es remis ? demanda Noah.

— Ta mère m'a fait aller chez un psychologue, un ami à elle à Harrisonburg. J'y suis allé pendant six mois peut-être, histoire de reprendre pied.

— Ça t'a aidé ? » Noah répondit immédiatement à sa propre question. « Je suppose que oui, puisque tu es toujours là.

— Que ça te plaise ou non. »

Noah but quelques gorgées d'eau dans une bouteille.

« Mon fils, c'est l'histoire de notre famille. Notre histoire. Certains épisodes sont douloureux, d'autres sont merveilleux, mais c'est ce que nous sommes. »

Noah hésita un instant, puis demanda : « Est-ce que je peux le rencontrer ?

— Pas dans un proche avenir. Il est mort il y a quatre ou cinq ans.

— Est-ce que toi, tu l'as revu ?

— Bien sûr. Ta mère et moi dînions avec lui et le pasteur Braithwaite une ou deux fois par an. Ta mère disait que ça faisait partie de ma guérison.

— C'est bien de maman de dire ça.

— Il a bien vécu.

— Il est mort pasteur ?

— Il est mort pasteur. Un homme de Dieu.

— Incroyable. »

Malcolm posa sa main gauche sur l'épaule de son fils. « Doug White a amené plus de personnes à Dieu qu'il n'aurait pu en chasser au cours de trois longues vies. Sa congrégation est devenue un sanctuaire pour ceux qui avaient besoin d'une deuxième chance. Il a suivi l'exemple du pasteur Braithwaite. Il allait dans les prisons, les centres d'accueil. Le pasteur Doug a consacré le reste de sa vie à Dieu. »

Noah se remit à arracher des écailles de peinture sur la rampe de la tour. Il emprunta la lampe de son père.

« Et Nathan ? dit Noah tout en regardant deux écailles de peinture faire la course jusqu'au sol. Qu'est-ce qu'il est devenu ?

— Il est allé en prison mais pas pour longtemps. Le tribunal a été indulgent. Nous l'avons tous été.

— Et où est-ce qu'il est à présent ?

— Il est allé s'installer à Richmond comme il avait toujours prévu de le faire. Mais je ne crois pas qu'il ait essayé d'obtenir un poste dans les hautes sphères de l'administration. Il a eu l'autorisation de pratiquer le droit à nouveau à la condition qu'il exerce en tant qu'avocat de l'assistance judiciaire.

— Il a fini par se marier ?

— Je ne pourrais pas te le dire. »

Noah mangea une poignée de bretzels.

« Et toi ? Comment est-ce que tu t'en es sorti ?

— Je ne m'en suis pas sorti. J'ai dû faire des travaux d'intérêt général, un peu plus d'une centaine d'heures ; j'ai eu trois ans de mise à l'épreuve et une amende de la cour pour ne pas avoir comparu au tribunal la première fois. D'ailleurs, il fallait quelqu'un pour reprendre la maison d'hôtes. Les juges l'ont compris. » Malcolm jeta un bretzel dans sa bouche. « Petit prix à payer pour avoir défendu la femme que j'aimais.

— Et l'argent ? demanda Noah. Les vingt-cinq mille dollars ?

— Ah oui, l'argent. Mull a quitté le cimetière ce soir-là et il est allé se dénoncer le lendemain matin pour sa participation au coup monté et pour avoir menti à ce propos pendant des années. » Malcolm ajusta ses lunettes. « Nous avons utilisé une bonne partie de l'argent pour payer la caution et le sortir de prison l'après-midi même. Comme je l'ai déjà dit, les juges se sont montrés cléments. Lorsque nous avons récupéré l'argent, nous l'avons donné ailleurs.

— Où ça ? À qui ?

— Au centre d'accueil pour enfants Alan et Anna Belle Prestwich à Washington, D.C.

— A & P ? »

Malcolm lui adressa un grand sourire.

« Génial. »

Noah et Malcolm étaient toujours assis. Le ciel du soir s'obscurcit et les étoiles apparurent doucement.

« Et l'autre lettre ?

— Quelle autre lettre ? » Malcolm tourna la tête pour regarder Noah.

« Celle de maman. Celle qu'elle t'a écrite pendant que tu étais au Brésil. Celle que tu as prétendu n'avoir jamais reçue.

— Aaaaah. Je croyais que c'était passé inaperçu. Mon fils, le génie.

— Tu lui as menti quand tu lui as dit que tu ne l'avais jamais reçue ?

— Peut-être.

— Alors qu'en fait, tu l'avais gardée ?

— Peut-être.

— Oui, tu l'as gardée ! dit Noah en donnant un petit coup sur le bras de son père. Tu l'as lue ?

— Peut-être…

— Qu'est-ce qu'elle disait ?

— Désolé, petit génie, il faudra que tu demandes à ta mère. »

Malcolm transféra avec précaution un tas d'écailles de peinture dans la main ouverte de Noah.

Noah souffla dessus de toutes ses forces et les envoya entre les deux rampes dans les airs.

Les yeux de Malcolm suivirent une seule écaille de peinture blanche tandis qu'elle voletait vers le sol.

Il ne la vit pas atterrir.

ÉPILOGUE

25 août 2007

Chère Rain,

Aujourd'hui, j'ai laissé Noah sur le parking de sa résidence universitaire. Une fois que nous avons eu transporté tous ses sacs et ses cartons, il a insisté pour que je lui dise au revoir dehors et non à l'intérieur de la résidence. Je me suis dit qu'il ne voulait peut-être pas que ses nouveaux camarades de chambre me rencontrent ou me voient pleurer, mais il m'a affirmé, tandis qu'il me serrait fort contre lui, qu'il voulait au contraire que tout le campus voie à quel point il aimait son vieux père.

Alors que je montais dans la voiture, il a crié depuis le trottoir : « Mon héros s'en va. Je t'aime, papa ! »

Je suis parti en m'essuyant le nez et les yeux avec une serviette en papier Taco Bell, toute fripée.

Ton fils est bel et bien prêt à affronter le monde. Il est beau et en pleine forme. Nous aurons sûrement l'impression qu'il est à des milliers de kilomètres même si nous savons que George Mason n'est qu'à une heure et quart de route de chez nous, grand maximum. Je suppose que nous le verrons, lui et son linge, plutôt souvent.

Tu avais raison. Noah a pris la nouvelle hier soir comme un homme tout neuf. Il était surpris, choqué. Stupéfait est peut-être le terme le plus approprié.

Comme tous ceux qui sont au courant, Noah a été surpris par l'aptitude de sa grand-mère à pardonner. Il a aussi été très impressionné par la retenue de papa et son sens de la rédemption. Ça fait tellement longtemps que cette histoire a éclaté au grand jour, j'ai pensé que c'était le moment de lui redonner vie une dernière fois.

(As-tu déjà remarqué que chaque fois que je repense au courage de maman, je me tiens plus droit ?)

Comme nous en avions convenu, je n'ai pas dévoilé tous nos secrets à Noah. Nous avons le temps. Il entame sa nouvelle vie en toute confiance et porteur d'une nouvelle vérité. Inutile d'aller perturber un équilibre si complexe.

Une confession. J'ai failli lui parler de notre propre tradition, mais je pense qu'il est préférable d'attendre qu'il trouve la femme de sa vie. De plus, tout comme toi, il ne croirait sans doute pas que j'aie pu tenir ma promesse de t'écrire toutes les semaines, n'est-ce pas ?

Peut-être qu'après m'être assis en haut de la tour hier soir et avoir confronté notre fils à une nouvelle réalité, je peux enfin comprendre ce que mon père a ressenti vis-à-vis de moi. Noah est une partie de moi-même, tout comme j'étais une partie de mon propre père.

Je suis tout aussi imparfait que papa, peut-être plus même, mais je m'approche chaque jour davantage de l'homme que je t'ai promis de devenir. C'est lent. Je mets ta patience à l'épreuve. C'est ça l'amour.

Si je suis là aujourd'hui, c'est parce que maman croyait en la vie à n'importe quel prix. C'est un miracle des temps modernes qu'elle ait suivi cette voix comme peu de femmes l'auraient fait. Il n'existe aucune échelle pour mesurer cette force.

Ce soir, j'entends un doux murmure dans mon âme qui me dit que Noah nous a été donné par un Dieu clément, par celui-là même qui m'a donné à mes parents. Les mères et les pères... quelle bénédiction.

Les mères comme toi sont de véritables artistes. Tu modèles l'argile. Tu travailles les bords. Tu atténues et tu fais disparaître les erreurs en douceur. Tu es la gardienne de l'éducation de notre fils. Où serait notre fils sans toi ? Perdu. Tout comme moi.

Les pères, qu'ils soient prêts ou non, envoient leurs fils dans le monde inconnu, n'est-ce pas ? Nous envoyons nos fils pour qu'ils connaissent la douleur, qu'ils apprennent, qu'ils grandissent et qu'ils accomplissent un plus grand dessein que s'ils étaient restés à nos côtés. Nous envoyons nos fils dans le vaste monde pour qu'ils fassent le bien, qu'ils sauvent les autres et qu'ils leur donnent une deuxième chance. C'est ça la rédemption.

Je prie pour être toujours le genre de père qui se rachète. C'est la leçon la plus importante que j'ai apprise au cours de ma vie. C'est Dieu qui me l'a apprise. Mes parents. Toi.

Je prie pour savoir pardonner comme ceux qui m'ont envoyé et reçu sur cette terre.

Je vais échouer parfois. Mais je prie pour que tu ne désespères jamais de moi, même si je commettrai encore des erreurs.

Plus que tout, j'espère que je te mériterai toujours.

Avec tout mon amour,
Malcolm

REMERCIEMENTS

Merci à mon groupe de discussion très partial : Kodi, Beverly, Sandi, Lou, Sterling, Ann, Jeff, Terilynne, John, Adrienne, Lauren, Jon, Toby, Wilma, Stephanie, Amanda, Marshall, Katy, Emma, Ethan, et Bailey. Merci aussi à mes critiques moins partiaux : Allyson, Monica, Kerri, Caren, Kalley, Nancy, Taylor, Ramona, Jeanette, Laurel, Matt, Christa, Laura, Laurie, Janeal, Randa, Nicole, Cammy, Amanda, Cindy et Kathi.

Merci à l'équipe extraordinaire de Shadow Mountain : Chris Schoebinger, Lisa Mangum, Richard Erickson, Sheryl Dickert Smith, Gail Halladay, Angie Godfrey, Tiffany Williams, Patrick Muir, Bob Grove, Tonya Facemyer, Nathalie Bellamy, Laurel Christensen, Chrislyn Barnes, Sharon Larsen, Laurie Sumsion, Boyd Ware, John Rose, Lonnie Lockhart, Lee Broadhead, Keith Hunter, Jeff Simpson, Pat Williams, enfin et surtout Sheri Dew.

Merci à mon agent, Laurie Liss, pour ses conseils professionnels et son amitié, à Sandy Harding chez Penguin pour avoir pris le risque de mettre ce livre entre vos mains et à Glenn Beck pour sa confiance.

Je ne saurais trop remercier les familles Schwartz et Faulkner pour m'avoir prêté leur cabane pour de longs week-ends tranquilles passés à écrire (j'ai regardé dans votre armoire à pharmacie).

Merci aux merveilleux habitants de Woodstock, en Virginie, pour m'avoir aidé dans mes recherches et pour avoir accueilli ma famille dans leur commune.

Je remercie avec affection mes enfants : Oakli, Jadi, Kason et Koleson (on se verra chez Katie's Custard). Merci à ma femme, Kodi, pour m'avoir soutenu (encore une fois), pour avoir lu ébauche après ébauche de ce roman, pour s'être une fois encore occupée des enfants pour deux parfois et pour me rappeler Laurel Cooper au point de la rendre réelle.

Je remercie du fond du cœur tous ceux qui ont appelé, écrit ou envoyé des e-mails pour me raconter leur histoire ou comment une lettre ou une série de lettres ont joué un rôle déterminant dans leur vie. Je remercie tout particulièrement Kellie Sphar et la regrettée Elizabeth Wainio. Votre histoire continue à m'inspirer.

Enfin, je tiens à remercier chaleureusement tous ceux qui liront ces mots et qui m'appelleront pour me demander pourquoi je ne les ai pas remerciés aussi. Je vous protégeais, je ne voulais pas vous embarrasser.

Si vous allez dans la vallée de Shenandoah, n'oubliez pas de visiter ou de faire une halte chez :

Ben Franklin (Woodstock)
Hockman Manor House B & B (Edinburg)
Holiday Inn Express (Woodstock)
Holler Realty, Shirley (Woodstock)
Walton and Smoot Pharmacy (Woodstock)
Widow Kip's Country Inn (Mount Jackson)
Les cafés et boutiques de Woodstock
La Chambre de commerce de Woodstock
La Woodstock Tower

Le Jardinier des Âmes

Un accident de la route et la vie de John bascule. Le destin lui vole sa femme et l'enfant qu'elle portait. Accablé de douleur, John n'a plus goût à rien. Chaque jour, il se rend sur le lieu de l'accident où il a planté deux petites croix.

Un matin, il y découvre un homme étrange, agenouillé. Les conversations avec cet homme, qui se fait appeler le Jardinier des Âmes, lui permettent peu à peu de trouver des réponses aux questions qui le hantent depuis qu'il a perdu sa famille : Sont-ils vraiment morts seuls ? Comment continuer à vivre ? Et comment se reconstruire ?

Cette étonnante rencontre va changer sa vie. A tout jamais.

Une formidable histoire
pour retrouver le goût de vivre et d'aimer.

ISBN : 978-2-35288-802-4

 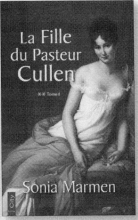

La fille du pasteur Cullen

(Tomes 1 & 2)

Sonia Marmen

L'Ecosse, aux premières lueurs des années 1800. Dana Cullen, la fille d'un pasteur rigoriste, est fiancée à un garçon de son âge. Mais la rencontre de la jeune femme avec l'étrange docteur Francis Seton bouleverse le cours d'une vie jusque-là très conventionnelle.

En dépit de tout ce qui les oppose, l'amour les prend dans ses serres. Petit à petit, des incidents tragiques exhument le trouble passé du chirurgien, de sombres secrets ressurgissent et plongent Dana dans un cauchemar qui semble sans issue...

Ce grand roman entraîne le lecteur des cimetières occultes d'Edimbourg aux salons feutrés de la grande bourgeoisie du XIXe siècle, des batailles napoléoniennes aux balbutiements de la médecine moderne.

La première partie d'une grande saga, dans la lignée de Juliette Benzoni et de Françoise Bourdin.

ISBN : 978-2-35288-774-4 / 978-2-35288-775-1